JN051930

極　限　の　思　想

バタイユ

エコノミーと贈与

Georges Bataille

佐々木雄大

Sasaki Yuta

講談社選書メチエ

le livre

目次

責任編集＝大澤真幸・熊野純彦

凡例

一、以下の文献からの引用については、出典を省き、文中〔 〕内に略号、巻数、頁のみを注記した。なお、対照の便のため、それぞれ邦訳の頁数を／の後に併記する。

OC : *Œuvres Complètes,* Gallimard, t.I-XII, 1970-1992.

DC : *Documents,* OC, I, pp. 159-274.『ドキュマン』江澤健一郎訳、河出文庫、二〇一四年。

ND : La notion de dépense, OC, I, pp. 302-320.「消費の概念」『呪われた部分――全般経済学試論・蕩尽』酒井健訳、ちくま学芸文庫、二〇一八年〔本文では「浪費の概念」と表記〕。

OP : Dossier de l' œil pinéal, OC, II, pp. 11-47.「松毬の眼」『眼球譚』『ジョルジュ・バタイユ著作集』生田耕作訳、二見書房、一九七一年。

VS : La valeur d'usage de D. A. F. de Sade, OC, II, pp. 54-72.「サドの使用価値」『異質学の試み――バタイユ・マテリアリストⅠ』吉田裕訳著、書肆山田、二〇〇一年。

SF : La structure psychologique du fascisme, OC, II, pp. 339-371.「ファシスムの心理構造」『物質の政治学――バタイユ・マテリアリストⅡ』吉田裕訳著、書肆山田、二〇〇一年。

EI : *L'expérience intérieure,* OC, V, pp. 7-234.『内的体験』出口裕弘訳、平凡社ライブラリー、一九九八年。

MM : *Méthode de méditation,* OC, V, pp. 191-228.『瞑想の方法』、同右。

LC : *Le coupable,* OC, V, pp. 233-417.『有罪者』江澤健一郎訳、河出文庫、二〇一七年。

SN : *Sur Nietzsche,* OC, VI, pp. 7-205.『ニーチェについて』酒井健訳、現代思潮社、一九九二年。

PM : *La part maudite I, La Consumation,* OC, VII, pp. 17-179. 『呪われた部分――全般経済学試論・蕩尽』酒井健訳、ちくま学芸文庫、二〇一八年〔本文では『消尽』と表記〕。

LU : *La limite de l'utile,* OC, VII, pp. 181-280, pp. 502-598.『呪われた部分　有用性の限界』中山元訳、ちくま学芸文庫、二〇〇三年〔本文では『有用なものの限界』と表記〕。

TR : *Théorie de la religion,* OC, VII, pp. 281-361.『宗教の理論』湯浅博雄訳、ちくま学芸文庫、二〇〇二年。

HE : *L'histoire de l'érotisme,* OC, VIII, pp. 7-165. 『エロティシズムの歴史』湯浅博雄・中地義和訳、ちくま学芸文庫、二〇一一年。

LS : *La souveraineté,* OC, VIII, pp. 243-456. 『至高性』湯浅博雄・酒井健・中地義和訳、人文書院、一九九〇年。

ER : *L'érotisme,* OC, X, pp. 7-270. 『エロティシズム』酒井健訳、ちくま学芸文庫、二〇〇四年。

EP : De l'existentialisme au primat de l'économie, OC, XI, pp. 279-306. 「実存主義から経済の優位性へ」山本功訳、『戦争／政治／実存　社会科学論集1』『ジョルジュ・バタイユ著作集』二見書房、一九七二年〔本文では「実存主義からエコノミーの優位へ」と表記〕。

HM : Hegel, la mort et le sacrifice, OC, XII, pp. 326-345. 「ヘーゲル、死と供犠」『純然たる幸福』酒井健訳、ちくま学芸文庫、二〇〇九年。

HH : Hegel, l'homme et l'histoire, OC, XII, pp. 349-369. 「ヘーゲル、人間と歴史」、同右。

CL : *Choix de lettres 1917-1962,* Gallimard, 1997.

CS : *Le collège de sociologie 1937-1939,* présentés par Denis Hollier, Gallimard, 1995. ドゥニ・オリエ編『聖社

会学』兼子正勝・中沢信一・西谷修訳、工作舍、一九八七年。

一、本文中の〔Ibid.〕は原文・邦訳ともに同頁の場合のみ用いる。

一、訳文は、バタイユの著作からの引用については新たに訳出し、また、その他の文献については既訳を参考にしたが、文脈に応じて適宜、変更してある。

序章　バタイユのエコノミー論

人はなぜ書くのか。書くという行為をひとつの手段として考えるならば、それはひとまず、記録し伝達するためだと答えられるだろう。言葉を用いて自らの思考や経験を記録し、文字を通じて時間・空間を隔てた他者へと伝達することで、記憶を助け、情報を共有することができる。では、さらに問うてみよう。人はなぜ記録して伝達するのか。その直接的な理由は様々にあるだろうが、究極的に言えば、それは生きるためである。人は自らの生存を支えるために文章を記録し伝達する。人類最古の文字のひとつ、楔形文字で書き記されたものの多くは家畜や農産物を記録した行政文書だったとされる。食料や財産を記録することで生命を維持し、知識や情報を伝達することで他者と協働する。このように、人は生存に役立つように書くのである。このように答えることができる。

しかし他方で、人は生きるために役立たないにもかかわらず、書くことがある。人はときとして、言葉でもって言い表せないような思考や経験について、誰が読むあてもなく、仮に読む者がいたとしても、その意味が十全に伝達されるなどという保証もなく、文章を書く。それは有意義な知識を記録せず、他者と情報を共有しないのだから、生存には無益な振舞いである。それでもなお、人は書く。否むしろ、書かざるをえない。

同じことは人間の行為全般についても言える。人は日々、生きていくために飲み食いをし、農産物や工業製品を作り、物や言葉を交わし合い、そして子をなす。こうして、人間のあらゆる営為は自己と他者の生を保存し維持するためになされる。少なくとも、生存に役立つかぎりで、その行為は意味づけられ、価値づけられる。その一方で、人は財産を無益に使い果たし、時間やお金を徒《いたずら》に費やし、見返りもなしに他者に贈り物を与え、自らの生命を犠牲にする。すなわち、生存にとって何の意味も価値もなく、かえって生命の保存に反するような行為さえをも、人間はなすことがあるのである。

　このように、書くことには、そして人間の生には、生存のために役に立つ有用な側面ばかりでなく、単なる生存にとっては無用であり過剰であるような側面が含まれている。バタイユもまた、こうした有用性には決して還元されえない人間の生について考究した思想家の一人である。

　ジョルジュ・バタイユは二〇世紀フランスの文学者・思想家である。一八九七年、フランス中部のピュイ＝ド＝ドーム県に生まれる。幼い頃にランスへ移り、神学校に一年通った後、古文書学校で学ぶ。卒業後、国立図書館等の司書を務めながら、『ドキュマン』や『アセファル』、『クリティック』といった雑誌を創刊し、編集に携わる。一九六二年、六四歳で没した。[1] ロジェ・カイヨワやモーリス・ブランショらと交流し、アンドレ・ブルトンやジャン＝ポール・サルトルらと対立した。大学講師のような所謂《いわゆる》アカデミックな経歴はないが、その思想はミシェル・フーコーやジャック・デリダ、ジョルジョ・アガンベンといった現代思想の哲学者たちに大きな影響を与えている。

バタイユは一般的に『眼球譚』や『マダム・エドワルダ』のようなエロティックな文学作品で知られる。しかし、バタイユの著作活動は多岐に渡っており、『内的体験』や『有罪者』のような神秘的・内省的な思索の書に始まり、『呪われた部分』や『エロティシズム』のような文明・社会批評、『ラスコーあるいは芸術の誕生』や『マネ』のような芸術論、『文学と悪』のような文学論に至るまで、多くの書物を残している。こうした広範な著作活動の内のひとつに、「エコノミー」を主題とする一連の作品群がある。

バタイユは人間の活動を生産の観点からのみ考察する思考の枠組みを「限定エコノミー」(économie restreinte)と呼び、いわゆる「経済」もこれに含まれる。これに対して、人間の活動から不可避的に生じる余剰という観点から、その非生産的な営為をも考慮に入れる学問が「一般エコノミー」(économie générale)である。限定エコノミーの観点からすれば、人間は自己保存の欲求に従って、自己や共同体の生を維持・拡大するために、富やエネルギーを生産・消費・交換・分配する存在である。そこでは行為の一切は有用性という尺度の下で測られ、消費もまた結果的に生産へと寄与する生産的消費にすぎない。しかし、バタイユによれば、人間は自己の損失をも欲望する存在でもある。それはときに自らの生命や財産を非生産的に浪費し、いかなる計算も見返りもなしに贈与する。そこでは人間は有用性の原理に従属することのない至高な存在であって、栄光だけが唯一の価値の尺度となる。このような消尽をも含めた人間の全体性を考察するのが、バタイユのいう一般エコノミーなのである。

とはいえ、バタイユのエコノミー論は単に人間の経済活動を分析する理論には留まらない。それは一方で、エネルギーの流れという観点から社会制度を宇宙の中に位置づけて説明する。他方でまた、この学問はバタイユが他の著作で論じている内的体験やエロティシズム、〈聖なるもの〉、芸術といった様々な領域をも射程に収める。それゆえ、「エコノミー」はバタイユの思想にとって最も重要な概念のひとつと言ってよい。

実際、デリダとハーバーマスという現代を代表する二人の哲学者がバタイユのエコノミー論に重要性を認め、これを主題とする論考を著している。バタイユのエコノミー論の要点を摑むために、いま、両者のバタイユ論を簡単に確認しておこう。

デリダは「限定経済から一般経済へ」において、バタイユを「留保なきヘーゲル主義」と位置づけ、バタイユとヘーゲルの言説を対比する。デリダによれば、バタイユは「主人と奴隷の弁証法」において死の不安に耐える主人にヘーゲル哲学の中心を見ている。「主人と奴隷の弁証法」とは、承認をめぐる闘争にあって、生命を死の危険にさらした者が主人となり、生命に固執した奴隷を支配するというものだ。ヘーゲルの哲学は死という否定性を媒介として自己の同一性を担保する主人の言説である。それは否定性によって破壊した対象に意味や価値を与え、自らの知の円環へと回収する。それゆえ、意識の諸経験を経て、ついに世界の総体を自己として認識する絶対知は「循環」（circulation）をなし、「対象の循環、再生産的消費の回路」[2]を統括する。このように、対象を意味づけて生産するという意味で、ヘーゲル哲学は生産的視点に限定された限定経済なのである。これに対して、バタイユの一般経済もまたひとつの言説ではあるが、対象の意味を留保なく破壊するかぎりにおいて言説の侵犯でもある。それは対象に意味を再び与えることなく、むしろ「絶対的な意味の彼方、絶対知の閉域ないし地平の彼方にある非-意味」[3]へと関係づける。ヘーゲル的な絶対知の彼方とはつまり非-知である。こうしたバタイユの言説は対象を自己の知へと従属させず、自らもまた何ものにも従属することのない「至高のエクリチュール」だとされる。

他方、ハーバーマスは「エロティシズムと一般経済学」において、バタイユが近代的な合理性を批判して、そこから脱出しようとする点で、ハイデガーと共通の企図を抱いていたと指摘する。ただし、ハイデガーが形而上学批判に取り組んだのに対して、バタイユは認識論や存在論ではなく倫理的合理化に対する批判に向かった点で異なる。例えば、異質学では人間の生を同質化する社会とそこから排除された異質なものとの関係が検討される。しかし、そこには至高性たる異質なものとその力を利用するファシズムとを区別する理路が欠けていた。ハーバーマスによれば、異質学では答えられなかった、物象化から至高性への転換という問題に対する答えが一般経済学である。バタイユはそこで物象化・合理化を徹底することによって、労働(理性)の領域と過剰(至高性)の領域が分離し、至高性への転換が成就すると考えた。ホルクハイマーとアドルノの啓蒙の弁証法がなお理性の星座的布置《コンステラツィオーン》に希望を残していたのに対して、バタイユは至高性を「理性の他者」として構想する。そのため、同質性と異質性、聖と俗、労働とエロティシズム、理性と至高性は互いに完全に分離されてしまう。こうして、バタイユは「ラディカルな理性批判を理論の方途によって遂行しようという自己自身の努力を撤回することになる」[4]のである。

いずれもバタイユのエコノミー論の要点を的確に捉えた論考であるが、検討の不十分な点もあるように思われる。第一に、デリダによる「エコノミー」概念の捉え方は極めて限定的である。たしかにデリダはエコノミーを単なる商品交換の経済ではなく、言説の問題として捉え直そうとする。その際、エコノミーには円環や循環の形象が与えられるが、補論において後述するように、循環としてのエコノミーは近代的な表象にすぎない。デリダは自己への現前という「現前の形而上学」批判を急ぐあまり、自らが限定エコノミーに囚われているのだ。それゆえ、西洋思想を遡上して「エコノミー」とはそもそも何かが問い直されるべきである。

第二に、ハーバーマスは合理性の徹底が至高性へと反転するという、バタイユに特有の極限の論理を剔抉し、至高性が理性のまったき他者だと正当にも指摘する。とはいえ、それはバタイユにとって必ずしも至高性と理性とが二項対立の関係にあることを意味しない。たしかに異質学においては、デュルケーム的な聖・俗二元論の枠組みの下で考えられていたが、バタイユはこれを反省的に捉え返し、一般エコノミーにおいては別様の思考が提示されている。ハーバーマスは異質学から一般経済学へと至るバタイユの思想的展開を跡づけたにもかかわらず、自らの合理的な思考の虜となって、その重要な変化を取り逃してしまったのである。したがって、一般エコノミーへと至るバタイユのエコノミー論の軌跡を改めて確認する必要がある。

こうした問題意識の下、本書は西洋思想における「エコノミー」の思想史の内にバタイユを位置づけるとともに、バタイユの思想を「エコノミー」という観点から一貫して読解することを狙いとする。バタイユの一般エコノミーとはいかなるものか。バタイユにとってエコノミーとは何か。以下、本書ではこれらの問題を考えていく。

第一章

エコノミー論の生成

I　一九四五年九月二十九日付ガリマール宛書簡

バタイユの思想はその初期から晩年に至るまで、エコノミーをめぐって展開されているが、エコノミーという問題がとりわけ主題的に論じられたのは、「一般エコノミー試論」という副題の付された『呪われた部分』においてである。この書について、バタイユは一九四五年の時点で、ガリマール社に宛てて次のような手紙を書き送っていた。

私が十五年来取り組んできた『呪われた部分』ですが、これは以前お会いしたときにあなたにお話しした作品です。それは公共の利益という主題に関するもので、すみずみまで易しくしばしば読んで面白いものにさえなるでしょう。仕事は既にだいぶ進んでおり、あと一年くらいで終えると考えています。〔CL, 247〕

バタイユが『呪われた部分』に取り組み始めたと語る、この十五年前、すなわち一九三〇年頃といえば、「松毬《まつかさ》の眼」関連草稿を執筆していた時期にあたる。この時期、バタイユが実質的な編集主幹を務め、ミシェル・レリスやレーモン・クノーといった非主流派のシュルレアリストが寄稿し、自身も「低次唯物論とグノーシス主義」や「不定形の」等、多くの論文や短文を執筆した『ドキュマン』誌が廃刊に追い込まれている。やがてバタイユは共産主義者のグループである民主共産主義サークルに接近し、これとメンバーの重複する『社会批評』に、非生産的浪費を主題とする経済学的な論考「浪費の概念」を発表する。また同誌には、バタイユが一九三〇年代前半に構想していた異質学の観点からファシズムを分析する「ファシズムの心理構造」も掲載されている。

一九三五年、迫り来るファシズムの脅威を前に、バタイユは仇敵アンドレ・ブルトンを含む極左勢力を糾合し、反ファシズム集団コントル＝アタックを組織する。しかし、この宥和も束の間、翌年春には再びブルトンらと決裂し、コントル＝アタックは瓦解してしまう。するとただちに、バタイユはアンドレ・マソンやピエール・クロソウスキーらと雑誌『アセファル』を創刊し、宗教的な秘密結社アセファルを結成する。そして翌三七年、レリス、ロジェ・カイヨワとともにバタイユは聖社会学を標榜して、アセファルの表向きの顔ともいえる社会学研究会を創設する。

本章でこれから見るように、この間、後のエコノミー論へと集約されていく文章は断続的に書き継がれている。とはいえ、『呪われた部分』という題の下で具体的な構想が立てられるようになったのは、アセファルと社会学研究会が空中分解してしまった一九三九年のことである。

表裏両面の共同体を喪失したバタイユは、第二次世界大戦の開戦とともに、次第に自己の思索の内へと沈潜していった。この時期、モーリス・ブランショに出会い触発されながら、後に『無神学大全』三部作としてまとめられる内省的・神秘的な著作が執筆されている。神秘的体験を探究する『内的体験』が四三年、思考と言語の極限を追究する『有罪者』が四四年に相次いで出版され、掉尾を飾る『ニーチェについて』が刊行されたのが、一九四五年のことである。

しかし、ガリマール宛書簡で予告されていた原稿は結局、未完のままに放棄される。これに代わって一九四五年から四九年にかけて執筆されたのが、『呪われた部分』の第一巻にあたる『消尽』である（通常、これが『呪われた部分』と呼ばれている）。その後、この一般エコノミーの体系は幾度も構想を変えながら、第二巻『エロティシズムの歴史』および第三巻『至高性』の草稿が遺されることになった。

歿後、放棄された未完の草稿は『有用なものの限界』と題して出版されている。これは一九三九年から四五年までの間に『呪われた部分』のために書かれた草稿や断章を集成したものである。この間、バタイユはたびたび構想を書き換え、その草稿は版を改めるごとに上書きされ、破棄され、書き直され、組み替えられている。その一部は他の文章から流用され、また別の一部は他の著作へと組み込まれている。こうした改稿の作業そのものが、バタイユが自らのエコノミー論を構築していく、まさにその過程を証言しているといえる。

『有用なものの限界』の構想は部分的なものも含めれば十を数え、構想が更新されるたびに再編成され、理論的にも変転・発展していくため、その全体像を統一的に描くことは難しい。とはいえ、これらの構想に共通して認められる、バタイユに特有の問題構制を指摘することはできよう。バタイユのエコノミー論の特徴を予描するために、そうした諸論点についてごく簡単に以下で整理しておく。

バタイユのエコノミー論の第一の特徴は、通常の経済学の例に反して、その起点が宇宙に置かれているということである。バタイユは『有用なものの限界』を始めるにあたって、『国富論』におけるアダム・スミスのように分業の起源たる交換の本性からでも、『経済学批判要綱』におけるマルクスのように経済的活動の出発点にして包括的契機である生産からでもなく、宇宙とその中における人間の位置から説き起こす。銀河系を構成する恒星の一つである太陽はそのエネルギーを光や熱として宇宙空間に放射する。これに対して、地上の生物は太陽から放射されたエネルギーを吸収し利用することで、自己の生命を保存し繁殖する。人間の生の営みはそうしたエネルギー流の一部に他ならない。バタイユによれば、この流れの中で人間は生物であるかぎり貪欲にエネルギーを吸収するが、他方でそれを華々しく放射する存在でもあるという特異な地位を占めている。こうした宇宙と人間との生態学的関係をめぐる議論は、構想のすべての版を通じて、巻の冒頭に置かれ、エコノミー論を基礎づけているのである。

『有用なものの限界』を特徴づける第二の基本的な論点は、エコノミーにおける生産と浪費の根源的な対立である。一般的にいって、生産・消費・交換・分配が経済の基本的な分肢であり、消費は生産に寄与するかぎりで考慮の対象となる。これに対して、バタイユのいう浪費とは決して生産には還元されえない非生産的な消費であり、純粋な損失のことである。贈与は一方的に与えるだけで見返りがないという点で、また、供犠は自分の財物を破壊してしまうという点で、浪費に含まれる。太陽は自らの質量を失いながら、エネルギーを地上の生物に贈り与えている。この意味で、太陽は浪費の象徴的存在である。これに対して、地球の生物は太陽エネルギーを利用して個体や種を再生産し、そうして繁茂する自然を加工することで人間は商品を生産する。しかし、バタイユによれば、生物や人間が生産活動を行うとき、そこにはつねに剰余が発生する。そのため、剰余は生産の役に立たない仕方で消費される必要がある。芸術や戦争、宗教的儀礼、性的逸脱といった人間の非生産的な営為は、こうした浪費の一形態なのである。

ここから第三の主要な論点である有用性と栄光の対立が導き出されてくる。有用性とはさしあたり生産という目的のために役立つことである。これに対して、栄光とは太陽のように、自己の生存や利益には無関心に、華々しく浪費する振舞いから生じる存在の光輝である。人間は生産のために奉仕し、有用性の原則に拘束されて生きるかぎり、隷属的な存在にすぎない。バタイユによれば、人間の生の目的は栄光にある。人間は生産するために消費するのではない。逆である。浪費するために生産するのである。古来、人々の生に価値と意味を与えるために、壮麗な社会的蕩尽が行なわれてきた。ところが、近代以降、資本主義経済の発展に伴って、浪費は忌避されるようになり、個人化され商業化されたかたちでしか認められなくなった。こうして、現代社会にあって人間の生はその本来の目的と輝きを見失ってしまったのだという。

バタイユのエコノミー論における第四の特徴はそこに広義の宗教的領域が含まれるということである。経済史の観点からすれば、近代以前には宗教や道徳によって規制され、社会制度に埋め込まれていた経済は、近代以降、そうした規範や制度から離床することで、自律的なシステムとして成立し、経済学の対象となったのだとされる。これに対して、バタイユの一般エコノミーはむしろ逆に、宗教的営為をも射程に収めることで、狭義の経済を超えて人間の生の総体を解明しようとする試みである。そこでは、有用性の道徳によって統制されている生産の圏域が〈俗なるもの〉の領域と看做《みな》されるのに対して、社会的浪費である供犠が〈聖なるもの〉の次元を開示する儀礼だと考えられる。この〈聖なるもの〉を中心とする交感によって、人間の共同体は基礎づけられるのである。

そして最後に、人間の意識がある極限へと至ることで、生産から浪費へ、有用性から栄光へ、〈俗なるもの〉から〈聖なるもの〉へと転倒が生じるという、バタイユの思想に特有の論理が挙げられる。地表面が有限であるかぎり、生物は無際限に増殖することができず、産業はやがて生産の過剰に直面するだろう。この飽和点にあって、生物種は個体の死によってその数を調整し、また産業は恐慌に陥って生産物を浪費せざるをえなくなる。こうした極点における転覆という論理を、バタイユはとりわけ意識の領野に適用する。合理的・科学的な認識からその反対物への反転は合理性からの逸脱によってなされるのではない。そうではなくむしろ、合理性の徹底を通じて、意識の極限に達することで成し遂げられるのである。バタイユはこうした極限を破断点とも知の頂点とも呼び、ヘーゲルの絶対知に準《なぞら》える。人間の知はこの極限において「未知のもの」と遭遇し、自らを浪費する存在として意識するようになるというのである。

こうしたバタイユのエコノミー論の基本的な理路は『有用なものの限界』に至って初めて獲得されたわけではない。ガリマール宛書簡にあったように、それは「松毬の眼」関連草稿から「浪費の概念」を経て、異質学、聖社会学へと至る思考を経ることによって、徐々に形成されていったのである。本章と次章では、『呪われた部分』へと至るエコノミー論の形成過程をたどることによって、それを構成する基本概念と問題意識を画定するために、戦間期から終戦に至るこの十五年間の思考の道のりを見ていくことにする。

2　松毬の眼

二つの方向軸

一九二七年の初め、バタイユは「松毬の眼」の着想を得た。その頃、バタイユは神経衰弱のために、精神科医のアドリアン・ボレルによる精神分析治療を受けていた。その仔細は不明であるが、この治療の過程で書かれたのが、眼球と卵のイメージが連想によって変換されていくエロティックな小説『眼球譚』（一九二八年）や、肛門のように噴出する活火山を太陽のパロディとする『太陽肛門』（一九三一年）といった作品である。全集の編者であるドニ・オリエによって「松毬の眼」と名づけられた草稿群もまた、そうしたさなかに書き継がれたものと推定される。この草稿群はそれが書かれた時期からしても内容からしても、ちょうど『眼球譚』と『太陽肛門』を橋渡しするものとなっており、眼球・太陽・肛門といったモチーフが幻想《ファンタスム》の中で自由に変換されていく。しかしそこには、後年で展開されることになるエコノミーをめぐる諸観念がすでに胚胎されてもいるのである。

「松毬の眼」は五つの断片からなる未完の草稿群であり、遺稿ノートによれば、それらの断片はいずれ編集されて、神話学的思考に始まり（後述する）異質学的分析を経て革命と供犠の理論へと至る著作の第一部となるという構想もあったようだ。草稿の書かれた年代（一九二七―三〇年頃だが詳細は不明）やスタイルの多様性にもかかわらず、それらに通底する主題を見出すことは可能である。それはすなわち、天上の太陽と地上の生物との生態学的関係であり、この関係の内で占める人間の特異な地位とそれを象徴する「松毬の眼」という器官であり、そしてこれらを論じる際に用いられる「神話学的思考」という方法である。

バタイユの構想する「神話学的思考」(pensée mythologique) とは、いわば科学的認識の対蹠点にある思考である。レヴィ＝ブリュールが『未開社会の思惟』（一九一〇年）で示したように、神話においては矛盾律に反する「融即律」(participation) ――バタイユはこれを「神話的混同」〔OP, 34/247〕と呼ぶ――が働いており、一と多、同と異、個と種がしばしば混同される。これは前論理的心性に基づいており、諸対象をその本質的特徴にしたがって識別・分類し、論理的に一貫した推論に基づいて体系化するべき合理的・科学的思考に反する。「松毬の眼」草稿もまた、松毬の眼という幻想が自由な連想にしたがって変奏され、およそ科学的な知見や方法に反する仕方で叙述されているのである。

例えば、科学的人類学の見地からすれば、初期人類が二足歩行をするようになったのは、食糧を求めて遠距離移動をする際にエネルギー効率の観点から有利だったからだと説明されるだろう。これに対して、バタイユの「神話学的人類学」によれば、人類は自己のエネルギーを浪費する太陽を渇望したために直立するようになったのだとされる。まさにこの太陽へと向かって垂直に立つという点に、バタイユは人間という存在の特異性を見出すのである。「松毬の眼」において、地上の生物は二つの方向軸にしたがって分類される。第一の方向軸は垂直である。植物は天空に向かって成長し、地下へと根を伸ばす。第二の方向軸は水平である。動物は地面に這いつくばり、大地と平行に移動する。では、人間はどちらに分類されるべきか。人間とは二本足で直立歩行する動物である。人間は動物の一種であり、その自然本性を分かちもつかぎりにおいて水平的である。しかし、直立した姿勢をたもつかぎりにおいて垂直的な存在でもある。したがって、人間とは地上の他の動植物とは異なって、垂直と水平という二重の方向軸を備えた特異な存在なのである。

　植物や動物と関連して人間を方向軸という観点から捉える議論は、『ドキュマン』に掲載された同時期の論考でも見られる。例えば、「花言葉」（一九二九年）では、花冠が下方から上方へと向かって開かれており、人間にとって「定言命法」〔DC, 177/48〕にも準えられる理想美を体現しているのに対して、それを支える地中の根は上方から下方へと拡がり、悪という道徳的価値を担っていることが示される。あるいはまた、「足の親指」（同年）では、足の親指が直立姿勢を支えるという点で人間を他の動物から区別する「最も人間的な部位」〔DC, 200/106〕でありながら、頭部が光と善の領域に属する天空へと向かっているのに対して、足の親指は闇と悪の領域である泥に塗《まみ》れていることが指摘される。このように、『ドキュマン』では、植物との類比、動物との対比において、人間がその垂直性によって特徴づけられ、光・善・美・理想を意味する下から上への運動と、闇・悪・醜・汚穢を意味する上から下への運動という二重性を有する存在として描出されていたのである。

上下方向の運動の対立に焦点が当てられていた『ドキュマン』に対して、「松毬の眼」において重要なのはむしろ垂直と水平という二つの方向軸の対立である。では、この方向軸の違いは何を意味しているのだろうか。バタイユは生物の水平的／垂直的な姿勢の差異を「双眼視覚」(vision binoculaire)の水平方向と「松果視覚」(vision pinéale)の垂直方向という視覚的様態の差異として捉え直す。


第一の方向〔水平方向〕は一見したところ、唯一の論理的なもの、あるいはより正確にいえば唯一の有用なものであるように思われる。理性は(そしておそらくある点まで自然も)ある存在とその自己保存に必要な諸対象との間の連絡を設けることを機能としてもたないような眼の存在に対して異議を唱える。しかし、総じて理性が水平に向けられた視覚によって条件づけられた衝動と行動のシステムに適合して発展し、また自然もそう考えられてきたという事実からすれば、この異議にはほとんど意味がない。〔OP, 39/261〕

双眼視覚は有用性と理性の条件である。有用性および理性とはそもそも何かという問題は後に考えることにする。さしあたりここでは、有用性とは目的と手段の連関であり、理性とは論理的な推論の能力と簡単に述べるに留める。

地上の動物は周囲の環境を把握するために外界を観察し、危険を避けるために外敵を視認し、栄養を摂取するために獲物との距離を目算する。このように、横に二つ並んだ眼球によって得られる双眼視覚は、生物の自己保存の欲求に応えるために発達してきたのであり、生存に適した有用な視野を動物に提供する。人間の理性もまた、生存という目的のために視覚から周囲の情報を獲得し、事物の本質である観念や形相を直観し、合理的な推論にしたがって判断する。有用性と理性はこのように水平方向の視覚に条件づけられて発展してきたのである。

しかしその反面、この視覚は人間の活動を自己保存という目的のために限定し、その欲求に隷属させるものでもある。というのも、生存のために有用でない行為や合理的でない思考はそこから排除されてしまうからである。それでは単に自然本性にしたがって活動するだけの動物的生と変わらない。この意味で、「人間の身体は厳密な直立によって他のあらゆる動物組織と対立するが、視覚系の共通の態勢〔*disposition*〕によって動物と低級な性格を共有している」〔OP, 43/272〕。すなわち、人間は直立した姿勢をとる点で這いつくばる動物と区別されるのではあるが、双眼視覚に依存して生きる点で動物と水平的な性格を共にしているのである。したがって、双眼視覚によって条件づけられる有用性と理性の下で生きるかぎり、人間は隷属的な存在にすぎないのである。

とはいえバタイユによれば、人間を生存への隷属から解放し、その直立した身体に見合った垂直的な視覚を与える器官があるという。それが「松毬の眼」（œil pinéal）である。松毬の眼とは脳の中央部に位置する松果腺（松果体）のことで、現代の生物学においては、メラトニンを分泌して一日のリズムを司る内分泌器官であり、下等脊椎動物では頭頂部にあって光を受容する能力を有するとされている。

バタイユが注目するのは、この太陽の光を感知するという松果腺の視覚的機能である。それはバタイユの幻想の中で、太陽を直視するためだけに特別に設えられた潜在的な眼球と比定される。そして、この眼によって提供される垂直的な視覚こそが松果視覚なのである。それは地上の事物の一切を対象とせず、自己保存のためには何の役にも立たないのだから有用ではなく、もし太陽を直視すれば盲目になってしまうのだから、その目的の成就が器官の存在そのものを否定しており合理的でない。このように松果視覚は無用で非合理的な視覚であり、生存を目的とする生物にとってはエネルギーの浪費でしかない。こうした垂直的な松毬の眼は、有用性や理性に反する視覚を人間に提供することで、その思考と活動を生存への隷属状態から解き放つ。

よく知られているように、デカルトは松果腺を「精神の主座」[1]と位置づけ、そこで精神と身体が相互に作用し合うと考えていた。デカルトが近代的な科学・哲学の基底にある「自我」の在り処としたまさに同じ器官に、バタイユは科学的・哲学的知に反抗し、理性的主体を転覆する役割を賦与したわけである。

太陽の浪費

松毬の眼は単に太陽を対象として凝視するだけではない。この器官を有する頭部はむしろそれ自らが太陽のような存在へと変態する。

頭部は貨幣が金庫の中に閉じ込められるように生を閉じ込める代わりに、計算することなく生を浪費する。というのも、頭部はこのエロティックな変態の結果、尖端の電撃力を受け取ったからである。この焼けつく大頭は浪費の概念〔*notion de dépense*〕の形象であり、不愉快な光である。この概念は体系的な分析によって練り上げられるような、なお空虚な概念の彼方にある。〔OP, 25/221〕

太陽は核融合反応によって自らの質量を減少させながら、そのエネルギーを光や熱として宇宙空間へ発散している。地上の生物が自己保存のためにエネルギーを節約し蓄積するのに対して、太陽は「計算することなく」自己の存在を損失し浪費している。この太陽を対象とする器官は人間を生存への隷属から解放する視覚を与えるのであった。だとすれば、松果視覚が開かれるとき、人間は「生を閉じ込める」動物であることをやめ、自己自身が太陽のように生を浪費する存在へと変態するであろう。ここでは生命が貨幣の蓄積と消費に準えられており、後述するように、エネルギーの流れとエコノミーとをパラレルに捉える一般エコノミー的視点が既に看て取られる。

太陽の浪費はまた贈与でもある。バタイユは松毬の眼のイメージを猿の突出した肛門の幻想（一九二七年にロンドンの動物園で見たとされる）と重ね合わせる。バタイユによれば、四足歩行から直立二足歩行へと移行する進化の過程において、人類はいわば「逆立ち＝反転」（inversion）〔OP, 35/248〕した猿人となった。それまで肛門によって担われていたエネルギーの噴出という機能は、この逆立ちを経て、頭頂部の器官によってその一部が代替されることになったのだという。それはつまり排泄の機能である。それゆえ、松毬の眼は単に太陽光を受容する眼球であるだけでなく、そこから糞便を排泄する肛門の象徴でもあるのだ。

フロイトが「欲動変転、特に肛門性愛の欲動変転について」において分析していたように、糞便は赤ん坊にとって「最初の贈り物」[2]であり、愛する人に捧げられる犠牲である。松毬の眼がある種の排泄機能をもつとすれば、それは贈与のための器官でもあることを意味する。だとすれば、見返りもなしにエネルギーを地上の生物に与える太陽と同じように、人間は頭蓋に開いた眼球を通じて自らの生命を贈与する。このように、人間の垂直的な視覚への欲望は「自ら太陽になりたいという抗いがたい願望」〔OP 14/195〕として解釈されるのである。

ところで、先に引用した箇所で、松毬の眼を有する「大頭」は「浪費の概念」を表象すると述べられていた。概念は理性や悟性の対象であり、それによって論理的な思考が成立するものであるが、何の見返りも計算もなしになされる浪費は非合理的なものである。だとすれば、浪費の概念とは概念的な思考に反する概念、合理的な体系に抗する概念、すなわち「概念の彼方」の概念であることになる。それはいわば『パルメニデス』篇において、若きソクラテスが拒否した「毛髪、泥、汚物、その他およそ値打ちのない、至極つまらぬもの」[3]のイデアにも等しい。

こうした概念が問題となるのは、バタイユが「松毬の眼」において称揚する方法である「神話学的思考」——この語自体が浪費の概念と同じ成り立ちをしている——においてである。では、いかにして科学的思考からその彼方たる神話学的思考へと移行しうるのだろうか。これを次に考えることにする。

科学と神話

多くの神話において鷲は太陽の象徴であり、古代ギリシアでは唯一太陽を直視する力をもつ動物とされた。ギリシア神話においてプロメテウスは天の火を盗んだ廉で、ゼウスによって縛《いまし》められ肝臓を鷲に啄《ついば》まれるという罰を受ける。宗教史学者サロモン・レナックが指摘するように、ここで鷲はゼウスを表象する動物であるが、民間伝承ではプロメテウスの象徴でもある。[4] それゆえ、プロメテウスは天の火（太陽）に憧れる者であると同時に自らが太陽でもある。既に見たように、こうした神話的混同に基づく思考法をバタイユは「神話学的思考」と呼ぶ。バタイユによれば、人間の生を真に把握し表現することができるのは科学的思考ではなく神話学的思考である。それは一体なぜか。

水平的な姿勢・視覚が自己保存の欲求への隷属性を示しているのに対して、垂直的な姿勢・視覚は浪費と贈与による自己損失へと開かれている。このような主体の態勢における二重の方向軸は知の二つの形態に対応する。前者は有用性と理性の条件なのだから科学的思考に対応し、後者は人間に無用性と非合理性を呈示するのだから神話学的思考に対応している。科学や哲学は生を抽象的・等質的な概念の下に包摂し、論理の連鎖によって捕縛するがゆえに、「人間の隷属性の表現」〔OP, 22/212〕であるにすぎない。これに対して、神話学的思考は科学や哲学によって隠蔽されてきた人間の非合理的な実態を暴露し、その生を「引き裂かれた自然の内部での新たな引き裂き」〔OP, 22/212-213〕として表現するのである。

松毬の眼は松果視覚を開示することによって、人間の態勢を水平軸から垂直軸へと向け変えるものであった。では、この態勢の転換に対応して、科学的思考から神話学的思考への転換はどのようになされるべきか。バタイユによれば、それは科学を否定することでも科学に神話を挿入することでもなく、むしろ科学を徹底することによってである。

神話学的思考へと到るためには、第一に、科学を「従属という語によって規定されるべき状態」へと還元し、「もはや科学自身の目的ではない目的」〔OP, 23/215〕のために使役しなければならない。それは認識の操作を科学という目的へと従属させることをやめ、逆に科学を神話学的思考の獲得という目的のための道具として利用するということだ。第二に、科学的認識を徹底的に展開することを通じて、神話学的表象を理性の圏域から厳密に排除する。なぜなら、もし厳密に排除されなければ、それは容易に合理的説明に取り込まれてしまうからである。そうなれば、人間の生は結局、「経済的必然性」(nécessité économique)〔OP, 24/218〕の総体へと回収されるよりほかない。そして最後に、理性の圏域から排除された部分へと価値が顚倒されなければならない。この価値の顚倒は「理性によれば神話学的系列の内に価値ある内容は存在しないという事実が、その有意義な価値の条件である」〔OP, 23/217〕ことによって成就する。そこでは、有用で合理的な価値尺度から排除されたもの、すなわち、非合理的で無用と判断されたものこそが、真に価値ある神話学的表象だということである。

なぜこのようにいえるのだろうか。ここには今後たびたび立ち返ることになる、バタイユに典型的な発想が含まれているので簡単に確認しておくことにする。まずは議論の形式から見てみよう。科学に反するものを析出するためには、科学を否定することによってではなく、むしろ逆にそれを徹底することによってである。もし科学的認識が完遂し、理性の圏域が画定されたならば、そこから排除された残余が神話学的思考である。このように排除を通じて否定的な仕方でその価値や存在を承認すること、バタイユはこれを「資格認定」(qualification) と呼ぶ。

次に、議論の内容を見てみよう。科学的認識によって評価されるのは有用性や合理性である。ところで、有用性とは目的のために役に立つことであり、合理性とは論理的な推論の連鎖の内に位置づけられることである。例えば、ハンマーという手段は「釘を打つ」という目的のために役立つのであり、また、三段論法の媒辞は前提と結論を結びつけることで推論を完成させる。これらはつねに何らか他のものへと従属すること (例えば、ハンマーは「釘を打つ」ことへ、媒辞は結論へと従属する) で初めて価値を賦与されるのであって、それ自体としては価値をもたない。だとすれば、それ自体において価値を有するものは有用でも合理的でもないはずである。それゆえ、科学的認識から排除された神話学的思考こそが、それ自体において価値あるもの、真に価値あるものなのだ (この議論には「価値あるものが有用でないとしても、すべての無用なものが価値を有するわけではない」という論理的陥穽《かんせい》があるが、それは後に考えることにする)。

こうして、価値の顚倒が引き起こされる。科学の領域から排除された部分が神話学的思考として資格認定される。それは真に価値を有するのだから、それ自体が目的となりうる。これに対して、科学はあくまでも道具にすぎない。それゆえ、科学的思考は神話学的思考という目的のための手段として用いられるべきなのだ。このように、バタイユにとって科学的思考から神話学的思考への転換は、単に人間の生の非合理的な現実に相応《ふさわ》しいだけでなく、その価値の序列からいって必然的なものとさえ考えられていたのである。

本節でこれまで見てきたように、「松毬の眼」関連草稿には、後のエコノミー論で展開されることになる諸観念の萌芽がすでに認められる。それはすなわち、有用性・理性と浪費・贈与との対立であり、地上の生物と天上の太陽との生態学的関係であり、そしてそれらに対応する人間主体の二つの態勢である。とはいえ、ここではなお、バタイユが「エコノミー」という語に言及するのは、異稿や構成プランを合わせてもわずか二箇所のみであり、それもあくまでも「経済的合理性」といったごく狭義での用法にすぎない。また、主体の態勢とエコノミーとの連関もまだ明確に把握されてはいない。したがって、すでにその原型が胚胎されているにせよ、この時点でエコノミーそのものが主題化されているとはやはり言いがたい。エコノミーという主題が前景化してくるには、次節で検討する「浪費の概念」を俟《ま》たなければならない。

3　浪費の概念

生産的消費と非生産的消費

一九三一年の初め、バタイユが実質的な編集主幹を務めていた『ドキュマン』の廃刊が決定する。その直後、バタイユは共産主義の革命家ボリス・スヴァーリンと知り合い、彼をリーダーとする非共産党系の組織「民主共産主義サークル」へ加入する。このサークルの参加者を中心として創刊されたのが『社会批評』誌である。一九三三年、バタイユはこの雑誌にエコノミーを主題とする「浪費の概念」を発表する。

しかし、この論文は編集部をおおいに戸惑わせるものであった。その当惑の原因は一つには「ポトラッチの最高形態としての革命」という発想に起因するものだろう。階級闘争とは壮麗な社会的蕩尽である――バタイユのこうした革命観は共産主義者たちにとって、とうてい受け容れがたいものであったにちがいない。実際、『社会批評』の寄稿者であったシモーヌ・ヴェイユは、バタイユの非道徳的・非合理的な革命観が自らのものと相反すると非難している。[5] しかし、原因はおそらくそれだけではない。生産的消費と非生産的消費という経済学的な概念を導入しながら、「贅沢、葬儀、戦争、祭典、豪奢な記念碑の建設、遊戯、見世物、芸術、倒錯的性行為」〔ND, 305/310-311〕といった、およそ経済学的ではない対象を分析するこの論文を、彼らはそもそも「エコノミー」を論じたものとして理解することができなかったのではないだろうか。

では、「浪費の概念」において提示されるエコノミー論とは一体どのようなものか。まずは、この論文の鍵概念となる人間の消費活動の二分類、「生産的消費」と「非生産的消費」の区分について確認しておく。

人間の活動は生産と保存の過程へと完全に還元可能なわけではなく、消費は判然と区別された二つの部分に分割されるべきである。第一の部分は還元可能なものであり、任意の社会の個々人にとって、生の保存と生産活動の継続に最低限必要な量の使用によって表象される。したがって、単に生産活動を継続するための基本条件だけが重要なのである。第二の部分は非生産的と呼ばれる浪費〔dépenses〕によって表象される。〔ND,305/310〕

生産的消費とは最終的に生産活動と生命維持へと帰着する消費のことである。これは元々、マルクスの『経済学批判要綱』で用いられた概念であるが、バタイユの場合、マルクスが区別していた「生産的消費」と「消費的生産」をともに含意する。一方で、生産は消費を必要とする。生産するためには個人の労働力が支出され、生産手段が損耗し、原料が消尽されなければならない。他方で、消費は生産を目的とする。個人が栄養を摂取し休息をとるのは労働力を再生産するためである。こうした消費は生産過程における損失として計上されるが、事後的に利益を獲得することで補塡される。一時的には損失するが結果的には獲得するのであって、損失はあくまでも獲得のための手段にすぎないのである。

これに対して、非生産的消費とは決して生産へと還元されることのない消費、すなわち浪費である。それは——直接的にであれ間接的にであれ——生産活動に寄与しないばかりでなく、個人の生存に必要な量を超えて無駄に消費することである。そこで使用される富はいかなる成果も産み出さず、何も得るものはないのだから、純粋な損失となる。非生産的消費の目的は獲得ではなく損失そのものである。

非生産的消費の例としてバタイユが挙げるのは、宝石、供犠、賭博、そして芸術だ。宝石はただ鉱物としての美しさだけでなく、そのために費やされた財産によって輝く。供犠（sacrifice）は家畜や奴隷といった所有物を生贄に捧げて聖化する（sacrifier）儀式であって、聖なる事物は「損失の操作」〔ND, 306/312〕を通じて生み出される。賭博には多額の金銭が賭けに投じられ、ときに儲けが得られることもあるが、その本質的な魅力は財産すべてを失ってしまうという「死の危険」〔ND, 306/313〕にこそある。芸術の場合、浪費の形態には二種類ある。第一は、建築や舞踏のように、実際に富やエネルギーを消費する「実質的浪費」（dépense *réelle*）であり、第二は文学や絵画のように、悲劇的な喪失を表象する「象徴的浪費」（dépense *symbolique*）〔ND, 307/314〕である。なかでも詩はその意味が「供犠の意味と隣接する」〔ND, 307/315〕として浪費の典型例とされる。

バタイユによれば、人間の活動が生産的消費、より一般的に言えば、獲得と保存を目的とする生産に割り当てられるとき、人間の生は隷属的な地位へと貶められる。他方で、それが純粋な損失を目的とする非生産的消費へと充てられるとき、人間の生はその真の意味と価値を回復する。

有用性とは何か

生産的活動の価値は、どれだけ富の獲得と生の保存という目的のために役立つかという基準で測られる。生産に役立つ消費は奨励され、そうでない消費は削減される。生産の尺度とは何よりもまず有用性である。では、そもそも有用性とは一体何だろうか。

バタイユにとって「有用性」(utilité) とはさしあたり「生産に役立つこと」だといえる。すなわち、生産という目的のために奉仕する手段となることであり、それを通じて何らかの利益が獲得されることである。より卑俗な言い方をすれば、それを用いることで経済的利益、とりわけ金銭が得られるということだ。このような生産を目的とする、最も狭義の有用性を「有用性Ｉ」と名づけることにする。

より一般的な議論に据えて考えてみよう。アリストテレスは『ニコマコス倫理学』の友愛《フィリア》論において、愛されるに値するものを善きもの、快いもの、そして「有用なもの」(χρήσιμον) の三つに分類している。善と快楽が目的として愛されるのに対して、有用なものは「それによって何らかの善または快楽が生ずるところのもの」[6]である。また、ベンサムは『道徳および立法の諸原理序説』において、「有用性(功利性)」(utility) とは「ある対象の性質であって、それによってその対象が、その利益が考慮されている当事者に、利益、便宜、快楽、善、または幸福〔……〕を生み出し、または〔……〕危害、苦痛、害悪、または不幸が起こることを防止する傾向をもつもの」[7]と定義する。アリストテレスが善と快楽を峻別するのに対して、功利主義の創始者たるベンサムがそれらを同一視するという違いはあるものの、両者が有用性について述べているのは基本的に同じことである。すなわち、善や快楽はそれ自体として目的となりうるが、有用なものはあくまでも善や快楽といった目的のための手段であるにすぎないということだ。有用性は決してそれ自体において価値をもつことはなく、何らかの目的のための手段として役立って初めて価値を有する。倫理学の言葉で言い換えれば、善や快楽は内在的価値を有するが、有用性とは道具的価値しかもちえないということである。この意味で、バタイユもまた、有用性に「相対的な価値」〔ND, 320/340〕のみを認めている。このように、目的が必ずしも生産には限定されず、何であれ何らかの目的のための手段となることを「有用性Ⅱ」と呼ぶことにしよう。

　ここから直ちに明らかになるのは、有用性が二重の意味において他のものへの従属的関係の内に置かれているということである。それはまず、善や快楽といった目的へと従属する。有用なものはつねに何か他のものを目的とするのであって、決してそれ自身を目的とすることはない。それゆえ、有用性は他のものと関係するかぎりで意義をもつのであり、もし目的から分離されるならば何の役にも立たないだろう。それはまた、善や快楽を享受する者へと従属する。有用なものはそれと関わる誰かにとって役に立つと言えるのであり、そうした関心とは独立して有用性が事物や人間に内在しているわけではない。したがって、『精神現象学』のヘーゲルの表現にしたがえば、「有用なもの」(das Nützliche)とは「絶対的に他のものに対してある」[8]存在である。有用性とは徹底的に他のものとの関係を意味するのであり、それ自体としては決して存立しえないのである。こうした最も抽象化された意味での――通常はもはや「有用性」とは呼びえないような――最高次の有用性を以後、「有用性Ⅲ」と呼ぶ。

　このように、有用性はそれが指す範囲に応じて三つの段階に分けることができるだろう。その第一のもの(有用性Ⅰ)は最も限定された、通俗的な意味での有用性であって、生産や財の取得という目的のために役立つことを意味する。次に、より一般化された用法で、善や快楽、幸福など何であれ何らかの目的のための手段となること、言い換えれば、目的‐手段の連関が有用性Ⅱ

である。そして、最も一般的な次元での有用性、すなわち有用性Ⅲとは、他のものへの従属的関係であり、決してそれだけでは存立せず、つねに他との関連においてあることを意味する。

さて今度は、有用性の問題を商品経済に即して辿り直してみよう。資本主義において諸事物の有用性は商品の使用価値として現象する。マルクスが『資本論』において指摘するように、ただ生産者にとってのみ役に立つだけでは使用価値とはなりえない。交換されなければ商品たりえないのだから、それは他者の眼にも使えるものとして立ち現れる必要がある。それゆえ、「他の人々に対する使用価値、すなわち社会的使用価値」[9]でなければならない。言い換えれば、有用性は純粋に個人的なものではありえず、社会的に共有された基準で測られるべきなのである。したがって、有用なものは社会にとって共約可能なものである。バタイユによれば、しばしば投げかけられる「それは何の役に立つのか」という問いに対して究極的には「共同体にとって有用である」〔OC, II, 147f.〕という定式で答えなければならない。

さらに生産的消費の場面へと局限すれば、消費の有用性はそこで支出される費用と産出される利益との比較衡量によって評価される。損失を補塡する利益、コストを上回るベネフィットが見込まれなければ、消費はなされない。消費は「厳密な意味で唯一合理的な収支均衡（獲得によって規則正しく補塡される消費）という経済原則〔principe économique〕」〔ND, 305/311〕に適うかぎりにおいてのみ容認されるのである。こうした損得勘定が可能であるための条件は損失と利益が共約可能だということである。損失と利益は共通の尺度の下で計測され、数量化されることで「同質なもの」（l'homogène）となる。この同質化を俟って初めて損得が計算できるようになる。そして、損失と利益を計算する共通の尺度が貨幣である。

こうして、生産が人間の生を隷属的なものにする理由が明らかになる。それは人間の諸活動を何らかの目的のための手段とするからである。たとえその目的が私的な財貨獲得であろうと公共の福祉であろうと、有用性Ⅱの観点からすれば同じことだ。あらゆる営みが生産活動に動員されるとき、生そのものはもはや決して目的となることがない。さらにまた、生産は有用性や貨幣といった社会的に共有された尺度によって計測することを通じて、人々の営みを同質化していく。人間の生はそうした尺度で測られることで価値を賦与されるのであって、それ自体において価値を有することがない。このように、人間は生産に従事することで、それ自体としては価値をもたず、目的ともなりえない従属的存在へと堕してしまうのである。

栄光とは何か

非生産的消費は損失を目的とするがゆえに有用ではない。とはいえ、それは単に獲得や保存のための役に立たないから有用性が低いというだけではない。非生産的消費は浪費すること自体を目的とし、自分以外のいかなる目的にも従属しないのだから、そもそも有用性の連関の内にはないのである。このような消費はまた、貨幣という価値尺度によっては測られることがない。それは単にコストがベネフィットを上回るとか、損失を補塡するのに十分な利益が得られないというだけではない。非生産的消費は見返りも計算もなしに浪費することなのだから、貨幣のような尺度によって比較衡量されることがもとよりないのである。非生産的消費の価値は、どれだけ利害に対して無関心に富を浪費できるか、どれだけ壮麗に自己の生を燃やし尽くすかという尺度によってこそ測られるべきなのだ。

では、非生産的消費によって創造される価値（「非生産的価値」〔ND, 319/338〕）とは一体何か。バタイユによれば、それは「栄光」（gloire）である。栄光という語は一般的に、武勲や権力のために与えられる名誉、あるいは、神が啓示する神自身の本質、すなわち神の「真理、能力、行為」[10]から発せられる光輝を意味する。しかし、バタイユの場合は特に、王のように他者へと従属せず、自らの富やエネルギーを惜しみなく浪費し、他者に与える存在を指して用いられる。ひとまず有用性の対義語であり、後述する「至高性」の同義語と考えておけばよい。

栄光は損失という振舞いそのものから発せられる価値であって、有用性や貨幣といった外在的な尺度によって測られることがない。それは一方で、自己自身が尺度になるということだから、他のものとの比較によって測られる価値ではない。カントが『判断力批判』において、数学的崇高とは外在的な尺度によって測定されるような相対的な大きさではなく、それ自身を尺度とするがゆえに「端的に大である」[11]としたように、栄光とは相対的な価値ではなく、それ自体において端的に価値あるものである。また他方で、自分以外の他のいかなる「尺度」（mesure）によっても測られないのだから、比較のすべてを超えており、「度外れ」（démesuré）である。それは社会的に共有された尺度の外部に存するのであって、共約不可能なものである。この意味で、尺度を共有する同質な社会にとって、栄光は「異質なもの」（l'hétérogène）として現れる。その異質性は何らか共通の尺度の下での相対的な差異ではなく、いかなる尺度をも共有しえない絶対的な差異である。

物質〔matière〕は、実際、非論理的差異によってしか規定されえない。この差異は法に対する犯罪が表象しているものを宇宙のエコノミー〔économie de l'univers〕に対して表象している。栄光は自由な浪費の目的を（言い尽くしはしないが）要約あるいは象徴する。それは決して犯罪を排除しえない一方で、資格認定と区別されえない。少なくとも物質の価値に匹敵する価値をもつ唯一の資格認定、他の何ものの条件でもない非従属的な資格認定を考慮に入れるならば。〔ND, 319/339〕

ここでバタイユのいう「物質」と「非論理的差異」の関係については少し説明しておく必要がある。まず、バタイユの物質概念から確認する。バタイユは『ドキュマン』掲載の「低次唯物論とグノーシス」（一九三〇年）において、グノーシス主義に拠りながら、理性に抗する暗い力を物質に認めていた。「物質＝質料」（matière）とは理性の光が届かない闇、秩序づけられた善に対する悪を意味する。しかし、それは形相や観念を欠いた単なる欠如態なのでも、それらをただ受容するだけの受動的原理なのでもない。そうした上級の原理から逸脱する低次の物質は、理性に従属しない自律的な存在であり、悪によって創造的行為をなす能動的原理である。それはいかなる観念への包摂をも拒み、「巨大な存在論的機構」〔DC, 225/158〕へと還元されることがないのである。

では、この物質はどうして非論理的差異によって規定されるといわれるのだろうか。アリストテレスはその存在論を著した『形而上学』において、差異を二つの型に分類している。第一の差異は互いに異なるが何らかの点で等しいこと、言い換えれば、共通の類の下での「種差」(διαφορά)である。例えば、動物は生物という共通の類の下で「運動する」という種差によって植物と区別される。これに対して、第二の差異はいかなる共通性ももたない差異であり、「異質性」(ἑτερότης)と呼ばれる。伝統的な形而上学においては、あらゆる存在者は種差によって区別され、類‐種関係の下で分類され体系化される。それゆえ、種差が諸事物を秩序づける論理的差異であるのに対して、非論理的差異とは異質性のことだといえる。[12]

このことをバタイユの物質概念に引き当てれば、物質は観念では把握されないがゆえに、種差によって規定される類‐種関係の下には包摂されず、したがって形而上学という存在論的機構へと回収されることもない。この意味で、物質は異質性という非論理的差異によってしか規定されえない異質なものなのである。

さて、異質性を巡るより詳細な議論については次節に譲ることとして、先の引用箇所に立ち返ることにする。物質は異質性によってしか規定されえず、類‐種関係の下で秩序づけられた合理的な体系である「宇宙のエコノミー」から逸脱している。それはちょうど犯罪が法体系からの逸脱であることと同じである(ここで言う犯罪とは単に違法という意味ではなく、生まれながらの悪のことである)。同様に、栄光もまた、有用性という同質な社会的体系にとって異質なものであり、犯罪と同じ位置を占めている。犯罪的行為は栄光となりうるし、実際、非生産的な振舞いはしばしば生産を旨とする規範意識からは犯罪として指弾されるのである。

しかし、まさにこの共通の尺度から排除されることでその価値を承認されるという点で、栄光は前節で見た「資格認定」に等しい。その資格認定の内容はまず、「物質の価値に匹敵する」ということである。とはいえ、ここでいう物質の価値とは商品の使用価値のことではない。使用価値はその事物の属性によって規定されており、交換される商品は自らの使用価値によって互いに区別される（使用価値が同じ商品同士はそもそも交換されない）。すなわち、使用価値とは商品にとって種差を意味する。これに対して、バタイユのいう物質とは種差によって規定され、その属性にしたがって互いに区別されるようなものではない。それはむしろ理性によっては分類されることのない自律的な価値（異質性）を有するのである。

栄光の資格認定はまた、「非従属的」である。それは他のものを条件づけることも、他のものによって条件づけられることもない。有用性は目的へと関連づけられ、目的によって条件づけられるがゆえに、目的に対して従属的である。これに対して、栄光はそれ自身が目的なのだから、他のものへと関連づけられる必要がないのである。こうして、栄光として認定される資格とは、それ自体として目的となり、それ自体において価値をもつということだ。非生産的消費は純粋な損失によって栄光という価値を創造することなのだから、人間の生は非生産的消費によって初めて栄誉あるものとなるのであり、栄光だけが人間の活動の真の目的である。

生産の原理は有用性であり、非生産的消費の原理は栄光である。有用性とは目的への従属であり、栄光とは目的そのものである。だとすれば、有用性は究極的には栄光という目的へと従属しなければならない。言い換えれば、生産的営為は必然的に非生産的消費のために役立つのでなければならない。人間は獲得するために消費するのではない。逆である。浪費するために獲得するのだ。このような生産と消費の関係を考察するために、バタイユが注目したのが、マルセル・モースの『贈与論』（一九二五年）で広く知られることになった「ポトラッチ」（potlatch）という制度である。

ポトラッチとしての革命

ポトラッチとは元々、アメリカ文化人類学の父フランツ・ボアズによって紹介された、アメリカ北西部のクワキウトル族に伝わる風習である。この風習では祭礼に際して、ある首長が敵対する者に豪奢な財物を贈り、その受贈者は後日、より価値のある贈り物を返礼しなければ元の贈与者に服属させられる。その形式は必ずしも贈与だけには限定されず、例えば、競争相手の眼前で奴隷の喉を掻き切ってみせたり、自分の村落を焼き払ったりといった財産の破壊や、非常に高価な紋章つきのメダルを海に捨てるといった富の放棄という形式をとることもある。モースはアメリカ先住民の風習だけでなく、より一般的に世界各地に見られる、こうした「闘争型の全体的給付」[13]の制度をポトラッチと呼ぶ。

財物の浪費、闘争的な賭け、純粋な損失、そして供犠といった、ポトラッチにおいて観察される諸契機は先述した非生産的消費の条件を満たしているといえる。このポトラッチをバタイユは交換の原始的な形態として捉え、そこに生産に対する浪費の根源性を見出す。

浪費に対する生産と獲得の二次的性格は原始的なエコノミーの制度〔institutions économiques primitives〕において、交換がまだ譲渡される物品の贅沢な損失として扱われていたという点で最も明確に現われる。交換はこのように根底においては浪費過程として現われ、獲得過程はその上に発展したのだ。古典経済学〔économie classique〕は原始的交換が物々交換という形態の下で発生したと考えた。経済学は実際、交換という獲得手段の起源が今日満たしている獲得の欲求にではなく、破壊と損失の欲求にあったなどと想定することは、どうしてもできなかったのである。〔ND, 308/317〕

古典経済学にあって交換の原始的形態は物々交換だと考えられていた。アダム・スミスによれば、分業の起源は「自分では消費しきれない自らの労働の生産物の余剰をすべて、自分が必要とする他人の労働の生産物の余剰と交換すること」[14]にある。こうした物々交換は生活必需品を獲得するという欲求を満たす。ところが、実際の「未開社会」で観察されるポトラッチが証言しているのは反対の事態である。ポトラッチの目的は他人から物品を獲得することではなく、自らの所有物を損失することにある。それは「獲得の欲求」にではなく、「破壊と損失の欲求」にこそ応える。交換とはその起源にあって生産の一分肢ではなく、浪費の一形態であった。それが生産過程の一部となるのはあくまでも副次的な産物にすぎない。

　こうした獲得に対する損失の根源性は富と権力の関係についても言える。通常、権力者が大きな富を所有するのは、権力が富を（あるいは逆に富が権力を）「獲得する力」を意味するからだと考えられている。しかし、ポトラッチの場合、地位や名誉を得るのはより多くの富を獲得した者ではない。より大きな損失を出した者である。そこで権力を裏打ちするのは「獲得する力」ではなく、「損失する力」（pouvoir de perdre）〔ND, 311/322〕である。それゆえ、権力者が多くの財産を所有するのはそれだけ多く損失するためなのだ。

ポトラッチは目的と手段の論理的な関係、すなわち、生産は非生産的消費に従属するという関係を歴史的に立証するものである。人間の生の目的は壮麗な浪費をすること、栄誉ある存在として輝くことに存するのであって、富の獲得や生命の保存はそのための手段にほかならない。獲得や保存といった生産的営為はあくまでも「秩序づけられ、留保された力が、説明可能な何ものにも従属しえない目的のために、解放され、損失される瞬間」〔ND, 318f./337-338〕においてのみ容認される。財産は損失するために蓄積され、生命は焼尽するために維持される。それゆえ、有用性は栄光という絶対的な価値の創造に役立つかぎりで相対的な価値を有するにすぎない。言い換えれば、浪費という目的に従属して初めて有用性は有用となるのである。

ここから、なぜ通常の経済学的思考が生産的消費しか考慮に入れることができないかも明らかになる。そこでは本来の目的と手段の関係、すなわち、栄光と有用性の関係が顚倒させられているからである。富が損失されるのは事後的により大きな利益を獲得するためであり、人間の生が燃焼されるのはそれを再生産するためである。このように経済学的思考にあって、目的であるはずの消費は、手段であるはずの生産に従属させられることで生産的消費でしかなくなってしまう。このことはまた、交換の原初形態たるポトラッチと商業的交換の関係についてもいえる。損失を目的とするポトラッチは、その副産物にすぎない獲得が目的とされることで、生産的な交換へと変容する。こうして、目的と手段の関係が逆転した結果、「商業のエコノミー〔économie marchande〕において交換過程は獲得の意味をもつ」〔ND,311/324〕ようになったのである。

歴史を顧みるならば、古代ローマでは、富者は祭礼や競技会を主催することで社会的蕩尽の役割を負っていた。また、中世の封建社会でも、修道院への莫大な喜捨や領主による豪奢な浪費というかたちで非生産的消費はなお社会の内に地位を占めていた。しかしバタイユによれば、近代におけるブルジョワジーの出現によって、それは決定的に社会から排除されることになった。

> 限定された浪費〔dépense restreinte〕という屈辱的概念に対応するものは合理的な概念である。この概念はブルジョワジーが十七世紀以来発展させたもので、通俗的な意味での、ブルジョワ的な意味での、厳密に言って経済的な〔*économique*〕世界の表象という意味しかもたない。浪費への憎悪がブルジョワジーの存在理由であり、正当化である。と同時に、その恐るべき偽善の原理でもある。〔ND,314/327-328〕

ブルジョワジーという階級は社会から非生産的なものを排除するという「存在理由」からして「限定された浪費」しか容認しない。この消費は二重の意味において限定されている。第一に、ブルジョワジーは浪費を社会的制度としては追放し、ただ「自分のためにだけ浪費すること」

〔ND, 313/327〕のみに同意する。すなわち、個人的消費へと限定される。第二に、損失それ自体を目的とする消費は排斥され、消費は生産を目的とするものだけに限定される。したがって、ブルジョワジーにとって、個人的な消費が社会的な（再）生産に寄与するという限定の下でのみ、消費は容認されるのである。個人の消費を社会的な生産から説明すること（rendre compte）、一時的な損失によって結果的に獲得される利益を考慮すること（tenir compte）――このような「計算する理性」（raison qui tient des *comptes*）〔ND, 314/328〕に適合したエコノミーがいわゆる「経済的な」エコノミー、すなわちブルジョワ・エコノミー（資本主義）である。

とはいえ、人間が単に有用で隷属的な存在ではないかぎり、その生は決して「合理的概念の内で生に割り当てられた閉じた体系」〔ND, 318/337〕すなわち、ブルジョワ・エコノミーへと還元し尽くされることはない。非生産的消費の社会的形態が消失してしまったかのように思われる現代にあってさえ、「浪費の原則そのものが経済的な活動〔activité économique〕の終極に置かれることをやめた」〔ND, 312/325〕というべきではない。人間が同時に損失の欲望をもつ栄誉ある存在であるかぎり、たとえ排除・隠蔽されたとしても、浪費はつねに人間の社会に取り憑き、そこへと回帰してくるのである。では、それは現代社会でどのようなかたちをとるのだろうか。バタイユによれば、それは「階級闘争」である。

未開社会におけるポトラッチが富の損失による地位の上昇という、ある種の階級闘争であったのと同様に、プロレタリアートによるブルジョワジーに対する階級闘争こそ、現代における社会的蕩尽の形態である。エネルギーの膨大な浪費、不条理な暴力、社会的擾乱、生命の多大なる犠牲——これらの革命運動に見られる諸契機はまさしく非生産的消費の条件を満たしている。階級闘争は「それがいつか労働者が犠牲を払って主人の存在を脅かす規模で繰り返され、展開されるとき、社会的浪費のもっとも壮大な形態となる」〔ND, 316/332〕のである。

階級闘争が資本主義を顚覆するのは、マルクスとエンゲルスがいうように、労働者を資本家による搾取から解放し、資本と生産手段をプロレタリアートの手に奪還するからではない。あるいはまた、ソレルが提起したように、プロレタリア・ゼネストという「暴力」（violence）がブルジョワジーの支配的な「強制力」（force）を打倒するからでもない。革命はそのとき、あるべき生産関係や道徳の実現といった目的のための手段に堕してしまう。そうではなく、階級闘争がまさにその過程のただなかにおいて、ブルジョワ・エコノミーという合理的体系の内に非合理な社会的蕩尽という傷口を開くからなのだ。階級闘争の意義とは古い生産関係を廃絶し、新たな生産関係へと移行することにではなく、そもそも生産というものを破壊することにある。

このようなバタイユの異様な革命観が共産主義の活動家たる『社会批評』編集部の当惑を招いたことは想像に難くない。

絶対的有用性のパラドクス

しかし、疑問は残る。バタイユのいう非生産的消費ははたして本当に「非生産的」なのだろうか。経済学者ヴェブレンが「衒示的消費」（conspicuous consumption）と呼んだように、個人的に贅を尽くした宝石は所有者の金銭力や地位を周囲に誇示するという社会的機能を担う。家畜や奴隷を屠る供犠は聖なる生命力を共同体の収穫のために利用することを狙っている。賭博師を破産に追い込むギャンブルは巨大な産業として運営されている。このように、バタイユの挙げた非生産的消費の例は、社会的役割という観点を付加すれば、社会的（再）生産に奉仕する個人的消費、すなわち、生産的消費として解釈することも可能である。

バタイユが非生産的消費の範型としたポトラッチもまた例外ではない。ポトラッチとは闘争型の全体的給付体系であった。なぜ闘争型かといえば、そこに参加する者の動機が競争相手を屈服させ、自己の地位を獲得することだからである。なぜ給付の制度かといえば、「損失による実定的な所有を設立すること——そこから高貴さ、名誉、階層における序列が生まれる——こそ、この制度に重要な価値を与える」〔ND, 310/320〕からである。すなわち、闘争の結果はじめて勝者による財の所有が社会的に承認され、そこから地位や名誉も生じるということだ。だとすれば、ポトラッチは動機においても結果においても損失による獲得を意味することになる。それはまさしく生産的消費にほかならない。こうして、非生産的消費は定義上、決して生産に還元されないはずにもかかわらず、事実上、生産に絡め取られてしまうのである。

純粋な損失を目的とする非生産的消費はかえって生産や獲得のための手段となってしまう。こうした逆説が生じるのは歴史の偶然からでも、衒示的浪費にも幾分かの「有用な意図」[15]が含まれているからだけでもない。それはむしろ非生産的消費が生産的消費から区別されるかぎり、必然的に生じる事態である。バタイユ自身もまた、この逆説に無自覚であったわけではない。そのことは「浪費の概念」の異稿、とりわけこの試論の冒頭に付されるはずだった「絶対的有用性のパラドクス」と名づけられた断章が証言している。では、なぜ非生産的消費の逆説が必然的に生じるのか。まずはこの異稿の説明に沿って考えていくことにしよう。

これまで見てきたように、有用性はその目的へと従属することで相対的な価値を有するのだった。ところが、それは社会の発展とともに本来の意味から外れていき、目的と手段が取り違えられることで、やがて「絶対的な価値」〔OC, II, 148〕をもつようになる。これが絶対的有用性のパラドクスである。バタイユはこの逆説が生じる機序をフロイトの有名な快楽原理と現実原理の理論を援用しながら、次のように説明する。

理論的には、有用性は快楽に従属する中間項〔moyen terme〕である。しかし、重要なのは穏やかで合理的な快楽だけである。激烈な快楽は有害なものとして排除される。このことは快楽原理がそれ自体、有用なものの原理に従属しうることを意味する。目的は初めから部分的に手段へと従属している。目的の絶対的な本性の一部は実践の中で中間項へと変容し、明確な分離は不可能となるのである。〔Ibid.〕

フロイトによれば、快楽とは興奮の解放であり、人間の無意識は不快を避け快楽を得ようとする快楽原理に支配されている。ところが、期待した満足が得られない現実に突き当たると、不快なものにも耐えることを強いる現実原理がこれに取って代わる。とはいえ、それは「快楽原理の廃絶ではなく、その確保[16]」にすぎず、あくまでも刹那的で不確実な快楽よりも後から来るより大

き く確実な快楽を獲得するためなのである。こうして、最終的に快楽は実現されるのだから、現実原理は快楽原理に従属するといえる。

これに対して、バタイユがここで指摘しているのは、現実原理（有用なものの原理）が快楽原理に従属することで、逆にまた、快楽原理も現実原理へと従属するということだ。なぜなら、この心的過程において、生命を脅かすような激烈な快楽は予め排除されており、合理的に追求可能な快楽だけが容認されているからである。有用性の間尺に合わない快楽はそもそも目的として設定されない。こうして、快楽原理はかえって有用なものの原理に従属することになるのである。

フロイトが個人の心的過程について分析したことは共同体の生に関してもいえる。共同体が維持されるべきなのは、そこで人々が快楽を享受するためである。その意味で、共同体の維持は構成員の快楽という目的のための手段にすぎない。ところが、激烈な快楽が吹き荒れて共同体を破壊してしまえば、以後そこで人々が快楽を享受することは不可能になってしまう。そのため、共同体はその維持に反しないかぎりで、遊びや芸術、若者の放縦といった穏やかな快楽のみを許容する。こうして、共同体は自己保存という手段のために従属し、「奉仕のための奉仕、すなわち絶対的な有用性への逆説的な奉仕」〔OC, II, 149〕のために生きることになる。共同体全体が巨大な有用性の機械となるのである。

次に、バタイユの絶対的有用性のパラドクスをより一般的な観点から辿り直してみよう。快楽を目的とした場合、有用性はこの快楽という終極（目的）へと至る連関の中間項（手段）に当たる。例えば、食事をするという終極へ至るためには、料理と引き換えに貨幣を支払う、貨幣を得るために労働する等々といった中間項を経る必要がある。ところで、もし目的が文字通り「絶対的なもの」(absolu)であるならば、言い換えれば、手段から分離され(ab-solu)無関係であるならば、目的は決して達成されえない。しかし、目的が手段へと関連づけられ、手段と相関的なものであるならば、それもまた一つの手段となりうる。終極と看做される目的は一方で、手段の連関の内へと繰り込まれることで、一箇の中間項へと変容する。例えば、食事をすることは運動をするという目的のための手段となり、さらにまた運動は健康の増進という目的のための手段となる。目的は他方で、目的と手段の連関を逆順に辿ることで、手段のための手段となりうる。例えば、食事は労働のための手段となり、交換手段たる貨幣を得ること自体が目的となる。このように、目的は手段へと関連づけられることを通じて、その絶対的な性格を失い、それ自体が手段へと堕してしまうのである。

最も一般化された意味での有用性(有用性Ⅲ)とは他のものへの従属的関係であった。目的は他のもの(手段)と一切関わらないならば、実現不可能なものであり、それが現実的な意義をもちうるためには、他のものと関係しなければならない。目的が手段に依存するかぎり、それは手段へと従属的に関係し、一つの手段となる。いずれにせよ、目的が純粋に目的そのものであることはできず、手段は自己目的化する。こうして、いかなる目的も有用性に取り込まれないものはなく、有用性という基準が絶対的なものとなる。これが目的-手段連関に必然的に孕まれた絶対的有用性のパラドクスである。

バタイユが「浪費の概念」において生産的消費と非生産的消費という区別を導入し、浪費に対する生産の二次的性格を剔抉したのは、人間の生を有用性の従属的な連関から解き放ち、その真の目的たる栄光を再び見出すためであった。生産は浪費に従属しなければならず、有用性は栄光という目的のための手段である。しかしながら、栄光はそのように有用性と関係することで、絶対的な有用性のパラドクスによって、かえって従属的な連関の内へと組み込まれてしまう。

同様の構造は栄光という概念自体にも内包されている。既に見たように、栄光とは損失する振舞いそのものから発せられる価値であった。それは一方で、栄光それ自体が価値の尺度であって、他の外在的な尺度によっては測られないものである。しかし他方で、その振舞いは誰かしら他者によって栄光として承認され、喝采されなければ、社会的には何の意味ももちえない。或る人が王であるのは、他の者たちが彼に対して臣下として振る舞うからにすぎないのである。

なぜこのように有用性を批判するバタイユの意図から、逆説的に、有用なものの絶対性が帰結してしまうのか。それはバタイユ自身が、栄光や浪費を目的として設定しているからであり、それらを目的－手段連関の下で把握しているからにほかならない。すなわち、有用性を批判する当の思考自身が有用性の枠組みにしたがって思考しているからなのだ。上述した有用性の分類でいえば、バタイユは生産を目的とする有用性Ⅰを批判しながら、栄光を本来の目的とし生産を手段にすぎないと把握するかぎり、その問題構制は未だ何らかの目的－手段連関を設定する有用性Ⅱに囚われたままなのである。

もし有用性を批判するのであれば、偽の目的に代えて真の目的を設定したり、目的と手段の関係を逆転させたりするだけでは十分ではない。そうではなく、有用性を根源的に批判するためには、目的－手段連関（有用性Ⅱ）を、さらにいえば、あるものを他のものとの相関関係において思考すること（有用性Ⅲ）そのものを問い直さなければならないのである。

とはいえ、バタイユが自らの議論に内蔵された困難について気づいていなかったとはいえない。というのも、バタイユは「浪費の概念」の結論部において、決定稿では栄光のために有用性があると結論づけているのに対して、採用されなかった第一稿では次のように書いているからである。

この意味において、すなわち、共同体の意識に適合した仕方で、殺戮は工場と同じくらい有用であり、人間の歴史――血腥《なまぐさ》く騒々しい――は無条件の有用性へと完全に還元可能である。〔OC,I,668〕

共同体は計算なしの供犠や暴力を通じて栄光を目指す。個人の生命を惜しみなく損失し、死を与えることによって、共同体は生の充溢を生きる。しかしながら、供犠や戦争が「共同体の意識に適合した仕方で」、言い換えれば、共同体の目的に従属して執行されるならば、たとえその目的が栄光であるとしても、それらは目的のための手段となる。この意味で、最も不合理であるように思われる殺戮でさえも「工場と同じくらい有用」である。人間の歴史は栄光の生を賭けた血腥い闘争の歴史である。しかし、闘争もまた従属的な連関の中間項にすぎないならば、人間の歴史の総体は有用性へと還元されてしまう。こうして、有用性は自分以外には目的をもたない有用性、「無条件の有用性」となるのである。

栄光は有用性を従属させることで、かえってそれへと奉仕することになり、有用性は絶対的な価値を戴冠する。この絶対的有用性のパラドクスの構造を暴く議論は結局、決定稿からは削除されている。しかし、まさにこの「記述していたのに削除した」という事実が二つのことを証言しているように思われる。それは第一に、記述していたのに削除したのだから、バタイユ自身が生産的消費と非生産的消費の区別に孕まれた困難に自覚的であったということ。そして第二に、記述したのに削除したのだから、この時点ではなおこの問題は未解決であったということである。

これまで見てきたように、バタイユは「浪費の概念」においてエコノミーの問題を主題化するとともに、「エコノミー」という概念を重層的に把握するようになる。上で引用したように「通俗的な意味での、ブルジョワ的な意味での、厳密に言って経済的な〔économique〕」〔ND, 314/327〕とわざわざ断り書きされていることからも明らかなとおり、「エコノミー」はもはや「経済的合理性」や「節約」といった意味だけを指す概念とは捉えられていない。例えば、交換の形態に即して「原始的なエコノミー」と「商業的なエコノミー」が対置されていた。しかし、これは経済史で指摘されるような単なる経済体制の対立ではない。なぜなら、両者は財産の配分方法の違いを表しているのではなく、前者が損失を、後者が獲得を目的とするまったく異質な営みだからである。通常の意味での「経済」は後者のみを指すだろう。また、「宇宙のエコノミー」が法規範や有用性の体系と類比的に語られていた。これは諸事物を合理的に配置するストア派的な宇宙の秩序を指していると考えられる（バタイユの宇宙論については後述する）。そして、とりわけ浪費という概念が狙いを定めているのは、生産と有用性の原理によって統制される「ブルジョワ・エコノミー」すなわち資本主義なのである。

他方で、「松毬の眼」草稿群と比較して後景に退いた論点もある。それは主体の態勢という観点である。社会的な問題構制の下で論じられる「浪費の概念」において、主体の知の二重の形態はさしあたり問題とならず、人間と自然という生態学的関係も個人と共同体という社会的関係に置き換えられている。また、「松毬の眼」において、科学的思考から神話学的思考へと転換するための方法として提示された排除に基づく資格認定は、なおその痕跡を残しつつ、栄光と有用性との目的-手段連関として捉え直されることとなった。しかしながら、栄光と有用性の関係を目的と手段の関係として把握するというまさにそのことによって、絶対的有用性の陥穽にはまってしまったのだった。

では、この困難はどのように解決されるべきか。「松毬の眼」における主体の態勢と「浪費の概念」におけるエコノミーの問題を統合し、栄光と有用性を目的-手段連関ではない仕方で説明する試み――これこそ、バタイユがガリマール宛書簡で予告していた『有用なものの限界』なのである。

第二章　エコノミー論の軌跡

1　異質学

シュルレアリスムとファシズム

バタイユが「浪費の概念」を発表した一九三三年、ドイツでは全権委任法が成立し、ヒトラーのナチ党が権力を掌握する。これに先立つ一九二二年にはイタリアでムッソリーニ率いるファシスト党がローマ進軍を行い、政権を奪取している。フランスにもファシズムの脅威が迫りつつある頃、バタイユは「異質学」と呼ばれる特異な学の構想を温めていた。

「異質学」(hétérologie) とは、フロイトの精神分析とデュルケームの社会学の影響の下、同質性／異質性、領有／排泄といった概念を用いて、集団心理の観点から現代社会の構造を分析する試みである。前章で見たように、「浪費の概念」において既に栄光と物質が異質なものと名指され、宇宙のエコノミーと対置されていたが、わけても異質学の理論が明確に展開されるのは、「サドの使用価値」(一九三二—三三頃?) と「ファシズムの心理構造」(一九三三—三四) という二つの作品においてである。

「サドの使用価値」は元々、「シュルレアリスム第二宣言」(一九三〇年) におけるブルトンによる批判に対する応答として書き始められ、生前は刊行されなかった断片である。そこではサドと革命が主題とされ、同質な社会への異質なものの再導入という観点からサドの思想が顕彰される。これに対して、「ファシズムの心理構造」は『社会批評』に二号に渡って掲載された論文で、その題が示す通り、フロイトの集団心理学の理論を援用しながら、ファシズムが成立する機序を異質なものと権力との関係から分析することを目的とする。

サドを天上の観念へと高めて同質化してしまうシュルレアリスムに対しては汚物にまみれたサドを呈示し、かたや血と大地の暗い情念を横領しようとするファシズムからは異質なものの力を奪還する。上からと下からの社会運動に挟撃されながら、バタイユは当時の思潮に抗して、同質的な社会にあって異質なものの実態を見極め、その本来の力を復権しようとしていたのである。

こうした異質学の構想は一九三〇年代後半には放棄され、やがてその一部は『有用なものの限界』へと引き継がれていく。本節では異質性と〈聖なるもの〉、区別と両義性といった観点から異質学を取り上げ、それがどのようにしてエコノミー論へと発展していったのか、その前提となる事柄を確認する。

デュルケームの聖・俗二元論

異質学の基本的な概念である「異質なもの」とは一体何か。バタイユが用いる異質性と同質性という対概念は社会学年報学派（いわゆるデュルケーム学派）における聖・俗二元論から着想を得ている。それゆえ、まずはこの学派における〈聖なるもの〉概念についてごく簡単に確認しておく。

社会学年報学派の〈聖なるもの〉の理論は、旧約学者・人類学者のロバートソン・スミスのタブーとしての「神聖」（holiness）を批判的に継承しながら、これを社会的事実や集合表象の問題として捉え返した点に特徴がある。その聖概念を図式的に整理すれば、①宗教の本質的要素、②聖・俗二元論、③伝染的な生命力、④両義性という四つの契機からなる。

〈聖なるもの〉を巡る議論の先鞭をつけたのは、デュルケームの弟子にして学派の中核を担うアンリ・ユベールとマルセル・モースであった。二人は「供犠の本質と機能についての試論」（一八九九年〔以下、「供犠論」と略す〕）において、供犠とは神と人との「共食」（communion）の儀礼であるというロバートソン・スミスの説を反駁して、聖・俗二元論の立場から供犠の意義を分析した。彼らによれば、供犠の機能とは「犠牲という媒介によって聖なる世界と俗なる世界との間の伝達を確立すること」[1]にある（②）。なぜ世俗の世界が〈聖なるもの〉に接触しようとするかといえば、それが「生命力の原理そのもの」[2]だからであり（③）、またその際、なぜ犠牲という媒介を必要とするかといえば、それが世俗的な人間にとって恩恵をもたらすと同時に危険を伴う力だからである（④）。

さらに、ユベールとモースは「呪術の一般理論の素描」（一九〇二年）において、〈聖なるもの〉を包摂する上位概念として「マナ」を置き、これを呪術と宗教の究極的な概念であるとした。そこでは、マナが感性的世界に対する「異質性」（hétérogénéité）[3]によって特徴づけられ、自然とは異質でありながらそこに偏在する伝染的な性質・実体・活動だと規定された。他方で、ユベールはシャントピー・ド・ラ・ソーセイ『宗教史教本』フランス語版の「序文」（一九〇四年）において、マナよりも〈聖なるもの〉の方が普遍的であるとし、それを宗教の中心的な観念に据えた（①）。〈聖なるもの〉の内容を分析するのが神話や教義であり、その特性を利用するのが儀礼であり、そこから導出されるのが道徳、それを体現するのが聖職、それを固定化するのが聖域といったように、宗教とは「聖なるものの管理運営〔administration〕」[4]なのである。

　こうした弟子たちの議論を承けて、学派の領袖たるデュルケームは一九一二年、『宗教生活の基本形態』を発表し、その宗教論を〈聖なるもの〉の理論として展開する。①まず、デュルケームは宗教の本質を規定するにあたって、「神」や「超自然」といった観念は宗教現象にとって普遍的ではないとして退け、宗教を次のように定義する。

> 宗教とは聖なる事物（*choses sacrées*）、すなわち、分離され、禁止された事物に関わる信念と実践とが連動した体系であり、この信念と実践は、教会と呼ばれる同一の道徳的共同体において、そこに加入する全ての者を統合する。[5]

〈聖なるもの〉とは世俗的な領域から分離され、禁止されたものである。これを中心としてその周辺に構築された信念（信仰）と実践（儀礼）という二つの要素によって宗教は定義される。さらにそれは信仰と儀礼を共有する共同体（教会）を有するという点で、呪術から区別される。

②このように、世界を「聖なるもの」（le sacré）と「俗なるもの」（le profane）という二つの領域に分割することが宗教的思考の特徴である。デュルケームによれば、両者を規定しようとすれば、それらは互いに異質性をもつという相互規定によるほかない。例えば、善と悪という対立な

らば道徳という同じ類の下の二つの種だといえる。これに対して、聖と俗はいかなる共通の類ももたない根源的に対立するカテゴリーである。それゆえ、聖と俗との間の「異質性は絶対である」[6]とされる。

③とはいえ、こうした聖・俗二元論は全くもって内容空疎な対立であるわけではない。宗教現象を個人の意識を超越した集合意識の問題と捉えるデュルケームは、聖と俗の区別を集合表象〈社会的なもの〉と個人表象との対立として説明する。俗なる領域が個々人の日常的な経験や生活の領野であるのに対して、〈聖なるもの〉とは人々が凝集することで生じる集合的なエネルギーである。宗教的儀礼において人々が集合すると、やがて「集合沸騰」(effervescence collective)という異常な興奮状態に至る。そこでは人々は忘我の状態に陥り、強烈な情念が人から人へと伝播して、「意識の合一〔communion〕」[7]にまで達する。こうして形成された集合表象が何らかの対象へ投影されることで、事物は〈聖なるもの〉という性質を賦与されるのである。この集合的な力は一方で社会を賦活するエネルギーである。しかし他方で、きわめて強い感染力があるために、禁止(タブー)によって俗なる領域からは隔離されなければならないのである。

④さらに〈聖なるもの〉には浄と不浄、吉と不吉という両義的な性格が帰せられる。両義性とは一箇同一の基体に二つの相対立する属性が帰属することである。デュルケームによれば、それは「宗教生活の二つの極があらゆる社会生活が通過する二つの対立する状態に対応している」[8]ことから生じる。すなわち、集合沸騰が歓喜や恍惚、悦楽といった肯定的感情と結びつけば浄聖として現象し、悲哀、苦悩、激怒といった否定的感情と結合すれば不浄聖として現象するというこ

とである。
このように、デュルケームによって〈聖なるもの〉は宗教の本質的な要素として位置づけられ、〈俗なるもの〉との間の絶対的な異質性によって規定される。それは集合沸騰によって現実世界に付加された社会的な理念であり、これを通じて両義性が説明されるのである。

同質性と異質性

バタイユはデュルケームの宗教社会学に対して、〈聖なるもの〉の解明に寄与した点を評価しながらも、聖なる世界を〈俗なるもの〉に対して異質であると消極的に特徴づけることで満足してしまった、と批判する。勿論、既に見たように、デュルケームは聖・俗の区別を単なる相互規定によるだけでなく、社会と個人との対立として規定していた。しかし、バタイユによれば、まさにその「聖なるものと社会的なものとの同一視」〔SE, 345/68〕こそが、〈聖なるもの〉に特有の異質性を同質なものへと還元してしまうというのだ。

そこでバタイユが聖・俗の対立に代えて導入したのが、「異質性」(hétérogénéité)と「同質性」(homogénéité)という概念である。デュルケームは宗教現象にとって普遍的な性質を剔抉するために、マナやタブーといった呪術的観念を〈聖なるもの〉という一般的形態の下で把握したのだった。これに対して、バタイユはさらに、宗教的領域に限定された〈聖なるもの〉をより一般的な領域で考察するために、「異質なもの」(l'hétérogène)へと置き換える。また、デュルケームが聖と俗との間に異質性が存するとしたのに対して、バタイユはこれを一段階メタな視点に立って異質性と同質性の関係として捉え返す。こうして、バタイユは異質学において〈聖なるもの〉に代えて異質性という概念を導入することで、狭義の宗教論を超えて社会構造一般の問題を分析しようとするのである。

では、異質性と同質性とは一体どのようなものか。同質性の方から見てみよう。バタイユの定義によれば、同質性とは「諸要素の共約可能性〔commensurabilité〕とこの共約可能性の意識」〔SF, 340/14〕を意味する。それは生産、すなわち道具の使用を通じて対象を領有することに基礎づけられる。

まず、個人の観点からすれば、「領有」〔appropriation〕の基本的な形式は「合一〔communion〕(分有、同一化、肉化あるいは同化吸収)として考えられる経口の消費」〔VS, 59/249〕、つまり栄養の摂取である。人は食物を食べることで、それを自分の肉とする。食物を摂取することは自分にとって異質な対象を同化吸収し、自己と同一化することを意味する。このように栄養摂取の場合は主体と対象が物理的に同質化するのであるが、バタイユはこうした同質化の論理をより広く領有行為一般にまで拡張して適用する。人は手元の物体を道具として自らのものとし、それを用いて生産したものをまた所有する。所有物(propriété)は持ち物として所有者に帰属することで、その人が何者であるかという固有性(propriété)を表示する。また逆に、所有者はそれを所有することによって、所有物に配慮しなければならず、かえってそれに取り憑かれる(possédé)ことにもなる。こうして、手近な道具から始まり、衣服、家具、住居、そして土地へと領有を広げていきながら、自己と世界内の諸対象との間に所有関係という同一性を打ち立てていく。それゆえ、領有とは主体と世界との間に同質性を樹立することなのである。次に、社会の観点からすれば、社会内の諸要素は生産を通じて、共通の尺度によって測られることで同質化される。

社会的同質性の基礎は生産である。同質な社会は生産的社会、すなわち、有用な社会である。あらゆる無用な要素は社会全体ではなく同質な部分から排除される。この部分において、各要素は他の要素にとって有用でなければならない。その際、同質な活動は、それ自身において価値をもつ活動という形式に到達することはないのである。有用な活動はつねに他の有用な活動と共通の尺度をもつが、それ自身のための活動とは共通の尺度をもたない。

〔SE, 340／14-15〕

生産に基づく社会は同質な社会である。なぜなら、生産が道具を用いた対象の領有であるかぎり、それは必ず有用性という尺度によって測られるからである。そこでは役に立つ活動だけが実行され、有用だと判断されなければ商品はそもそも生産されない。無用な要素は同質な社会からは排除され、隠蔽される。このように、生産的社会において人間の活動とその産物の一切は有用性という共通の尺度によって測られているため、それらは互いに共約可能であり、それゆえ同質的である。前章で見たように、有用性とはつねに他のために役立って初めて価値をもつのだから、同質なものは決してそれ自身において価値をもつことはない。これに対して、それ自身において価値をもつものは有用ではないのだから、同質な社会とは共通の尺度をもたない。それがすなわち、異質なものである。

バタイユによれば、異質なものとは「日常的な（平凡な）生活に対してまったき他者〔*tout autre*〕として、共約不可能なものとして呈示されうる」〔SF, 348/27〕ものである。それはまた、オットーの『聖なるもの』の表現を踏まえて、「違和体（まったき他者）〔corps étranger (*das ganz Anderes*)〕」〔VS, 58/248〕とも呼ばれる。

主体と対象との間の同質性が領有を通じて樹立されるのに対して、異質性は「排泄」（excrétion）の過程を通じて呈示される。人が食物を食べて自らの肉とするとき、必ず糞便や尿が排泄される。主体は対象のすべてを同化吸収できるわけではなく、そこにはつねに自己と同一化しえない余剰が残される。この決して同質性へと還元しえない部分、それが異質なものである。それは直接的には尿や糞便といった排泄物のことであるが、より一般的に言えば、人間の活動から必然的に産出されるにもかかわらず、日常的な領域の外部へと廃棄されるもの（例えば、精液、経血、恥部、死体等）をも含む。これら異質なものは、人間が領有を営む裏面で不可避的に分泌されているが、汚穢として日常生活の領野からは意識的・無意識的に排除・隠蔽されているのである。

それはまた、社会の観点からすれば、有用性という共通の尺度によっては測定されえず、同質な社会へと同化されずに排除された廃棄物を意味する。バタイユは社会的に無用な要素として「暴力、度外れ（*démesure*）、錯乱、狂気」〔SF, 347/26〕を挙げる。これらは単に生産の役に立たず有用度が低いだけでなく、社会的に共有された尺度に包摂されない不気味な存在として積極的に排除される。とはいえ、異質なものはただ無用という否定的価値のみを割り当てられるのではない。というのも、既に見たように、有用性がそれ自身において価値をもたないのに対して、有用性の尺度にとって異質である無用な要素はそれ自身において価値をもつからである。

異質なものは一方で、穢れたもの、排泄物、汚物として忌み嫌われ、日常的な領域からは排除・隠蔽される。しかし他方で、それは栄光、価値あるものとして魅了し、無意識裡に欲望されてもいる。このように同一の基体に相対立する属性が帰属すること、すなわち両義性――バタイユはこれを「反対物の同一性」〔SF, 350/31〕と呼ぶ――が異質性の根本的な契機なのである。それゆえ、排泄物は〈聖なるもの〉や神的なものと主観的には同じものだとされるのである。

両義性と区別

こうした異質性と同質性の議論は人間の生産活動だけでなく認識作用にも適用される。なぜなら、科学的・客観的な認識は対象を主体にとって把握可能にするという点で、領有や社会的同化と同じ構造をもっているからである。バタイユによれば、異質なものと同質なものはその認識の仕方に応じて存在様態も異なるとされる。

同質な実在性（réalité）は、厳密に規定され、同定された対象の抽象的で中性的な様相で呈示される（それは基本的に確固とした対象の特殊な実在性である）。異質な実在性は力あるいは衝撃の実在性である。それは、電荷や価値として呈示され、ある対象から他の対象へと多かれ少なかれ恣意的な仕方で転移する〔……〕。〔SF, 347/26〕

客観的な認識の場合、認識する主体は認識作用を通じて諸対象を概念の下に包摂し、世界についての明晰判明な意識を獲得する。翻って、認識された対象は基体−属性という範疇にしたがって規定され、類−種関係の下で種差に応じて分類される。このように概念という共通の尺度によって把握されることで、対象は確固たる同一性を保持し、他の対象から明確に区別された存在様態を呈する。これが同質的なものの実在性である。それゆえ、科学的・客観的な認識は一方で諸対象を同定し同質化すると同時に、他方では諸対象の間に区別を導入する。この意味で、同質性の原理は同化と区別なのである。

これに対して、異質なものは共約不可能であり、いかなる共通の尺度の下にも包摂できないのだから、特定の対象としては規定されえない。その実在性は力やエネルギーのようなものであって、その属性は特定の基体に帰属することなく、様々な事物の間を転変し伝播していく。それゆえ、異質なものは確固とした同一性をもたない「不定形な」(informe)〔DC, 217/144〕なものであり、互いに画然と区別されることがない。これが〈聖なるもの〉に見られる四つの契機の内の一つ、その力の伝染性が生じる所以である。バタイユはこうした存在様態は客観的な対象の世界ではなく、あくまでも主体の判断の内でのみ起こるとする。言い換えれば、異質性とはただ主観的にのみ感受しうるのであって、区別を原理とする科学的・客観的認識はつねにそれを取り逃してしまうのである。

以上の議論を要約すれば――いささか逆説的な表現ではあるが――、同質なものは共約可能であるがゆえに互いに区別されたものであるのに対して、異質なものは共約不可能であるがゆえに決して区別されえないといえる。言い換えれば、共通の尺度で測れるもの（同質なもの）同士は、その尺度でもって比較することで、両者の相違を指摘することができるが、そもそも共通の尺度で測れないもの（異質なもの）同士は、比較するべき尺度がないのだから、両者の相違をいうこともできない。例えば、人間と犬は動物という共通の尺度で測ることによって区別できるのに対して、神聖と汚穢は共通の尺度を超えているので区別できない。しかしまた、人間と犬は同じ動物だとも言えるが、神聖と汚穢は――共通項をもたないので――同一の概念へと回収できないのである。

ここからまた、異質なものの根本的な要素とされた両義性も説明されるだろう。同質な世界において、対立する二つの属性が同時に一箇同一の基体へと帰属することは論理的矛盾となるので通常ありえない。しかし、異質なものの場合、そもそも基体‐属性という範疇には従わず、排他的な同一性を保持しないのだから、浄と不浄、吉と不吉、神聖と汚穢といった相対立する極が両立しうるのである。したがって、同質性の原理が区別であり、両義性が異質性の原理であるといえよう。

さて、バタイユはこの異質性という概念を携えて、シュルレアリスムとファシズムという眼前の社会運動に立ち向かっていく。まず、シュルレアリスムに対してはいかにして異質なもの（サドの作品）の力を同質化された現代社会へと再導入するかが争点となる。バタイユの眼には、シュルレアリスムはサドを称賛し観念化することで、それをかえって同質化し、その汚れた部分を排斥してしまっているように映る。そうではなく、異質なものの異質性を確保したままで、それを思考する必要があるのだ。そのためには――「松毬の眼」で見たように――、科学的認識を放棄することではなく、むしろ逆にこれを徹底しなければならない。もし科学的認識が極限にまで推し進められれば、言い換えれば、同化可能なものをすべて同質化し尽くしたならば、後には決して同化しえない異質なものが残るだろう。そのとき、認識作用は領有から排泄へと方向転換し、異質なものの異質性をそのまま呈示する「知的スカトロジー」〔VS, 64/259〕へと変容するはずだというのである。

また、ファシズムに対してバタイユはこの運動が現代社会において権力を掌握する仕組みを暴露する。ファシズムとは有用性に基づく、すなわち、それ自身においては価値を欠いた同質な社会が、政治的・軍事的・宗教的権威を帯びた頭領という異質分子に熱狂し、依存する体制である。とはいえ、ファシズムの指導者は純粋な異質なものではありえない。なぜなら、それは既に国家という同質なものと結託しているからである。未だ両義性のもとに留まる「未分化な異質性」〔SF, 360/49〕は同質性に取り込まれて区別へと踏み出すことによって強権的な異質性へと変貌してしまう。とはいえ、その理路は次節に譲ることにしよう。このように、バタイユはデュルケームの〈聖なるもの〉を異質性へと一般化して捉え直すことで、狭義の宗教論の枠を超えて、社会現象を分析するための装置を手に入れたのである。

ここでバタイユによるデュルケーム批判に立ち戻るならば、デュルケームが〈聖なるもの〉を社会的に共有された理念と考えたのに対して、バタイユは反対に異質性を同質な社会から排除されたものとした。だからこそ、〈聖なるもの〉と社会的なものとの同一視は異質なものを同質性へと還元することを意味するのだ。また、デュルケームが聖と俗を両者の間の異質性によって規定したのに対して、バタイユはこれを反省的に捉え直し、〈聖なるもの〉を異質性、〈俗なるもの〉を同質性と置き換えたのだった。これによって、それぞれの特質を原理的な次元から記述しえたのである。

しかし、このことはバタイユの議論に新たな困難をもたらすことになる。というのも、今度は異質性と同質性との関係が問題となるからである。どういうことか。仮に異質性と同質性が互いに区別される関係であるとしよう。ところで、区別とは同質性の原理であった。だとすれば、異質性が同質性から区別されるとき、両者はともに区別された項として、再び同質性の領域に取り込まれることになる。その場合、異質性は同化可能な一つの契機にすぎないのである。この困難はおそらく前章で見た絶対的有用性のパラドクスと同根である。なぜなら、有用性の逆説もまた、目的と手段を区別すること、また、区別された項同士を関連づけることに起因していたからである。とはいえ、「浪費の概念」と同時期に当たる異質学の時点では、この問題に十分な解答が与えられているとはいえない。というよりも、そもそもこの問題自体がバタイユによって自覚されておらず、結局はデュルケームの聖・俗二元論の枠組みの内にとどまっているように思われる。

2　聖社会学

コントル＝アタックから社会学研究会へ

一九三四年二月六日、極右諸派のデモが暴動に発展し、結果的にダラディエ内閣は総辞職に追い込まれる。この「二月六日騒擾事件」をきっかけとして党勢を急拡大した右翼団体「火の十字団」は——実態としてファシスト勢力であったかはともかくとして——、ファシズムの脅威をフランス社会に強く印象づけることになった。[9] こうした情況を前にして、一九三五年、バタイユは仇敵ブルトンとの共闘を決断する。反ファシズム運動「コントル＝アタック」の結成である。

コントル＝アタックはシュルレアリストとバタイユ周辺の極左知識人を糾合し、反ファシズム、反資本主義、反民主主義を掲げて暴力革命を目指す組織である。とはいえ、それはファシズムに対抗するために個人の自由と理性を標榜するわけではない。その設立宣言ではむしろ逆に「ファシズムによって作り出された武器を今度は我々が使う番である」（SF, 382/123）ことが主張されている。すなわち、人間の情念と熱狂への欲望を動員するファシズムの手法を逆手に取り、これを民族や祖国といった狭隘な理念のために用いるのではなく、人類普遍の利益へと奉仕させるということである。しかし、このファシズムの手法でもってファシズムに対抗する「反撃」（コントル＝アタック）は、数回の集会とビラ配布の活動をした後、シュルレアリストとバタイユの反目のために、翌年には脆くも瓦解してしまう。

ブルトンとの一時的な和解が破談となった後、バタイユは自らが理想とする共同体の創出を模索するようになる。三六年には、アンドレ・マソン、ピエール・クロソウスキーらとともに『アセファル』誌を創刊し、同名の秘密結社の結成を画策している。ちょうどその頃、ラカンの引き合わせによって、同じくシュルレアリストと袂を分かったロジェ・カイヨワと知り合う。こうして、翌三七年に「秘密結社アセファル」とその表の顔ともいえる「社会学研究会」が発足する。

社会学研究会は、バタイユ、カイヨワ、ミシェル・レリスの三人を中心として結成され、その主な目的は「聖社会学」(sociologie sacrée) を研究することにあった。一九三七年から三九年にかけて月一、二回の会合がもたれ、主宰の他にコジェーヴやクロソウスキー、ドニ・ド・ルージュモンらが会合で講演を行っている。また、聴衆にはジャン・ヴァール、ジャン・ポーラン、岡本太郎、ヴァルター・ベンヤミンらが顔を揃えた。

この研究会の主眼である聖社会学とは、社会的なものに個人の総和以上のものを見るデュルケームの社会学的方法を基盤として、「聖なるものの活発な現前が現れる社会的実存のあらゆる表現においてこの実存を研究する」〔CS, 300/33〕ものである。しかし、社会学研究会は単に理論的探究を目指すだけの組織ではなかった。その主な研究対象である権力、〈聖なるもの〉、神話は「伝染性」という特性を帯びているがゆえに、この会自体が単なる学術的な集会には留まらない「精神的共同体」(communauté morale) を形成するとされるのである。

しかし、〈聖なるもの〉を中核とする共同体を研究すると同時に形成するという、バタイユの目論見こそが社会学研究会を解体へと導く原因ともなった。主宰の一人であるレリスは、この研究会がデュルケームの社会学的方法から逸脱しており、〈聖なるもの〉という概念を越権して用いていること、また、この会が醸成する精神的共同体が閉鎖的なセクト主義に陥ってしまうことに懸念を表明し、研究会から離反していた。初めから研究会の活動とは距離をおいていたレリスは別としても、〈聖なるもの〉の問題についてどこまでがお互いの持分か分からないほど、バタイユとの間に「ある種の知的な相互浸透」[10]があったと語るカイヨワまでもが、やがてバタイユから離れていく。「私〔バタイユ〕が神秘主義や劇、狂気、死に割り当てているもの」が「我々の出発点とした諸原則と両立しがたい」〔CS, 834/532〕ように思われるとして、カイヨワは袂を分かったのである。

レリスとカイヨワが不在のなか開かれた一九三九年七月の研究会で、バタイユは二年目の活動の総括を行い、それが最後の会合となった。それに先立つ六月にはバタイユが一人で執筆した『アセファル』第五号が出版されているが、これを限りに続刊が出ることはなかった。こうして、共同体の夢は潰え去ったのである。では、バタイユが夢想した〈聖なるもの〉を中心とする共同体とはどのようなものだったのか、また、そこで死に与えられた役割とは何か、そして、〈聖なるもの〉はどのようにエコノミーの理論へと組み込まれていくのか。本節ではこれらの問題について見ていくことにしよう。

牽引と反撥

まずは、バタイユとカイヨワが共通の出発点とした聖社会学の基本的な原則を確認しておこう。バタイユによれば、聖社会学とは「単なる宗教的諸制度ではなく、社会の交感的運動〔mouvement communiel〕の総体の研究」〔CS, 36/134〕である。それはすなわち、社会的なものが〈聖なるもの〉であるとするデュルケームの宗教社会学の知見に依拠しながらも、狭義の宗教的領域を超えて社会一般の構成原理として〈聖なるもの〉の働きを捉えようということである。なお付言しておけば、聖社会学において、異質性という概念は基本的に用いられず、用いられたとしても「聖と俗との間に樹立された顕著な異質性」〔CS, 153/205〕といったように、デュルケームの用法を踏襲している。次節で見るように、バタイユはこの時期、必ずしも異質性という概念を捨て去ったわけではなかった。しかし、おそらく幾分かは聖社会学の共同作業という実践的要請のために、また幾分かは共同体の構成原理の探究という理論的要請のために、より一般的に認知された〈聖なるもの〉という語を採用したのだと考えられる。

聖社会学が研究対象とする社会の交感的運動とは一体何か。バタイユによれば、社会とはそれを構成する諸個人の集積以上のものであり、「複合存在」〔êtres composés〕と呼ばれる。複合存在は一つの有機体でも諸分子の集積でもない。それは分離可能な諸個体から構成されるという点で不可分な有機体とは異なるが、何らかの統一性を保って全体として運動するという点で単なる諸分子の寄せ集めとも異なる。このように複合存在に特有の性質を吹き込むものこそ、〈聖なるもの〉によって駆動される交感的運動なのである。

とはいえ、すべての社会が〈聖なるもの〉を構成原理として要求するわけではない。例えば、動物の群れは〈聖なるもの〉が介在することのない集合体であり、「聖なるもの以前」〔présacré）の社会とされる。これに対して、世俗化がほぼ完遂し、もはや〈聖なるもの〉が社会的な意義をもちえないように見える現代は「聖なるもの以後」（post-sacré）の時代である。こうした現代にあって、一方では、血と大地の神話を掲げて聖なる力を横領しようとするファシズムに抗して、他方では、交感的運動を欠いてアトム化した個人による民主主義《デモクラシー》に抗して、〈聖なるもの〉に基づく共同体を再興すること、これがバタイユとカイヨワに共有された問題意識であったといえる。

では、〈聖なるもの〉によって基礎づけられる共同体とはどのようなものか。まずは二人が企んでいた共同体の形態から見ることにする。バタイユによれば、聖社会学の考察対象であると同時に、その活動を通じて生成されるはずの共同体とは「選択的共同体」（communauté élective）と呼ばれるべきものである。それは民族や人種、領土、祖国といった自然的紐帯や既存の事実によって結ばれる伝統的共同体――「事実の共同体」とも呼ばれる――と対置され、成員の選択によって一つの統一体として形成される共同体である。具体的に言えば、修道会や秘密結社がそれに当たる。

「秘密結社」（société secrète）はさらに「陰謀結社」（société de complot）から区別される。陰謀結社とは何らかの目的へと従属し行動するための政治組織であり、その典型例がボルシェヴィズムとファシズムである。これに対して、秘密結社はそれ自身を目的とする「実存的な」（*existentielle*）〔CS, 241/268〕組織である。ここで実存的とはすなわち、人間の生を断片化することなく、その全体性に関わるという意味である。陰謀結社は暴力や爆発的な生命の発露といったものを利用しながらも、結局はそれらを生産や有用性からなる「必要性の帝国」へと隷属させてしまう。一方、二人が企図する秘密結社は「生の諸規則の噴出する侵犯からなる聖なるもの、浪費し自らを浪費する聖なるもの」〔CS, 243/269-270〕に結びつけられているのである。

次に、この共同体を基礎づける〈聖なるもの〉についてのバタイユとカイヨワの共通了解を確認しておこう。両者はともに、①〈聖なるもの〉を狭義の宗教的領域を超えて社会全般の問題へと拡張して適用するという点でデュルケームの理論から逸脱してはいるものの、それ以外の②聖・俗二元論、③伝染的な生命力、④両義性といった発想に関しては、既に見た社会学年報学派の聖観念をそのまま継承しているといってよい。とりわけ聖社会学において重要な意味をもつのが、④〈聖なるもの〉の「両義性」(ambiguïté)である。〈聖なるもの〉は俗なる領域から分離されているがゆえに、世俗の人間にとっては、神聖と汚穢、清浄と不浄、吉と不吉といった相反する両極として現れる。それぞれ前者は人間を魅了して惹きつけ、愛を抱かせる側面であるのに対して、後者は人間を恐れさせて忌避させ、憎悪の感情を抱かせる側面である。こうした〈聖なるもの〉の両義性はその周囲の人々の社会的関係を規制する二重の原理と対応している。その原理とは「牽引」(attraction)と「反撥」(répulsion)である。

実を言えば、聖社会学の基本原理であるはずの牽引と反撥の理解からして既に、バタイユとカイヨワの間では齟齬が生じている。カイヨワによれば、共同体を構成する者たちの間には、一箇同一のことを実現しようとする共通の意志をもつことで、一種の選択的親和力が発生する。この親和力は「牽引と反撥という相補的な二通りの経験」〔CS, 339/76〕をもたらすことで、共同体としての一体感を強固なものにする。それは一方で、共同体内部においては成員同士が互いを同類と認め合うことで結束させ（牽引）、他方で、共同体の外部に対しては部外者を相容れない他者として排除する（反撥）。それゆえ、精神状態については修道院的であり、規律については軍隊的であり、実存と行動の様式については秘密結社的であるような組織が理想とされる。これらの集団はいずれも外部から厳密に「切断」（CS, 344/78）されているという共通点をもつ。このように、カイヨワにとって牽引と反撥は、共同体の成員相互の間で作用し、これを外部から峻別するセクトの原理であった。

これに対して、バタイユはこうした人間同士の牽引や反撥は直接的なものではなく、あくまでも「聖なる核」（noyau sacré）によって媒介されたものにすぎないとする。聖なる核とは「聖なる性格を備えた対象、場所、信仰、人物、実践の総体」〔CS, 128/186〕であり、その周囲に集まる人間集団にそれぞれ固有のものである。それはいわばタブーであって、人々は一つの中心核の下に引き寄せられ、互いに結合するのであるが、この核に対して共通の嫌悪感や恐怖、畏れを抱きもする。こうした事物に比べれば、異質学で問題とされた様々な汚物も「頽落した反撥力」〔Ibid.〕を表象しているにすぎない。例えば、ヨーロッパの村落の中心にある教会は、祝祭や礼拝のために住民を凝集させる牽引力をもつ一方で、埋葬された死体のために人々を遠ざける反撥力をも有する。ちょうど原子が原子核とその周囲を巡る電子によって構成されるように、人間の社会も聖なる核を中心として人々が寄り集まることで構成される。諸個人の集積はこの中心核の影響圏に入ることで変質し、統一性を備えた複合存在となる。このように、聖なる核による牽引と反撥というリズムが交感的運動を引き起こし、共同体の輪郭を形成するのである。

カイヨワとバタイユはともに〈聖なるもの〉の両義性から社会を構成する原理としての牽引と反撥を導出する。しかし、前者にあってこの原理は人間の相互関係において働き、共同体の内部と外部を峻別する区別の原理であった。これに対して、後者にあってそれは第一義的には聖なる核と人間集団との間で作用し、あくまでも共同体の内部において中心核が両義的なものとして現象するのである。

カイヨワの聖 - 権力論

〈聖なるもの〉をめぐる一見すると小さな亀裂はその深奥に横たわる断層の徴候にすぎない。両者の見解が最も鋭く対立するのは、聖社会学のもう一つの研究対象である権力と〈聖なるもの〉との関係についてである。「権力」と題された一九三八年二月十九日のバタイユの講演は、病欠のカイヨワの代理として、いわば二人羽織の形で発表されたものである。しかし、同じ言葉の衣を纏うことでまさに、両者のずれはより際立つことになる。この講演で発表するはずだったカイヨワの原稿は残されていない。代わりに、社会学研究会が解体する直前に出版された『人間と聖なるもの』(一九三九年)の該当箇所から、カイヨワにおける〈聖なるもの〉と権力の関係をまずは確認しておく。

カイヨワにとって〈聖なるもの〉とは何よりもまず「禁止」(interdit)として現れるものであ

る。それは「分離されたもの」（séparé）であって、禁止によって日常的・世俗的な用途から隔離され、厳格に保護される。この禁止は聖と俗との領域を隔てるだけでなく、諸事物相互の隔たりをも保持している。禁止のシステムが様々な事物や行為が混淆しないように、それらを画然と分離しておく。社会は禁止のシステムによってその秩序を維持し、無秩序が侵入するのを未然に防いでいる。このように、〈聖なるもの〉は本質的に「否定的なもの」[11]として自らを顕示するのである。

こうした〈聖なるもの〉の根源的な禁止は、カイヨワによって宇宙論《コスモロジー》にまで拡張されていく。未だ無秩序で不定形、不分明な原初のカオスに否定性が切れ目を入れる。切り分けられた諸事物は互いに判然と区別され、共通の尺度の下で分類され体系化される。万物は一定の法則にしたがって適切な空間へと配置され、順序正しく生起する。こうして、宇宙は普遍的な秩序によって統制され、規則正しく運行していくコスモスとなるのである。それゆえ、〈聖なるもの〉は社会の秩序に留まらず、「宇宙の規則性を脅かすかもしれないもの一切に対する禁止や防止であり、あるいは、それを乱しえたもの一切の贖罪や補償[12]」でさえあるのだ。したがって、カイヨワにとって〈聖なるもの〉とは、禁止という否定作用によって世界に区別＝秩序を導入し、区別＝秩序を維持する力なのである。

人間社会の原理であるはずの〈聖なるもの〉は、なぜこのように宇宙を秩序づける力となりうるのか。その理由はカイヨワの聖‐宇宙論が依拠している、デュルケームとモースの理論から明らかになるだろう。デュルケームとモースは「分類の未開形態」（一九〇三年）において、オーストラリアのトーテミズムを分析し、人間の思考を規定する基礎的な概念であるカテゴリーが、カントのいうようなア・プリオリなものではなく、社会的関係の反映であると結論づけた。人間の諸集団は類−種関係という事物の分類体系にしたがって配列されるのではない。逆である。胞族−氏族という社会構造が事物を分類するための範型となったのだ。カテゴリーは集合表象の所産にすぎない。集合表象を形成する最も重要な要素は宗教的感情なのだから、「諸事物は何よりもまず聖か俗か、浄か不浄か、友好的か敵対的か、好意的か非好意的かである」[13]。したがって、宇宙の仕組みを説明する人間の思考は社会的関係によって規定されており、その根底には聖・俗の対立が存するのである。

社会的分類の中でもカイヨワが——後述するエルツの両極性の議論を参照しながら——特に重視するのが、胞族による社会の「二分割」(bipartition)である。胞族とはトーテミズム社会における基本的な集団単位である。部族は通常、対になる二つの胞族からなり、この胞族の内に諸々のトーテム氏族が含まれている。二分割された胞族は相互補完的な関係にあり、各々に白・黒、水・土、東・西、夏・冬、天・地、戦争・平和といった相対立する二つの系列が割り振られる。この相補的な二系列の組み合わせが宇宙全体の秩序と照応しているのである。聖と俗との区別もまた、こうした胞族の二分割に含まれる。一方の胞族にとって聖であるものが他方にとっては俗であり、一方にとって禁止されたものが他方にとって自由に使用してよいものとなる。こうして、胞族の二分割が聖・俗の区別を生み出すのであり、この根源的分割が宇宙の内に秩序を創設する。この意味で、「聖なるものとは世界の秩序の直接的な表現であり直接的な帰結」[14]なのである

る。

こうした聖・俗の二分割の系列の内に、王と臣下の関係も書き込まれる。王とは神（あるいはその子孫）であるか神の恩寵によって統治する者であるがゆえに、聖なる者である。王は民から厳格に隔離され、世俗の者が彼に触れれば呪いを受けることになる。胞族の二分割の場合、各々の胞族に割り当てられた聖・俗という性格は可逆的であったが、王と臣下の関係においてそれは一方向的であって、つねに王が聖、臣下が俗の地位に立ち、王からの距離に応じてヒエラルキーが形成される。このように、王は〈聖なるもの〉であることで、「繁栄を創出し世界の秩序を維持する聖なる力を内蔵している」[15]のである。だからこそ、王殺しは宇宙の秩序を壊乱する瀆聖行為であり、重大な罪となる。このように、カイヨワの聖－権力論においては、権力と〈聖なるもの〉は秩序を創設し維持する力として等置されているのである。

勿論、カイヨワは〈聖なるもの〉における清浄と不浄の「両極性」（polarité）を強調し、社会の秩序を維持する禁止の側面だけでなく無秩序をもたらす侵犯の機能をも論じている。日々の生活や労働が営まれる俗なる時間に対して、祝祭は日常的な秩序が中断・顚覆される聖なる時間である。そこでは、禁止が侵犯され、区別が錯然とし、ヒエラルキーが反転する。大量の富とエネルギーが蕩尽され、男と女が衣装を入れ替え、主人が奴隷に奉仕する。集団的な興奮状態から生じる「過剰」（excès）に浴することで、人々は聖なる力に参与し賦活される。祝祭における無秩序は原初の創造を再現するのであり、これを通じて社会は再活性化されるのである。

カイヨワの解釈によれば、こうした祝祭の目的は汚穢の浄化にある。人間が生きているかぎり汚物を排泄せざるをえないように、社会もまたその活動を通じて澱のように穢れを蓄積させていく。この汚穢は〈聖なるもの〉と同様、強い伝染性をもった危険なものであるため、「社会制度もまた周期的に再生され、有毒な廃棄物から浄化されなければならない」[16]。このように、カイヨワは〈聖なるもの〉に清浄と不浄の両極性を認めながらも、その不浄の極には単に社会から排除されるべきものという意味しか与えようとしない。〈聖なるもの〉が秩序創設的＝維持的力と規定されるとき、侵犯は再秩序化のための一契機にすぎず、無秩序としての汚穢は排除されてしまう。

だからこそ、カイヨワにとって〈聖なるもの〉に基づく共同体は修道院と軍隊、秘密結社の性格を併せもったものとなる。なぜなら、それらは内部においては規律によってよく統制され、外部に対しては排他的に選別されることで、統合されない異物、秩序づけられない汚穢を排除する組織だからである。

バタイユの聖－権力論

権力と〈聖なるもの〉を同一視するカイヨワに対して、バタイユは〈聖なるもの〉が権力の源泉であることを認めながらも、あくまでも両者を峻別しようとする。バタイユによれば、権力とは「聖なる力」(force sacrée) とも軍事力とも同じものではなく、両者が制度的に結合することで初めて成立する。

聖なる力とは呪術的・宗教的な力であり、社会を賦活する生命の源泉である。バタイユはフレイザーの『金枝篇』を踏まえて、「罪、すなわち王殺しは聖なる力の悲劇的な放射に至る」〔CS, 196/237〕とする。すなわち、王自らが供犠に捧げられ、自己の生命を損失し浪費することで、根源的な生命力としての聖なる力が共同体の成員へと伝播されるということである。このように、カイヨワによって無秩序へと至る瀆聖行為とされた王殺しこそが、バタイユにとっては聖なる力の根拠とされたのである。

これに対して、軍事力とは規律と命令によって軍隊を統率する力である。確かに軍事力もまた聖なる力と同様、暴力と死に関わる。しかし、それは第一に、暴力がつねに外部の敵へと向けられることでその首領（隊長）が殺されることがなく、第二に、兵士や武器、物資を適切に配置するために合理的な秩序を要求するという点で、聖なる力とは異なる。アリストテレスが『形而上学』第一二巻一〇章において述べるように、軍事力とは軍隊の「秩序」（τάξις）をよく維持する力なのである。

では、聖なる力と軍事力はどのように関係するのだろうか。聖なる力は生命そのものであり価値の源泉であるかぎり、それ自身が目的となりうる。これに対して、軍隊は規律と命令へ徹底的に服従する機構であるかぎり、それ自身は決して目的となりえず、何か他のものへと従属せざるをえない。それゆえ、軍事力はつねに聖なる力に依存し、それによって根拠づけられなければ意味をもたないのである。しかし他方で、聖なる力は軍事力によって接収され、秩序の内へと組み込まれることで、浪費としての悲劇という本来の意味を失い、合理的で生産的な営為へと従事させられることになる。こうして、権力とは「聖なる力と軍事力とがただ一人の人格〔王〕において制度的に結合した」〔CS, 189/231〕ものであり、それによって社会に安定した秩序が形成されるのである。

カイヨワとバタイユの聖‐権力論は同じ言葉で語りながら、なぜかくもすれ違ってしまうのか。それはおそらく共通の出発点であるはずの〈聖なるもの〉において既に、両者は異なる方向を向いていたからだろう。次に聖なる核の議論に立ち戻って、バタイユの〈聖なるもの〉を秩序と区別という観点から改めて辿り直すことにしよう。

バタイユによれば、共同体を基礎づける聖なる核は、ただ牽引と反撥によって交感的運動を誘発し、その周囲に形成される集団の媒介となるばかりではない。それはまた、「左の聖なるものが右の聖なるものへ、反撥の対象が牽引の対象へ、抑鬱が興奮へと変換される場」〔CS, 164/213〕でもある。〈聖なるもの〉の左の部分とは汚穢・不浄・不吉であって人々の感情に反撥を惹起する側面であり、右の部分とは神聖・清浄・吉であって牽引の心情を喚起する側面である。この両側面は別々の対象に振り分けられるのではなく、一箇同一の対象が二つの面をもつ。そして、政治の世界において左翼から右翼への転向はあってもその逆がないように――とバタイユは述べている――、聖なる核もまた左から右へと不可逆的に変換するのである。

この聖性にまつわる「右・左」という表現は、社会学年報学派の一員で夭逝した社会人類学者ロベール・エルツによる「宗教的両極性」(polarité religieuse)の議論を踏まえたものである。エルツは「右手の優越」(一九〇九年)において、人間社会にあって左右の対立がもつ意義について論じる。エルツによれば、未開人の思考は根源的な二元論に支配されており、宇宙‐社会‐人体に関して一方の極が力・善・生命を意味し、他方が弱さ・悪・死を意味する。そして、前者が右、後者が左に相当するがゆえに、右手は左手に優越するのだという。

ところで、エルツはデュルケームらの理解に反して、〈聖なるもの〉の両義性を認めていない。たしかに俗なる領域からすれば、聖と不浄は〈俗なるもの〉と対立し、ともに世俗から隔離されるべき危険な力をもつという点で一致するかのように見える。しかしながら、宗教的世界は〈聖なるもの〉の観点から見られなければならない。聖なる領域からすれば、清浄と不浄は決して混同されえず、不浄はむしろ俗なる領域の側に属する。〈俗なるもの〉と不浄なものは「互いに結合し、聖なるものと対立することで精神的世界の否定的な極を形成している」[17]という。こうしてエルツの宗教的両極性においては、右の極に〈聖なるもの〉が、左の極に〈俗なるもの〉=不浄なものが割り当てられるのである。

ここでバタイユがエルツの議論を援用しつつも改変している部分に注目するべきである。エルツが聖と不浄を対立させて右を聖=清浄、左を俗=不浄とするのに対して、バタイユは聖の内部で右と左、清浄と不浄の両極を考えている。さらにこの右と左は、エルツの場合、右手と左手、ある胞族と別の胞族といったように別々の部分に配分されるのであるが、バタイユは一箇同一の対象の内に左右双方の性質を見ている。要するに、エルツにあっては聖と不浄が区別されるのに対して、バタイユはあくまでも〈聖なるもの〉の両義性を堅持するのである。とはいえ、バタイユがこのように神聖と汚穢の両義性を強調するのは、単に——エルヌーとメイエやバンヴェニストの研究が証しているように——「聖なる」と「穢れた」が印欧語において歴史的に同じ語

（ἅγιος, sacer）で指示されてきたからだけではない。バタイユにとって重要なのは、〈聖なるもの〉が何よりもまず穢れたものであって、この両極が決して区別されえないということ、すなわち両義性という存在様態そのものなのだ。

異質学とカイヨワの聖－宇宙論における区別の議論を振り返ろう。諸事物は否定性によって切り分けられる。多様なものは一つの概念の下に包摂され、基体－属性というカテゴリーにしたがって規定される。規定された諸対象は共通の類と種差に応じて、類－種関係によって分類される。こうして万物は互いに区別されており、宇宙は秩序づけられている。ところで、両義性とは一箇同一の基体に同時に相対立する性質が帰属することであった。それは基体－属性によっては規定されないのだから非概念的であり、種差に応じて弁別されないのだから分類不可能である。この意味で、両義的なものとは決して区別されえないものであり、秩序づけられることのない無秩序、すなわち汚穢である。それゆえ、〈聖なるもの〉の両義性とは単に「聖なる」がその内に「穢れた」という意味も含みもつということを意味しているのではない。そうではなく、〈聖なるもの〉はその両義的な存在様態のゆえに、それ自体が秩序にとって汚穢そのものなのである。逆から言えば、バタイユにとって秩序とは俗なる領域にほかならない。

こうして、バタイユがカイヨワと異なって権力と聖なる力を同一視しない理由が明らかになるだろう。聖なる力とは王殺しという無秩序から生成する力であり、牽引と反撥を誘発する両義的なものである。それは決して区別されえず、秩序づけられない。これに対して、軍事力は命令と規律によって秩序づける力であり、軍隊は友－敵という区別にしたがって行動する機構である。

両者の制度的結合によって権力は成立する。その際、軍事力によって鹵獲された聖なる力は既に変質してしまっている。無秩序なものが秩序へと取り込まれ、神聖と汚穢の両義性は区別へと押し上げられる。権力は自らのために神聖性のみを取り置き、穢れを外部の敵に押しつける。こうして、権力は両義的な力を馴致することで、安定した秩序、俗なる領域を形成するのである。

ここからバタイユのファシズム理解もまた明らかになるだろう。バタイユの情況分析によれば、戦争の脅威が迫る今日、権力の根源としての聖なる力は忘却され、世界全体が「軍事的必要性へと乱暴に翻訳される経済的必要性」〔CS, 227/258〕によって覆い尽くされている。人間の生は軍事的・経済的な秩序の内で、個別の目的に従事させられることによって断片化し、その全体性を喪失してしまっている。ファシズムとは〈聖なるもの〉を僭称しながらも、実際はその力を全面的に〈俗なるもの〉へと服従させようとする軍事的権力である。それは内部においては国家や民族を神聖化することで大衆を頭領の下に牽引し、規律とヒエラルキーによって社会を統制する。また外部に対しては敵を汚穢と認定することで大衆に反撥を抱かせ、戦争や殲滅といった目的のために社会の全生産力を動員する。このように、ファシズムは一方で聖なる力の源泉たる悲劇、すなわち頭領自身の供犠を隠蔽しつつ、他方で〈聖なるもの〉の両義性を神聖と汚穢、牽引と反撥の区別へと押し上げる。だからこそ、ファシズムは〈聖なるもの〉を謳いながら、その実、労働や生産といった〈俗なるもの〉へと大衆を奉仕させるのである。これが前節の異質学で触れた、未分化な異質性が同質的な国家と結託することで強権化する機序である。こうした「軍事的支配——それはファシストの支配を意味する——」〔CS, 227/259〕に抗して聖なる力を奪還し、生の全体性を回復すること、これがバタイユの考える秘密結社の存在意義なのである。〈聖なるもの〉とはカイヨワにとって第一義的には区別であり、バタイユにとって両義性である。だとすれば、〈聖なるもの〉に基づく共同体を創設するという両者に共通の企みは、正反対の意味をもつことになるだろう。カイヨワが共同体から汚穢を排除し神聖化することを目論むのに対して、バタイユの狙いは、権力の内奥に隠匿された聖なる力を奪還すること、言い換えれば、無秩序で不定形なものとして合理的秩序から排泄された汚物を社会へと再び導入することにある。同質的思考の内で異質なものを呈示することが「知的スカトロジー」であるとすれば、世俗的社会の内へ聖なる汚穢を再導入するというバタイユの企図は「社会的スカトロジー」とでも呼べるだろう。

聖なるエコノミー論

共同体に生命の源泉としての聖なる力が伝達されるのは、王が自らを犠牲にするという悲劇を通してであった。それゆえ、共同体の中核にあって牽引と反撥の運動を喚起する〈聖なるもの〉、俗なる秩序から排除される汚穢とは自己の供犠、すなわち死である。だとすれば、カイヨワとバタイユの立場を〈聖なるもの〉の理解からして根本的に対立させていたのは、この死に与えられる役割だろう。こうして、カイヨワがバタイユを批判して言ったように、二人を分かつものとはまさしくバタイユが「死に割り当てているもの」であることになる。では、この死に与えられた意味とは何だろうか。また、自己の供犠はどのようにして聖なる力を共同体の成員へと伝達するのか。そして、〈聖なるもの〉と死はエコノミー論の内にどのように位置づけられるのか。

一九三九年六月六日、バタイユはカイヨワに宛てた手紙で、その日の研究会で発表する予定の「死を前にした歓喜」という講演の内容を簡単に説明している。それはまず、結社が中心核の周囲に醸成されるという社会学研究会の理論的・実践的な基本原則を確認することから始まり、次に死に意味を与える「死の人間」がこの中心核を形成すること、また死に直面した人間の様々な態度が論じられる。そして最後に取り上げられる論点が「蓄積‐浪費複合体の様々な形態と死をめぐる態度との間の関係」〔CL, 159〕である。

バタイユによれば、人間が避けがたい死に対してとる様々な態度は、蓄積と浪費の複合体であるエコノミーの諸形態と対応している。死後に永遠の生が保証されるというキリスト教的な「救済の経綸《エコノミー》」(économie de salut) には消費よりも蓄積を優先する「蓄積のエコノミー」(économie d'accumulation) が対応する。これに対して、自己の死を積極的に受け入れる「死を前にした歓喜」(joie devant la mort) には浪費への意志が結びつけられるのである。なぜ死と蓄積‐浪費の形態は対応するといえるのか。当日の講演の内容と比定される草稿「供犠」および「死を前にした歓喜」に基づいて、死とエコノミーの関係についてより詳しく見ることにしよう。

バタイユはこの草稿において、共同体の中心核となる死に関わるものとして、特に軍隊と宗教の二つを挙げている。とはいえ、聖なる力と軍事力が峻別されていたように、ここでもまたバタイユは死を巡る態度として「軍隊的死の人間」と「宗教的死の人間」を対比させる。兵士はたしかに戦場においてつねに死と隣り合わせている。しかし、兵士は多くの場合、戦争から生きて帰還するのだから、死は戦場で偶然降りかかってくる災難にすぎない。これに対して、供犠という宗教的儀礼にとって死は必要不可欠である。（バタイユが想定している血塗れの）供犠は生贄が屠られることを俟って初めて成就し、供犠の執行者たる祭司は自ら手を下すことで犠牲の死を目の当たりにする。宗教的死の人間は「ただそこに死がある」という事実を認める勇気をもった者であり、それゆえ「死を前にした完全に雄々しい唯一の態度」〔CS, 736〕を表している。

ところが、キリスト教において、この供犠の意味は決定的に変質してしまう。なぜなら、キリスト教の教義では、イエスの十字架上の死が人類の罪を贖い、それによって人類が救済されると説かれているからである。そこでは、イエスという生贄と引き換えに人類の罪が買い戻され、死後の永遠の生が保証される。また、この供犠の再現である聖体拝領の秘跡において、供犠の執行者たる司祭はもはや現実の死を見ることなく、血腥い人身供犠の悲劇を糊塗してしまう。こうして、救済という教義によって、供犠は生命の破壊ではなく生命の保証へと反転してしまったのである。そして、補論で見るように、このイエスの死を通じた人類の救済という神の計らいこそ、キリスト教神学では「救済の経綸《オイコノミア》」と呼ばれていたのだ。

> 人間に至福の永遠を獲得することを提示する宗教のシステムの形態に救済のエコノミーという名が与えられた。宗教的実践と生産手段との間には、厳密な対応関係は存在しないが、特定の関係が十分定常的に存在するのだ。というのも、たとえ人が「救済のエコノミー」について語るとき、厳密な意味での経済的な諸形態を意味しようとしていなかったとしても、そ

れでも、私は、救済を求めた社会の生産様式を総体において意味するために、これらの言葉を再び取りあげることができるのである。そこで問題となっているのは、商業経済であり、資本主義経済である。〔CS, 736-737〕

バタイユによれば、宗教のシステムの形態は社会の生産様式と一定の対応関係がある。ここで特に対置されているのは「救済のエコノミー」と「供犠のエコノミー」（économie de sacrifice）である。救済のエコノミーとは、死に対する態度としては死後の永遠の生を保証し、蓄積－浪費複合体としては彼岸における至福のために此岸における富の蓄積を推奨するような宗教－社会形態である。これに対して、供犠のエコノミーとは、人々が死を前にして歓喜を覚え、祝祭において浪費を要求する宗教－社会形態である。キリスト教は救済の経綸《エコノミー》という教義によって、精神面で人々の死への恐怖に応えただけでなく、物質面でもまたそれに対応する生産様式を帰結した。それが生産に役立つ消費しか許されない「蓄積のエコノミー」すなわち資本主義経済である。この議論には明示されていない補助線が幾重にも引かれ、絡み合っているため、一つずつ解きほぐすことにしよう。

ちょうどこの時期、バタイユは一人で『アセファル』誌最終号を執筆し、そこに「死を前にした歓喜」の文字通り実践編である「死を前にした歓喜の実践」を掲載する。そのエピグラフはニーチェの『悦ばしき知識』から引かれている。第一の補助線はニーチェによるキリスト教批判である。ニーチェは『道徳の系譜』において、道徳の主要概念である「負い目」（Schuld）が物質的な概念である「負債」(Schulden)に由来すると主張する。道徳的な責務の感情は、買い手と売り手、債権者と債務者という商取引における契約関係にその起源をもつのであり、罪を犯したことに対する負い目は負債の償却によって贖われなければならない。

ニーチェによれば、原始社会では人は祖先の犠牲や業績のおかげで生きており、祖先に借りを負っているという感情をもっていた。この祖先に対する負債を払い戻す儀礼こそが供犠である。祖先の観念はやがて神の観念へと転化されていき、供犠は神への債務を贖う儀礼となった。そして、負債の償却としての供犠を最も純化した形で提示したのが、キリスト教であった。そこでは、自ら犠牲となって贖ったのは子なる神であり、それを受け取ったのは父なる神なのだから、負債の支払者も受領者も神自身である。それゆえ、「債権者は債務者のために自らを犠牲にする」[18]ことになる。こうして、キリスト教は贖罪の教義によって、人間を決して自らを買い戻すことのない奴隷、自らの罪を贖うことのない罪人へと貶めたのである。

たしかに供犠の本義を純粋な損失に見るバタイユからすれば、供犠を負債の返済とするニーチェの解釈には同意できないにちがいない。とはいえ、キリスト教が贖罪による救済という教義を通じて、血腥い死の供犠を純然たる商取引へと変え、此岸における人間を惨めな存在に封じ込めてしまったという点では一致しているのである。

第二の補助線は、一見して明らかなように、マックス・ウェーバー『プロテスタンティズムの倫理と資本主義の精神』である。ウェーバーはプロテスタンティズムの禁欲主義が利潤を追求する資本主義の精神へと至る屈折した経緯を跡づけている。プロテスタンティズムは、救済される者が予め決まっているという予定説の立場をとったために、カトリックのような教会や聖礼典（秘跡）による救済を否定した。この脱呪術化によって、プロテスタントは自己の救済の確証を神の栄光のための行いに求めることになった。すなわち、ルターの「天職＝召命」（Beruf）概念を踏み台として、神から与えられた職務に専心することが神の栄光を増すことになり、結果的に自己の救済を確信できると考えたのである。

世俗の生活において、享楽を排除し職業労働にひたすら努める禁欲的態度が美徳とされ、その生は無駄を排除し徹底的に合理化されることになる。こうした世俗内禁欲のエートスは時間と富の浪費を最大の悪徳と看做した。また、利益の追求自体は邪悪な行為とされたが、職業労働の結果として獲得された富は神の恩恵であると考えられた。こうして、人間は神から委託された財産を管理する僕《しもべ》となり、「財産が大きければ大きいほど〔……〕神の栄光のためにそれをどこまでも維持し、不断の労働によって増加しなければならない」[19]という責任を負った存在となった。獲得された富は浪費せずに蓄積され、蓄積された富は生産のために消費されてさらにまた増殖する。こうして、プロテスタンティズムは救済の確証のための禁欲主義を通じて資本形成を促し、逆説的にも資本主義経済を準備することになったのである。

先の引用で、バタイユはキリスト教から資本主義経済へと一足飛びで議論を進めている。しかし、『有用なものの限界』草稿や『消尽』においてプロテスタンティズムが一定の場所を占めていることを考慮すれば、キリスト教内部で救済の経綸《エコノミー》と宗教改革はやはり二段階に分けて考えるべきだろう。

そして第三の――見えにくいが重要な――補助線は、フランスの異端の神学者アルフレッド・ロワジー（一八五七―一九四〇年）である。ロワジーは『供犠についての歴史的試論』（一九二〇年）において、キリスト教の救済の教義を宗教一般に見られる供犠の伝統へと位置づけて解釈している。ロワジーによれば、呪術的・宗教的な「聖なる行為」（action sacrée）は総じて生存の保証を得るために行われる。人間には自らが欲求し想像し語ったことを現実のものと取り違え、自分が信じたいものを信じるという傾向がある。この想像と現実の混同という性向のために、人は生存に必要なものを獲得しようと虚構の力に訴えたというのである。

ロワジーは生存の保証としての聖なる行為という観点から、呪術から民族宗教を経てキリスト教へと至る発展を連続的に捉える。まず呪術の段階では、例えば雨乞いのために水を撒き散らすといったように、聖なる行為は模倣によってなされた。次に、民族宗教の段階では、それは生贄を神に奉献することで神の庇護を乞うという供犠の形をとるようになった。供犠の生贄には動物や植物、人間が捧げられたが、その種類は連想によって結びつけられた効果によって選ばれていた。とりわけ人身供犠は儀礼的なカニバリズムの風習に起源をもち、人肉食を好む神のために捧げられていた。そしてロワジーによれば、キリスト教におけるイエスの犠牲はまさしくこの人身供犠の伝統に根差しているというのである。キリスト教の神がイエスの犠牲を欲したのは、古い神々が人間の生贄を好むのと同じことであり、イエスによって人類の罪が贖われるのは、古代ギリシアにおいて殺人者の手に注がれた生贄の血が罪の穢れを除去していたのと同じことである。こうして、イエスの贖罪によって来世での生が保証されるという救済の教義は「供犠の一般エコノミー」（économie générale du sacrifice）に適合する。「キリスト教の救済の経綸《エコノミー》〔économie du salut〕は確かに人身供犠の神話に依拠しており、この人身供犠の神話によってこそ聖体の秘跡は解釈される」[20]のである。

『有用なものの限界』草稿にもロワジーの著書の当該箇所からの引用があり、バタイユは「救済のエコノミー」と「供犠のエコノミー」という語をロワジーに負っていると推測される。とはいえ、ここでもまたバタイユがロワジーの用語を改変して用いている部分に注意しなければならない。というのも、ロワジーがキリスト教の救済のエコノミーを供犠のエコノミーの一形態と捉えているのに対して、バタイユは両者を対置させているからである。ロワジーは供犠を生存の保証を獲得するための聖なる行為と考えているために、来世での生を確約する救済のエコノミーを供犠の一般的構造《エコノミー》の内に位置づけることができた。これに対して、バタイユは供犠を生の保証ではなく、死という純粋な損失と見ているために、供犠のエコノミーを救済のエコノミーに対立させるのである。

こうして、死への態度すなわち宗教と蓄積－浪費複合体との対応関係が明らかになるだろう。救済のエコノミーは、供犠の意義を負債の返済へと転化し、禁欲主義によって世俗的な生を合理化することで資本の蓄積を促す蓄積のエコノミーである。その基本的な原理は犠牲と引き換えに永遠の生を得るという生産的消費にある。これに対して、死を眼前に据える供犠のエコノミーとは、供犠の本来的な意味を生の保証ではなく死の呈示に認め、蓄積された富を祝祭において非生産的に消費する浪費のエコノミーなのである。

死を前にした歓喜とコミュニケーション

秘密結社に与えられた名「アセファル」（Acéphale）とは「無頭の」（否定の接頭辞 a- ＋頭céphal）といった意味である。よく言われるように、それは頭脳すなわち理性の否定であるとともに、頭領的権力を戴くことのない共同体を意味する。とはいえ、キリスト教神学の文脈から見れば、もう一つの意味が浮かび上がる。新約聖書のエフェソ書に「彼〔キリスト〕を万物の上にある頭として教会に与え給うた」[21]とあるように、キリストという頭の下に宇宙全体が統括され、教会がその身体となるとき、「時を満たすという摂理《オイコノミア》」が成就するとされる。だとすれば、アセファルとは、キリストなき教会、救済のエコノミーなき共同体を意味するだろう。それはすなわち、供犠のエコノミーに基づき、死を中心核として構成される共同体である。では、それに対応する死の態度である「死を前にした歓喜」とはどのようなものか。

講演「死を前にした歓喜」によれば、それは「人間の生に固有の偉大さの感情」〔CS, 740〕を前提とし、生とその暴力的破壊である死との一致を明確にするような態度である。死の暴力が現前するとき、人は一方で、自己の生命や所有物の維持に脅威を感じて、不安や恐怖を覚える。しかし他方で、この暴力に魅力をも覚え、生命や財産に配慮する日常的で卑小な自己を乗り越える運動、すなわち「自己の外への横滑り」〔CS, 743〕が生じる。この運動は人から人へと伝達されていき、人々の間に「異質で強烈なある種のコミュニケーション」〔CS, 741〕を創設することになる。こうして、死の暴力が人々の間に介在することで、それを中心核とした共同体が形成されるのである。しかし、この共同体は個体の死を超えて、生の存続を担保するために必要なのではない。むしろ逆に、個体の死に際して、自己の損失という栄光を意識させるために要請されるのだという。この講演は神秘主義的な内容のために聴衆に動揺を与え、前述のカイヨワとの論争の発端となったことで、研究会の解体を招くことになる。

ここで語られている死とコミュニケーション、そして〈聖なるもの〉との関係を明らかにするために、社会学研究会最後の会合となった一九三九年七月四日のバタイユの講演を参照しよう。そこでは、前回の自らの講演内容についての説明がなされているとともに、レリス、カイヨワの離反のために一人残されたバタイユが自身の思想を率直に述べているように思われるからである。

最後の講演でバタイユは、前回の供犠から一転して性愛について語り、諸個人間の結合に関する新たな存在論的法則の導入を提案する。それはすなわち、「人間存在は引き裂き〔déchirures〕あるいは傷口〔blessures〕によってしか相互に結びつけられることがない」〔CS, 808/510〕という法則である。人々が互いに関係を取り結ぶというとき、通常、自己充足し孤立した個体がまずあって、然る後に諸個体は独立を維持したまま相互に関係し合うと考えられる。しかし、バタイユによれば、諸個体はあたかもそれだけで完結した存在であるかのように振る舞っているが、実際はその内に決して完結しえない不充足を孕んでいる。人間はその不充足のゆえに自己の外部へと出て、他者と交流することを欲望する。熱狂の内に自己の統一性・統合性の意識が消失するとき、この不充足の傷口は露わになり、それを通じて諸存在の間にコミュニケーションが創設されるのである。

性愛の場面でいえば、恋人達は自らの傷口をさらけ出し、それを通じて肉体的に結ばれ、やがて恍惚に達する。その忘我状態の中で、互いを隔てていた自我の閾が下がり、恋人達の意識は自己の外へと流出して、もはや互いを区別できないほどに混じり合う。こうして、エロティシズムにあって恋人達は「小さな死」（petite mort）――フランス語で「オーガズム」の意――へと至り、自己を喪失することで、肉体的・精神的に交流するのである。供犠や祝祭もまた、自己喪失とコミュニケーションの瞬間を開示するという点で、エロティシズムに等しい。王殺しの供犠なら、王は文字通り自己の生命を損失し、動物供犠や祝祭の蕩尽なら、人々は家畜や収穫物といった自己の所有物、すなわち自己の一部を損失する。いずれにせよ、自己あるいはその一部を喪失し自己の統一性を毀損することで、人々は不充足の傷口を開く。祝祭の熱狂の内に開かれたこの傷口を通じて、人々はコミュニケーションする。このように、性愛であれ供犠であれ、人間存在は自己を損失することで存在の傷口を開き、そこからコミュニケーションによって互いに結びつけられるのである。

バタイユによれば、この傷口を通じたコミュニケーションこそが〈聖なるもの〉である。

こうして、私は〈聖なるもの〉について、それが諸存在の間のコミュニケーションであり、それゆえ新たな存在の形成であると言うことになる。〔……〕私の言う傷口あるいは引き裂きは蓄積された力の噴出の口火を切るものとして働く。しかし、宗教的供犠でも戦争でも、社会的な力のために産出される自己の外への力の噴出は、当然ながら、欲望の対象や必需品

を獲得するためになされるべき金銭の消費として産出されるのでは決してない。〔CS, 809/510-511〕

存在の傷口を開く自己の損失とは、金銭の消費のような、一時的に損失することで結果的に商品を獲得するような生産的消費ではない。それは過剰なエネルギーや力の噴出であって、生産を目的としない純粋な消費、すなわち浪費である。たしかに、供犠や祝祭は贖罪や五穀豊穣、共同体の再活性化のために、あるいは戦争は軍産複合体の利益のために企てられうる。しかし他方で、人間はその魂の昏《くら》い底に不充足の傷口を孕んでいるかぎり、自己の保存を求める「獲得への意志」だけではなく、自己を喪失し自己の外へと出ようとする「損失への意志」〔CS, 807/509〕を不可避的に抱く存在でもある。こうした死に対して歓喜する態度、浪費そのものへの欲望に対応する宗教－社会形態が、供犠のエコノミーなのである。

今やバタイユの語るコミュニケーションが〈聖なるもの〉である理由が明らかになるだろう。それは第一に、傷口から噴出するエネルギーの蕩尽であり、生産を目的としない浪費なのだから、合理的・生産的な秩序、すなわち俗なる領域から排除されるべきものである。第二に、コミュニケーションはその場に居合わせた人々の間で交わされるのだから、人から人へと伝達される力である。そして第三に、それは生命の暴力的破壊、すなわち死によって生起するのだから、人々に反撥と牽引の感情を抱かせる汚穢である。こうして、コミュニケーションは聖・俗二元論、伝染的な力、両義性という、あの〈聖なるもの〉の三つの契機を満たしていることになる。

社会を複合存在にする交感的運動とはこのようなコミュニケーションであり、それによって結ばれるものが、バタイユのいう〈聖なるもの〉に基づく共同体なのである。

勿論、こうした共同体の聖なる核である「死」を字義通り受け取る必要はない。「小さな死」に達した恋人達は本当に死ぬわけではないし、供犠で家畜を屠る者は自分の生命までもが奪われるわけではない。バタイユ自身もまた、死を前にした歓喜にとって重要なのは、「死ぬことでは全くなく、「死の高みへ」と至ること」〔CS, 739〕と述べている。供犠という儀礼はあくまでも悲劇であって、死の「演劇化」(dramatisation)が問題なのである。とはいえ、死は単なる比喩にすぎないとも言い切れないだろう。実際、カイヨワは後年、バタイユが秘密結社アセファルで人身供犠を企てていたことを証言している。[22] ともあれ、こうした死を中心とする共同体の構想は、後にジャン゠リュック・ナンシーの『無為の共同体』、ブランショの『明かしえぬ共同体』における議論へと引き継がれていくことになる。

3　有用なものの限界

天体

一九三九年、『有用なものの限界』の草稿が書き始められたのは、社会学研究会が解体したまさにその年のことであった。以来、四五年までの六年間に幾度も構想を変えながら、この草稿は書き溜められていく。その特徴は前章の冒頭で簡単にまとめた通り、天上と地上との生態学的関係、生産と浪費という対概念、有用性と栄光の対立、宗教的領域の包摂、そして極限の思考という点にある。バタイユのエコノミー論を構成するこれらの諸契機はこれまで見てきた通り、三九年に至って初めて着想されたのではなく、十五年にわたる思考の過程を経て徐々に練り上げられてきたものにほかならない。本節では、これらの思考がいかにして『有用なものの限界』へと組み込まれ、統合されていったのかを跡づけることにしよう。

バタイユは草稿を書き始める一年前、社会学研究会での活動と並行して『ヴェルヴ』誌に「天体」(一九三八年)という小論を発表している。そこでは、「松毬の眼」草稿で論じられた太陽と生物との関係が再び取り上げられ、宇宙の中での人間の特異な地位が問題とされる。また、聖社会学において人間の共同体に限定されていた複合存在の理論は宇宙物理学の領域へと拡張され、共同体の成員を牽引する聖なる「中心核」は惑星を重力によって牽引する恒星に置き換えられる。太陽系の「中心核」である太陽は自らの質量を損失することで、光と熱という形式の下にエネルギーを宇宙空間へと放射する。この恒星を構成する諸原子は天体の支配力によって囚われており、核融合反応へと全面的に服している。これに対して、恒星の周囲を巡る惑星の場合、それを構成する諸原子は恒星の支配力から相対的に自由であり、王国の中の王国のような独立性を有する。自由に運動する原子は結合して分子となり、分子が集合してコロイドを形成し、さらに生命、植物、動物、人間、そして社会を構成するようになる。このように、「天体」において人間の共同体は原子から社会へと至る複合存在の階梯の一つに位置づけられているのである。

では、天上の星辰と地上の生物はどのような関係にあるのか。バタイユは両者をエネルギーという観点から対照的な存在として規定する。

太陽は空間中で自らの力を浪費するのに対して、地球の周囲で、中心核の影響力から逃れることができ、だんだん高まる力能を形成するために固まる粒子は、もはや力を分配するのではなく、まったく逆にそれを貪る。〔OC,I,517-518〕

太陽とは自己を損失することでエネルギーを放射する浪費的存在である。これに対して、複合存在は放射された太陽エネルギーを吸収し、自らは放射することのない貪欲な存在である。生物はこの「貪欲」（avidité）によって衝き動かされ、自己の保存と種の繁殖のためにエネルギーの獲得へと従属している。「有用なもの」（l'utile）とは「より多く獲得させるもの」〔OC,I,519〕である。人間は道具、生産原料、労働からなる有用なものの世界を画定し、この領域の中で貪欲それ自体を目的として活動するようになる。

とはいえ、人間は単に貪欲によってのみ衝き動かされているのではない。バタイユによれば、もし富の増殖の活動がある限界点に達するならば、人間は突如としてそれまで蓄積してきたエネルギーの「余分」（surcroît）を爆発的に損失することになる。そのとき、損失されるエネルギーはもはや有用なものの領域には属さず、かえって有用性は損失という目的のために従属する。

直接的な貪欲の原理は渇望であるが、それが自己自身や自分の所有している富を与えようとする欲求へ場所を譲るとき、方向転換が生じる。実際、貪欲の運動は、損失へと向かう贈与の方向を限定しようとする。〔……〕真の自己の贈与、脱自〔extase〕――それは単に男と女を結びつけるだけではない――は、それでもやはり、貪欲の限界を示し、冷酷な運動から逃れて、太陽と渦状銀河の祝祭を再び見出す可能性を示す。〔OC, I, 519〕

貪欲の運動が極点に達するとき、方向転換が生じて人間は損失の欲求へと向かう。この損失は浪費であり贈与である。勿論、贈与にはポトラッチのように自己の地位を高め、富の獲得に寄与する効果もある。しかし、ここで言われている贈与とは、そうした貪欲に奉仕する贈与－交換ではなく、「真の自己の贈与」であり、自己自身を他者へ与えること、すなわち「脱自」である。それは自己を損失して浪費することなのだから、この贈与によって人間は恒星と同じ性格を担うことになるだろう。そのとき、人間は有用なものの世界から離脱し、「太陽と渦状銀河の祝祭」へと回帰する。「松毬の眼」草稿で見たように、人間は地上の生物でありながら太陽的存在でもあるという点で、自然の中で特異な地位を占めているのである。

この「天体」の文章の内、天上と地上の関係を論じた前半部分は、多少の改変を加えて『有用なものの限界』の草稿へと組み込まれ、エコノミー論の導入部に据えられることになった。バタイユがこのように人間の存在をその生産活動をも含めて宇宙全体の中に位置づける統一的な視点を提示しえた鍵は「エネルギー」という概念にある。

一九三九—四〇年の構想に基づいて編集された版（ガリマール全集版に従って、以下では「構想B」と呼ぶ」）では、先述の通り「天体」の文章が組み込まれており、太陽と生物がエネルギーの放射－獲得の関係として特徴づけられると同時に、人間の経済活動もまた、このエネルギーという語によって説明されている。人間は自らが生産したエネルギーの余分を浪費する必要があるが、現代ではもはや誰もそのことを理解できない。資本主義経済の下では、個人の消費は徹底的に商業化されており、いかなる消費も企業の資本を拡大するかぎりでしか生じえない。それゆえ、現代社会にあっては「個人的浪費だけではもはやエネルギーの余剰〔l'excédent d'énergie〕を使い果たすことはできない」〔LU, 229/139〕のだとされる。

さらにまた、一九三九—四一年頃の断片では、「カルノーの定理」（具体的には「閉鎖系では不可逆的にエントロピーは増大する」という熱力学第二法則のことと思われる）[23]に対する批判的な言及が見られる。バタイユによれば、科学と理性は世界の多様性の内で「等価性」（équivalence）〔LU, 548/293〕しか扱えず、エネルギー保存則を前提として、その不可逆的な変換を説くカルノーの定理はこうした科学の欠点を示すものなのだ。しかし他方で、バタイユは同じく三九—四一年断片において、地上の生物の世界についてエネルギー流に基づく生態学的《エコロジー》立場を鮮明にしている。そこでは、エネルギーの浪費の必要は人間の経済活動から「生物圏」（biosphère）全体へと拡張され、「余剰エネルギー〔énergie excédante〕は成長とは別の目的のために浪費されなければならない」〔LU, 552/304〕という一般法則が提示される。この観点からすれば、植物よりも動物の方がこの要請によく応え、最も強力な動物が生物圏の「エネルギーの過剰」（excès d'énergie）を浪費するのに適しているというのである。
エネルギー概念によるエコノミーの統一的な把握にとって決定的だったのが、一九四一―四三年草稿である。バタイユはそこで、動植物の生命活動と人間の経済活動をエネルギーの吸収‐放出として連続的に捉えている。まず、生態系の相では、太陽から放出された自由エネルギーが植物によって吸収・蓄積され、これを植物は花を咲かせ実を結ぶことで放出する。次に、動物はエネルギーを放出することによって移動し、植物を食んで吸収する。さらに、草食動物を肉食動物や人間が捕食して吸収する。こうしたエネルギーの吸収が動植物の「働き」(travail)であって、エネルギーが放出されるのはそれを吸収するためである。

これに対して経済の相では、人間の「労働」(travail)とは労働者が放出したエネルギーを生産物が吸収することである。人間の労働は自己の生存のためだけでなく他者のためにも従事させられうるという点で、動植物の働きとは区別される。人は拘束されたエネルギーを用いて他者に労働を強制するのであり、それゆえ、「貨幣とは利用可能なエネルギーである」〔LU, 575/354〕。人間はつねにより大きなエネルギーを獲得しようとして資本を拡大するが、有限な系の中ではこれを無際限に蓄積・増殖できるわけではない。吸収とはあくまでも通過点にすぎず、やがて放出されざるをえない。放出されるべきエネルギーの余剰は、吸収のために有用ではなく俗なる領域に属さないのだから、〈聖なるもの〉=穢れたものである。この意味で、エネルギーの余剰は「呪われた部分」(part maudite)と名指されるべきなのだ。このように、富をエネルギーの一形態として規定することを通じて、バタイユは生態学《エコロジー》と経済学《エコノミー》とを統一的に把握する視座を手に入れたのである。[24]

そして一九四五年の最終版に至ってついに、『有用なものの限界』に「一般エコノミー試論」という副題が与えられる。この構想では、序論において「限定エコノミーと一般エコノミーの対立」が論じられ、第三部には「エネルギーの一般エコノミー」という章題が与えられる予定であった。そこでは生物圏における人間の位置づけに始まり、悲劇的浪費、余剰の歴史的変動が論じられるはずだった。しかし、前述の通り、この草稿は結局、放棄されることになる。その経緯は同時期に書かれた『瞑想の方法』草稿で述べられている。すなわち、『有用なものの限界』は「既に述べたように（『内的体験』参照）「刑苦」を書くために放棄した作品であり、エネルギーの一般エコノミーにほかならない作品」〔OC, V, 472〕であると。

『呪われた部分』が主題とする一般エコノミーとは、太陽系から自然の生態系、人間の経済システムまで、様々な系《システム》をエネルギーという一般的観点から検討する「エネルギーの一般エコノミー」である。とはいえ、この時点ではなおバタイユのエネルギー概念についての知識は曖昧なものであった。バタイユは一九三〇年代にコントル＝アタックやアセファルで活動を共にした原子核物理学者ジョルジュ・アンブロジーノに草稿を見せている。アンブロジーノは一九四五年九月二十八日付のバタイユ宛書簡の中で、バタイユの魅力的ではあるが科学的に不正確な草稿を専門家の立場から添削しながら、「僕の役割は不毛だ、ブレーキの役割だ」[25]と漏らしている。これ以降、バタイユが草稿を送り、アンブロジーノが修正するという共同作業が始まる。その成果が一九四九年に出版される『消尽』である。

資本主義と栄光のエコノミー

人間は一方で、地上の生物としてエネルギーを獲得し、それを利用することで個体的・集団的な生を維持し拡大しようと努める貪欲な存在である。しかし他方で、人間は蓄積したエネルギーを太陽のごとく放出し、自己の生を損失したいと欲する栄光の存在でもある。バタイユは構想Bにおいて、こうした人間主体の二重の態勢に応じて、その行動様式を「有用な振舞い」（conduites utiles）と「栄光の振舞い」（conduites glorieuses）に分類する。

> 私はこれまで知られていなかった事実の分析に基づき、エコノミーの歴史に新たな概観を与えるつもりである。私には、次のことを示すことは容易に思われる。すなわち、「有用な振舞い」はそれ自体においては価値をもたず、ただ我々の「栄光の振舞い」だけが人間の生を決定づけ、生に値打ちを与える、ということである。〔LU, 200/81〕

有用な振舞いとは、蓄積されたエネルギーとしての生産物あるいは生産手段を獲得・増殖すること、すなわち生産を目的とする行動様式である。この振舞い方には「合理的な思考」（pensée rationnelle）という思考様式が対応する。合理的思考は生産のための方法を論理的に推論し、獲得される利益と支払うべき損失を比較衡量し、事物を適切に配置して効率的に運営する。そこでは、消費もまた生産のための単なる一契機にすぎず、生産の役に立たない活動は排除・抑止される。

こうした有用な振舞いと合理的な思考の基底にあるのは「企図」(projet) という主体の態勢である。企図とは自らの意志を前へと (pro-) 投げかけ (jeter)、それに向かって自己を投げ入れること、言い換えれば、何らかの達成されるべき目的を設定し、それへ向けて行為することである。合理的思考は企図によって設定された目的を達成するために必要な手段を計算し、有用な振舞いはこの手段を用いて行為することで企図を実現する。このように、企図とは目的と手段を関連づける主体の態勢なのであり、それゆえ、目的－手段連関 (有用性Ⅱ) とは企図に基づいた世界の認識の仕方にほかならないのである。

いかに企図を実現するかという有用性の尺度からすれば、何の役にも立たない行為は価値を欠いた卑しいものと看做される。しかし、有用な振舞いは生産の役に立って初めて価値を認められるのだから、「それ自体においては」価値をもたない。したがって、人間の生が全面的に有用な振舞いへと還元されるならば、それはかえって惨めで生きるに値しないものとなるだろう。

これに対して、栄光の振舞いとは、生命の維持や財産の増殖などには配慮することなく、生命や財産、エネルギーをただ非生産的に消費する行動様式である。それは利益の獲得や富の蓄積を目的としない浪費であるかぎり、生産の観点からすれば無益な行為にすぎない。この行動様式にあって人は、後先を考えずに爆発的・瞬間的に浪費し、利益と損失を計算することなしに見返りもなく贈与し、事物を秩序づけることなしに非効率的に行動する。それゆえ、栄光の振舞いに対応する思考様式は非合理性である。

こうした栄光の振舞いと非合理的思考の基底には企図に反する主体の態勢が存する。例えば、商品と貨幣を交換する商取引に対して、家畜や奴隷を屠る供犠はその損失の報償が担保されていないのだから、賭けである。あるいはまた、肉体を使って生活の糧を得る労働に対して、祝祭での踊りは自らの生命を気まぐれに燃焼するのだから、遊びである。たとえ賭けの目標が勝利や金銭の獲得にあろうとも、その目的と手段との間には必然的に断絶が挟まっている。もしそこに目的－手段連関が成立しているならば、それはもはや賭けではなく交換にすぎない。なぜ遊ぶのかといえば遊ぶこと自体が目的であり、その外部に目的があるわけではない。遊びが何らか他の目的のための手段となるとき、それはただの作業に堕してしまう。このように、栄光の主体の態勢とは「賭け＝遊び」（jeu）であって、それは企図の形式に反しているのだ。

　生産活動に寄与しない純粋な賭け＝遊びは、有用性の尺度からすれば、排除・抑圧されるべき無用なものにすぎない。しかし、それは他の何らかの目的のための手段となることも、自己の外部の尺度によってその価値を測られることもない。この意味で、賭け＝遊びはそれ自身を目的とし、それ自体において価値をもつといえる。したがって、栄光の振舞いだけが人間の生を光輝あるものとし、「生に値打ちを与える」のである。

　有用な振舞いと栄光の振舞い、この二重の行動様式の下で人間の生は営まれる。前者は思考様式としては合理的思考に、主体の態勢としては企図に対応し、後者はそれぞれ非合理的思考と賭け＝遊びに対応する。バタイユによれば、両者の関係において「賭け＝遊びと企図の間には根本的なアンチノミーが存続する」〔LU, 219/121〕とされる。とはいえ、「有用性－合理性－企図」と「栄光－非合理性－賭け＝遊び」という二つの系列は、バタイユがいうように本当に二律背反《アンチノミー》の関係にあるのだろうか。産業化され生産へと還元される賭博や遊戯の類に関しては一旦措くとしても、財産を破壊する供犠もまた用意周到な準備がなされる儀礼であろうし、不毛な遊びにも厳格な規則と秩序が定められていることもあるだろう。すなわち、企図によって栄光の目的を成就し、非合理的な仕方で生産的な目標を追求することも可能なのだ。その場合、二つの系列は必ずしも相反しないのではないか。こうした反論に応えるためには、企図の形式に対する徹底的な批判を加える必要がある。とはいえ、企図の問題については次章で検討することとして、ここではさしあたり、振舞いの二系列が合致する可能性について見ておくことにする。

バタイユはその社会が有用性と栄光のいずれを優位に置くかによって、エコノミーの体制のあり方を規定する。すなわち、企図と有用性の精神が支配的であるエコノミーが資本主義あるいはブルジョワ・エコノミーである。これに対して、栄光と賭けの精神が優越するエコノミーは「祝祭のエコノミー」あるいは「栄光のエコノミー」(économie glorieuse)と呼ばれる。では、栄光のエコノミーとは一体どのようなものか。バタイユはその典型をメキシコのアステカ族の社会制度に認めている。

栄光が唯一の尺度であった。栄光は他のあらゆる可能性を支配し、そのうえ、あらゆる運動をその内に巻き込んでいた。戦争の喧騒と同じように祝祭の喧騒は脈打つ心臓の力のような実効的な力を持っていた。それは人間とそのあらゆる行動〔……〕を宇宙の尺度に合った〔à la mesure de l'Univers〕ものにしていた。この一致が畑仕事に命を与え、多産なものにしていた

のだ。収穫の意味さえもがダンスと供犠において表現されていた。〔LU, 197/69〕

栄光のエコノミーにおいては、エネルギーを浪費するという栄光だけが価値を測る尺度であり、人々の生にとって唯一の目的である。それ以外の人間の活動はすべてこの尺度によって測られなければならない。畑仕事によって収穫された農作物や家畜は、供犠の生贄となり祝祭で消費されることによって初めて意味をもつ。交易を通じて入手した豪奢な財物は、饗宴で人々に分け与えられるかぎりで価値を有する。宗教的儀礼から日々の労働に至るまで、社会の内で営まれるあらゆる活動は究極的には栄光を表現するためにある。他方で、栄光のエコノミーは「宇宙の尺度に合った」ものである。ダンスを踊ることで命を燃やす者、祝祭を催して富を蕩尽する者は太陽の自己損失的な性格と一致する。それはエネルギーの保存・拡大を原理とする地上の生物にとっての尺度、つまり有用性の尺度からは逸脱したものであろう。それゆえ、栄光という尺度、宇宙の尺度（mesure）に適合するとは、地上の尺度からすれば「度を越した」（sans mesure）、「度外れ」（démesuré）なのである。

とはいえ、アステカ族の社会にあっても、すべての成員がこうした栄光の存在となれるわけではなかった。もし全成員が労働を放棄し収穫物を消尽してしまえば、祝祭や供犠を可能にする共同体自体がそもそも成立しえないだろう。だから、社会的蕩尽を代理し、共同体の栄光を体現する存在が必要なのだ。それがすなわち「至高者」（le souverain）である。至高者とは「全人民のイメージ」であり、全人民の意志は「このイメージが浪費的であること」〔LU, 198/71〕を望む。至高者は人々が生産し蓄積した富を祝祭や戦争において彼らに代わって気前よく浪費する義務を負っている。王が贅沢に暮らし濫費するのは、人民に富を再配分するためでも自らの恣意によるのでもない。そうではなく、全人民の浪費への意志を表象しているにすぎないのである。人民の労働は王の浪費を可能にするために、王の浪費は人民の労働に意味を与えるために行われる。このように、栄光のエコノミーは栄光の振舞いによってだけ排他的に構成されるのではない。それは栄光が有用性の目的となり、企図の精神が賭けに奉仕するという条件の下で、栄光と有用性が合致するエコノミーなのである。

　このような栄光のエコノミーの対極に位置するのが、ブルジョワのエコノミー、すなわち資本主義である。バタイユの定義によれば、資本主義とは「本質的に企図」であり、「可能なかぎり拡大しようとする企図」〔LU, 219/120〕を唯一の欲求とするようなエコノミーである。資本主義の企図は人間の生を光輝あるものとすることでも生活条件を改善することでもなく、何よりもまず資本を獲得・増殖することにある。この企図の実現のために合理的方法が前もって推論され、生産手段を適切に配置・運営することで資本が効率的に獲得される。そこでは利益と損失が比較衡量されて、消費は生産に資するかぎりにおいてのみ許容される。逆から言えば、「資本主義のシステムでは、あらゆる非生産的消費は生産力の総計を増大させる」〔LU, 230/140〕ことになる。勿論、合理的思考と有用な振舞いは栄光のエコノミー内部でも生活の必要のために営まれる。しかしながら、資本主義はその企図との特別な関係のために決して浪費しえないエコノミーである。どういうことか。

資本主義の目的は資本を獲得することであり、そこで獲得された資本はまた新たな獲得のための手段となる。その意味で、資本の蓄積とは「企図のためになされる企図の結果」〔LU, 219/120〕でしかない。すなわち、達成された目的は次の目的のための手段であり、企図がなされるのは企図のためなのだ。通常の企図の場合を考えてみよう。例えば、煙草を吸うために火をつける。家を建てるためにハンマーを握る。この場合、煙草と火、家とハンマーは似ていないのであって、目的と手段は大抵、互いに性質を異にする。また、煙草が吸われ、家が建てられたとき、すなわち目的が達成されたならば、その時点で企図は完遂され、ひとまず有限回の操作で閉じられる。これに対して、資本主義の企図の場合、その目的は資本の獲得であり、手段もまた資本の獲得であるがゆえに、目的と手段は同質的である。なぜなら、資本は数量化されており、純粋に同質的だからである。そこでは達成された目的がそのまま手段となるため、操作は終極に達するということがない。

バタイユによれば、地上のあらゆる存在はエネルギーを吸収するという貪欲を原理とするが、同時にそれを浪費する栄光の存在でもある（人間だけが浪費しうるのか、それともすべての生物が浪費するのか、バタイユの理論はなおも揺れているように思われる）。しかし、資本だけは増大することなしには消費せず、無際限に自己増殖する。それゆえ、資本は地上にあって唯一、「栄光に背く」〔LU, 231/143〕存在なのである。「資本主義が本質的に企図である」とは単にそれが資本の獲得を企図するとか、企図によって駆動されているといった意味ではない。そうではなく、資本主義はその目的と手段が同質的であり、企図のための企図となるという意味で、その本質が企図そのものであり、純粋な企図の形式なのである。

資本主義が企図そのものであるとすれば、「資本主義における賭けは何らか異質なもの」〔LU, 219/120〕であるよりほかない。なぜなら、賭けとは資本主義の対蹠《たいせき》点にある栄光のエコノミーの精神だったからである。とはいえ、有用性の尺度が優越する社会においても、賭けが完全に排除されるわけではない。それどころか、賭けはとりわけ現代社会にあって資本の増殖にとって不可欠の契機でさえある。それはすなわち株式市場における投機という賭けである。企図が偶然性の要素をできるだけ排除して、必然的・合理的に目的を達成しようとするのに対して、投機はどれほど計算尽くであるとしても、最終的には運任せの賭けにすぎない。資本家や実業家が企図の下で商品を生産し、投機家は生産物や生産活動、さらに他の投機家の活動に賭ける。そして今度は、投機家によって提供された資本を元手にして、資本家・実業家が新たな生産計画を立てる。祝祭的な賭けは株式市場に隔離され、資本の増殖に貢献するかぎりにおいてのみ容認される。こうして、資本主義は本来、自らとは異質であるはずの賭けさえをも、その内に取り込んで貪欲に成長する。そこでは「企図が賭けに内属すると同時に賭けも企図に内属する」〔LU, 219/121〕のであり、資本を増殖させるという条件の下で栄光と有用性は合致する。したがって、資本主義とは栄光の振舞いさえもが資本の増殖のために従事させられるエコノミーである。

栄光と有用性に関わる二つの系列は必ずしも排他的ではなく、互いに相補的な関係にある。その内のどちらが優越するかによって、エコノミーの二つの体制が規定される。栄光のエコノミーにあっては栄光の目的のために有用性が従属するのに対して、資本主義にあっては生産のために浪費が奉仕する。このように、『有用なものの限界』では、栄光と有用性は単に対立するのではなく、ある点では合致しうるものとして扱われるのである。こうした生産と浪費の合致をめぐる問題について、次に視角を変えて異質学とエコノミーとの関連から辿り直すことにしよう。

反キリスト教徒の手引き

異質学は一九三〇年代後半には放棄されたと上で述べたが、実をいえば、一九三九年頃に執筆された生前未刊行の草稿の中に異質学の痕跡を認めることができる。この草稿が「反キリスト教徒の手引き」である。遺された構想によれば、それは「自己の贈与」（don de soi）を主題として、キリスト教からその代替物である社会主義を論じ、革命へと至る理論となるはずだった。この草稿の中に異質学からエコノミー論へと至る軌跡を辿ることができる。

異質学とエコノミー論を結びつける論点は主に二つ挙げられる。第一の論点は天上の星と地上の生物との関係である。バタイユによれば、人間を含む地上の生物を特徴づけるものは「存在することへの貪欲」〔OC, II, 397〕である。それは栄養や財産を領有し、自己の生存を渇望する。これに対して、恒星の原理は浪費的な鷹揚さである。光り輝く星は自らの質量を損失することで、そのエネルギーを光や熱という形で地上の生命に与える。それはいわば自己の生命の贈与である。こうした恒星と生物、貪欲と浪費の対照的関係は「松毬の眼」から「天体」を経て『有用なものの限界』へと至る一連の宇宙論の中に位置づけられるだろう。

人間もまた恒星のように自己の贈与を欲望するが、他方で生物の一種であるかぎり、生存への貪欲に拘束されており、自らの生命を容易には浪費できない。こうした人間の二重性から導出されてくるのが、第二の論点たる「一致の法則」（loi de coïncidence）である。それはすなわち「浪費は貪欲に結びつけられ刺激される充足によって容易になり、逆に、浪費は貪欲によって刺激される充足を容易にする」〔OC, II, 397〕という法則である。言い換えれば、何かを獲得できる見込みがあればそれだけ自己を損失することも容易になり、また逆に、浪費することで自らが欲求するものを獲得しやすくなる、ということだ。例えば、戦争や革命において祖国の勝利や人民の解放といった題目があればこそ兵士・闘士たちは自らの生命を賭して戦うのであり、逆に、勝利や革命は陶酔的な戦いや名誉ある戦死といった犠牲の上に成し遂げられる。同様に、宗教においては信仰が殉教を可能にし、殉教がまた信仰を強固なものとする。恋愛においては恋人への愛のために自らの身を擲《なげう》ち、脱自によってこそ愛は深まる（ここに聖社会学の残響を聴き取られよう）。このように、浪費と貪欲という二重の欲望の間で引き裂かれている人間にとって、両者の関係は単に排他的ではなく相補的なのである。

　この一致の法則は損失と獲得、与えることと得ることという二つの契機を含むため、一見すると売りと買いからなる経済的な交換と変わらないように思われる。しかし、バタイユはこの二つはそれらを統制する原理が異なるとする。そして、この両者を分かつ原理こそ、異質学で問題とされた「同質性」と「異質性」なのである。

> もはや単なる交換、すなわち、連続的な同質性を維持する操作は存在しない。反対に、貪欲

と浪費との「一致の法則」が異質な領域の法則である。一致の法則はこの〔十分に考慮された〕規則性にとって疎遠なので、計算と両立不可能である。〔OC, II, 398〕

経済的な交換は三重の意味で「連続的な同質性」あるいは「同一性」(identité)を前提とする。第一に、交換する主体が同一でなければならない。もし商品を受け取る者と貨幣を支払う者が別人であるならば、それは交換ではなく贈り物であるだろう。第二に、交換される対象の同一性が保証されていなければならない。もし商品や貨幣が手許で変質してしまうならば、それは契約違反であるか詐欺であろう。そして第三に、交換される商品と貨幣の価値は同一、すなわち等価でなければならない。もし等価でなければ、そもそも交換が成立しないか、計算の錯誤によってしか成立しないだろう。このように、経済的交換は持続的な同質性の原理によって基礎づけられている。主体・対象・価値の同一性が担保されなければ、それはもはや交換ではなく「贈与か〔……〕錯誤か不正行為でありうる」〔OC, II, 398〕のである。

これに対して、一致の法則は決して同質性へは還元しえない異質なものの領域に属している。まず、この法則において損失と獲得は計算不可能である。なぜなら、自己の生命の損失とそれによって獲得されるものの価値を測るための共通の尺度など存在しえないからである。自己の損失は熱狂と陶酔の内になされるのであって、損得勘定の結果ではない。次に、そこで供与される対象は事物として持続的な同一性を保ちえない。なぜなら、浪費され獲得される対象はその過程において変質し、しばしば形態そのものを喪失するからである。勝利のために賭けられた生命は戦場に散り、神に捧げられた生贄は破壊される。そして最後に、一致の法則において与える主体と受け取る主体は同一ではない。なぜなら、生命の浪費の結果として何らかの成果が得られるとしても、それを受け取る者は既に不在だからである。戦争や革命の勝利を享受するのは国家や党であり、戦死した者ではない。「小さな死」によって恋人達は実際に死ぬわけではないが、それを経験する前とは既に自己の意識が変容してしまっているのである。

　経済的交換が同質性の原理によって統制されているのに対して、一致の法則は異質性の領域に属する。一致の法則における損失とは自己の生命の贈与なのだから、交換のように同一性は担保しえない。この意味で、「異質性の領域とは贈与の領域」〔OC, II, 458〕なのである。バタイユは、こうした自己の贈与すなわち死を前提とするエコノミーを「異質なエコノミー」（économie hétérogène）と呼ぶ。

　ここから、既に指摘しておいたバタイユの議論が孕む困難に対する一つの解答が与えられるだろう。バタイユはしばしば、有用性がそれ自体としては価値をもたないことを理由に、その対立物（栄光、異質なもの、〈聖なるもの〉）こそが真に価値あるものだと主張する。しかしそこには、有用性が価値をもたないとしても、だからといって無用なものがすべて価値を有するわけではない、という論理的陥穽が存するのである。この困難に対しては「反キリスト教徒の手引き」の議論から次のように答えられる。すなわち、異質なものは単に「同質的でない」という否定的な規定だけでなく「贈与である」という積極的な規定を与えられる。異質なもの・栄光・〈聖なるもの〉は同質性・有用性・〈俗なるもの〉の否定だから価値をもつのではない。そうではなく、それらは贈与であるがゆえに、それ自体において価値を有するのである、と。「反キリスト教徒の手引き」における異質なエコノミーは異質学をエコノミー論へと接続し、そこで提起された一致の法則を巡る議論は異質学の用語を削除した上で『有用なものの限界』の構想Bに組み込まれることになった。そして、これに伴って、バタイユのエコノミー論にもある変化がもたらされる。既に見たように「浪費の概念」において、社会的蕩尽の範型として選ばれたのはポトラッチであった。ところが、『有用なものの限界』では、ポトラッチはむしろ後景に退き、それに代わって供犠、とりわけ自己の供犠が栄光の振舞いの範型とされるようになったのである。[26]

なぜこのように浪費の範型がポトラッチから自己供犠へと重心を移すことになったのか。それはおそらく贈与‐交換の一種であるポトラッチがなお同一性の原理に従う余地を残しているのに対して、自己の供犠の方がより尖鋭的な仕方で一致の法則を顕わにするからだろう。ポトラッチの場合、たしかにその過激な形態では贈与する主体と対象の同一性は脅かされる。とはいえ、部族間の交流や地位の獲得を目的とする通常のポトラッチであれば、主体・対象・価値の持続的同一性は担保されている。他方、自己自身を犠牲に供する供犠の場合、そうした同一性を確保することはそもそも不可能である。

ユベールとモースは「供犠論」において、神話に描かれた神の供犠を執行者と犠牲がともに神自身であるような自己犠牲の供犠だとする。しかし、それはあくまでも「神話的すなわち理念的な存在にとってしか可能ではない」[27]のであって、現実的な人間社会の相では退けられていた。バタイユもまた、アステカ族の神話に自己供犠としての神の供犠を見出す。しかし、バタイユにとっては、神や王自身の供犠こそが供犠の本質を表現しているのであり、執行者と犠牲が異なる通常の供犠は「「自己の贈与」の喜劇」〔LU, 194/61〕にすぎない。自己供犠においては、執行者は自らの生命を犠牲にするのだから、浪費する主体とその利益を受領する主体は同一人物ではありえない。供犠によって生贄は破壊されるのだから、与えられる対象は同一性を保持しえない。自己犠牲は経済的価値と共通の尺度をもたないのだから、五穀豊穣や共同体の再活性化と等価にはなりえない。このように、自己の供犠は主体・対象・価値の同一性にとって反対物であるため、一致の法則に適合した浪費の範型となりうるのである。

分離とコミュニケーション

聖社会学からはどのような論点がエコノミー論に摂取されたのだろうか。『有用なものの限界』では諸々の断片を含めても、〈聖なるもの〉そのものについて言及している箇所はそれほど多くない。それよりもむしろ、社会学研究会最後の講演で提起された「コミュニケーション」を巡る議論がより詳細に展開されることになる。一致の法則では貪欲と浪費への欲求という人間存在の二重性が問題とされた。それと同様に、バタイユは「分離」(séparation)と「コミュニケーション」という相反する欲求の間で引き裂かれた人間のあり方を問題とする。

しかし、諸要素の分離がすでに無際限なコミュニケーションの世界の内に刻印されているの

> と同様に、個体の隔壁によって分離された世界もまた、隔壁を維持しようとする欲求からコミュニケーションしようとする反対の欲求へと絶えず衝き動かされている。我々は皆、絶えず自己の損失〔perte de soi〕――部分的なものであれ、全面的なものであれ――へと差し向けられなければならない。この自己の損失とは他人とのコミュニケーションである。〔LU, 267-268/191〕

人間は一方で、世界や他者から「分離」され、個別的な自己を維持することを欲求する。この自己とは単に皮膚によって境界づけられた物理的な同一性を意味するだけでなく、思考作用によって統一される自己の意識の同一性でもある。バタイユは聖社会学、「天体」に続いて、ここでもまた複合存在説の立場をとる。人間を含めたあらゆる存在は複合的である。ところが、「「私は考える、ゆえに私は存在する」と言明することによって、〈私〉〔je〕は還元不可能な粒子のように思考に結びつけられる」〔LU, 267/191〕。すなわち、デカルト的自我を設定することで、〈私〉と思考作用が等置され、あたかもそれ以上は分割不可能な単子《モナド》であるかのように看做される。さらに、〈私〉によって認識されたあらゆる表象は「私は考える」(Ich denke) の下で統一され、私の思考の所有物となる。このように、人間は思考作用によって自己と外界との区別を創設することを通じて、個体の隔壁の中に閉じ込められ、孤立した存在と化すのである。

しかし他方で、人間は外界へと開放され、他者と「コミュニケーション」することを欲する存在でもある。とはいえ、ここで言われるコミュニケーションとは通常の意味での伝達のことではない。伝達は通常、自己がその同一性を維持したままで、自己と分離した他者へと何らかの情報内容を共有することだと考えられている。言い換えれば、それは発信者・受信者・コードの持続的な同一性に基づく伝達である。これに対して、バタイユのいうコミュニケーションとは、自己を損失することで他者へと自らの生を伝達し、自己と他者とを変容させることである。どういうことか。バタイユの理路を追ってみよう。

聖社会学では、人々の間の交感的運動が共同体を一箇の複合存在へと変えるのだとされた。この理論は『有用なものの限界』にあって人間個体にも適用される。まず、個体の内部において〈私〉を構成する様々な要素は互いにコミュニケーションすることで統合される。コミュニケーションとは要素間に生起する「エネルギー、運動、熱の伝染〔contagion〕」〔LU, 270/196〕であって、この生命の伝染的運動によって〈私〉という一箇の複合存在が形成される。次に、人間も共同体も等しく複合的なのだから、個体の外部に対しても同じ運動が生じる。〈私〉と他者との間でエネルギーの伝染が行われ、この運動を通じて自己と他者からなる複合存在が形成される。そこでは自己の生命が他者へと伝達され、自己と他者とを隔てる区別が無効化されるのだから、コミュニケーションは「自己の損失」であり、自己と他者との変容なのである。

バタイユによれば、人間が他者とのコミュニケーションを欲するのは分離された存在だからであるが、それが孤立的であるのはあくまでもコミュニケーションをするためである。分離は人間にとって一時的な形態である。それはコミュニケーションを一時的に停止させはするが、この停止も運動の強度をより増大させるにすぎない。ちょうど河の流れが堰き止められた後に解放されるとその勢いを増すように、「分離された存在は、遅延した、しかし爆発的なコミュニケーションの条件でしかない」〔LU, 271/198〕のである。このように、人間とは分離への欲求とコミュニケーションへの欲求との間で引き裂かれた存在であるが、これら相反する運動は究極的には自己の損失という一点で合致するのである（こうした分離と連続性との等根源的運動については、後にエロティシズムの理論で再び立ち返ることになる）。

このような自己の保存と損失という人間存在の二重性を特徴づける根本的な気分は「不安」(angoisse)である。不安とは現前していない対象に対する恐れであると同時に、それを志向する態勢である。もし不安の対象が意識にとって現前しているならば、それは不安ではなく現実的な恐怖となるだろう。もし意識がその対象へと向けられないならば、そもそも不安を抱く必要もないだろう。それゆえ、不安とは非現前の対象を忌避しつつ、それに牽引されている両義的な気分だと言える。不安を抱く主体は自己の意識なのだから、その対象は第一義的には自己の損失である。なぜなら、意識が自己保存の欲求に従っているかぎり、自己の損失は当の意識にとって決して現前することがなく、また忌避すべきものだからである。しかし他方、人間はコミュニケーションの欲求を抱くかぎり、自己の損失へと避けがたく差し向けられている。したがって、不安という気分は何よりもまず自己の損失（死、脱自）の不安であり、分離とコミュニケーションが拮抗する人間の根本的なあり方を表出するのである。

ここから、供犠が本源的には自己自身を犠牲にする供犠でなければならない理由も明らかになるだろう。日常生活において人は、有用な振舞いによって自らの生を再生産し、分離の欲求に従って孤立した自己として生きている。これに対して、祝祭において人々は、栄光の振舞いによって自らの生を浪費し、コミュニケーションの欲求に衝き動かされて他者と交流することを欲する。供犠はこうした人民のコミュニケーションへの欲求に応えるものとして執行される。ところで、自己の供犠とは自己の生命の損失によって自己を他者へと贈与することであった。だとすれば、それはまさしく自己損失のコミュニケーションにほかならない。このように、供犠は人民の浪費への欲求に応えるために、自己供犠でなければならないのである。そして、至高者こそがこの欲求の代理人たる「人民のイメージ」なのだから、そこで犠牲となるべきは王自身である。

至高者が自ら生贄となる場合、その生が供犠を通じて人民へと贈られる。そのとき、コミュニケーションによって伝達される内容は至高者の自己そのものであり、自己の損失を前にした者の気分、つまり死の不安である。こうした供犠における不安の伝達について、バタイユは次のように述べる。

> 不安は可変的な許容度において維持される。供犠は不安のコミュニケーションであり（笑いが不安の除去のコミュニケーションであるように）、伝達される不安の総量は原則として伝達可能な不安の総量に近づく。あまりに強すぎる反応は操作を無効にする。それを感じた者が供犠から離脱するからである。〔LU, 279-280/214〕

供犠の本質は死の不安を伝達することにある。至高者の振舞いによって不安を伝達された観衆は、自己の内に自閉した孤立的存在であることをやめ、他者とのコミュニケーションへと開かれる。不安を伝達された者はまた別の者へと不安を伝達する。こうして、供犠に臨席した者は次から次へと不安を伝染させていく。このように、人々に「伝達される不安の総量」は、その起点にある「伝達可能な不安の総量」、すなわち、至高者が与えうる不安の強度に比例する。だからこそ、最大の強度をもった不安の伝達のためには、生命の喪失が必要なのである。とはいえ、不安は自己の損失に対する恐れでもある。供犠は無際限にコミュニケーションを促し、人民の生を損失させるわけではない。不安が過度になり、損失への恐れが大きくなれば、この儀礼から脱落する者が現れ、伝達される不安の総量はかえって減少してしまう。そのため、不安の強度は共同体の形態に応じて調整する必要があるのだ。バタイユによれば、時代が降るにつれて社会における不安の許容度は低下していく。供犠の生贄は王自身から奴隷、動物へと移り変わり、やがて動物供犠さえもが嫌悪されるようになったのだという。

最後に、分離とコミュニケーションを巡る重要な論点をもう一つだけ付け加えておく。バタイユは一九三九—四三年頃の断片において、人間の認識には二つの異なる様式があると述べている。それはすなわち「客観的認識」（connaissance objective）と「交感的認識」（connaissance communielle）という認識様式である。客観的認識とは世界の総体を科学的方法によって記述する仕方である。そこでは諸対象は各々孤立した存在として考察され、共通の概念の下で互いに区別・分類され、そして論理的推論に基づいて体系化される。これに対して、交感的認識とは特に〈笑えるもの〉や〈聖なるもの〉と関わる仕方である。そこでは認識主体は知的操作ではなくコミュニケーションによって対象と関係する。バタイユによれば、前者は後者によって基礎づけられるのであり、後者こそが十全な認識なのである。

重要なのは、これら二つの認識様式においては単にその対象領域や認識方法が異なるだけでなく、主体と対象との関係そのものが異なるという点である。客観的認識の場合、主体と対象は互いに分離したものとして客観的に関係するのに対して、交感的認識の場合、主体は対象とコミュニケーションするのであり、この認識の結果、「対象による主体の変容〔modification〕」〔LU, 530/248〕が生じる。要するに、前者では主体は自己を諸対象や世界から分離したものとして捉えながら、諸対象をも分離の相で把握するのに対して、後者では主体が対象と交感することによって、世界を連続的なコミュニケーションの相で認識するということである。だからこそ、交感的認識は〈笑えるもの〉や〈聖なるもの〉といった伝染的な力を備えた対象を考察するのに相応しい認識様式なのである（逆から言えば、諸対象を孤立的に捉える客観的・科学的認識が俗なる領域に対応する）。

分離とコミュニケーションとの対立は、貪欲と浪費への欲求にそれぞれ対応し、自己の保存と損失という相反する方向へと引き裂かれた人間存在の二重性を示している。この人間に固有の欲求を最もよく表している気分が不安である。さらに、この対立は人間が世界をどのように把握するかという認識様式の対立でもある。光が粒子でも波でもありうるのと同様、諸対象は孤立的存在としても交流的存在としても認識されうる。このように、分離とコミュニケーションは人間の存在様態の対立であると同時に認識様式の対立でもあるのだ。

エコノミー論をめぐる諸問題

これまで、「松毬の眼」から「反キリスト教徒の手引き」へと至るバタイユの様々な思考の道筋が、『有用なものの限界』においてどのようにエコノミー論へと統合されていったのかを跡づけてきた。とはいえ、その過程でなお解決されていない問題や理論上の隘路が残されているように思われる。以下では、そうした問題のいくつかを指摘しておこう。

第一に、未解決の課題として挙げられるのが、有用性をめぐる問題である。「浪費の概念」においで、目的のための手段にすぎないはずの有用性が必然的に自己目的化し、絶対的な価値を有するようになるという「絶対的有用性のパラドクス」が剔抉された。バタイユは栄光という本来の目的のために生産活動を従属させることによって、この問題を解決しようとする。しかし、生産を目的とする有用性Iを批判する論理そのものが目的-手段連関（有用性II）を前提としているために、結局はバタイユ自らが有用性の逆説に絡め取られてしまったのだった。

この困難に対して、バタイユは『有用なものの限界』で「一致の法則」と「企図」という二つの概念を導入することで答えようとしたと考えられる。というのも、一致の法則は浪費と貪欲、栄光と有用性を目的と手段の関係としてではなく相補的な関係として提示するからである。とはいえ、この両項が互いに誘発し合う構造は、本当に目的-手段連関から脱していると言えるのだろうか。むしろ「貪欲は浪費のために、浪費は貪欲のために」といったように、交互的な目的-手段の連鎖の内にあるのではないか。また、それは生産のために消費の欲望を過剰に喚起する現代の資本主義とどれほど違うのか。これらの点について、一致の法則はなお曖昧であり、いかにも過渡的な弥縫策と言わざるをえない。実際、この法則は一九四三年以降の草稿や『消尽』では姿を消すことになる。他方、企図とは目的を設定し、その目的のための手段を推論して、行為によってこれを実現することである。それは目的‐手段連関を主体の態勢の問題として捉え、改めて有用性について思考し直すための概念として導入される。この企図について徹底的に批判・検討することを俟って初めて、有用性の問題は解決されることになるだろう。

第二に挙げられるのが、極点における反転の問題である。「松毬の眼」においては、科学的思考はそれを否定することではなくむしろ徹底することで、その反対物たる神話学的思考へと転換すると論じられていた。同様の論理は『有用なものの限界』でもいくつかの表現で言い換えられている。例えば、三九―四三年頃の断片では、人間の知は諸々の現実を互いに関連づける獲得作用であるが、知の頂点に達するとき、この獲得は放棄へと反転するとされる。それは「知がもはや狂気と異ならない瞬間」〔LU, 534/259〕であり、知の放棄とは供犠である。言い換えれば、客観的認識が極限にまで達するとき、主体と対象の間でコミュニケーションが生じて、交感的認識へと転換するということだ。また、四一―四三年草稿では、「知の頂点では、もはや非‐知しか認知されない」〔LU, 563/330〕と述べられる。この頂点とはいわばヘーゲルの絶対知であって、人はこの頂点において未知のもの＝〈不可能なもの〉と邂逅することで、知は非‐知へと反転するのだという。このような、認識や知がその極点に達することでその反対物へと転換するという論理は、バタイユの著作の中で度々繰り返されている。しかし、なぜそうした反転が起きるのか。その理路は未だ示されていないのである。

この問題とも関連して、第三に、エネルギーの浪費はなぜ生じるのかという問題が挙げられる。バタイユは「天体」以来、エネルギーの概念を導入して、有限な地上では無際限にエネルギーを蓄積できないため、飽和点に達すると余剰エネルギーの浪費が起こると説明する。生物圏でいえばそれは個体数の飽和であり、産業社会でいえば生産過剰による恐慌である。こうした数量的な説明はたしかに生態学や物理学、経済学におけるエネルギーの科学的説明としては一定の妥当性があるかもしれない。しかし、バタイユ自身がカルノーの定理に疑義を呈していたように、それは科学的認識が妥当しない領域には適用できないのではないか。具体的に言えば、「天体」や『有用なものの限界』で見たような、人間主体の貪欲から浪費への転換の構造である。そこでは、生物圏や経済においてと同様、貪欲から浪費への、孤立からコミュニケーションへの態勢転換はエネルギーの飽和によってなされると説明されていた。しかし、こうした主体内部で生起する事象は交感的認識の対象であって——贈与をも考慮に入れるバタイユの一般エコノミーが心的エネルギーの節約たるリビード経済ではないかぎり——、エネルギーの科学的・定量的説明は妥当しないのではないか。この問題はおそらく、エネルギーの「余剰」についての考察が未だ不十分であることに起因する。それゆえ、「余剰」あるいは「過剰」の概念をより厳密に検討する必要があるのだ。

第四に、異質学、聖社会学から持ち越された問題が挙げられる。すなわち、異質性と同質性、聖と俗はどのような関係にあるかということである。異質学で見たように、同質性が区別、異質性が両義性を原理とするならば、同質なものと異質なものが区別される項であるとき、両者はともに同質性の領域へと回収されてしまう。このことは〈聖なるもの〉にも当てはまる。なぜなら、〈俗なるもの〉が孤立的な対象であり〈聖なるもの〉が交感的対象であるならば、両者が対立的な項であるとき、〈聖なるもの〉は孤立的な俗なる領域へと繰り込まれてしまうからである。この困難は単に対象領域の問題ではなく、認識様式の問題、すなわち、人間が世界をどのように把握するかが関わってくるだろう。

『有用なものの限界』の草稿は一九四五年、ガリマール社に手紙を送った後、結局、出版されることはないまま放棄されるに至った。既に述べたように、その一部は『内的体験』の「刑苦」章のために流用され、また、別の部分はアンブロジーノへと送られ、添削を受けることになる。草稿が放棄された背景には、こうした事情もあっただろうが、その最も大きな理由は何よりも、当初の構想のままでは今挙げた諸問題を未だ解くことができなかったためではないか。

バタイユは『有用なものの限界』執筆から『消尽』出版の一九四九年までの間に、『無神学大全』三部作（『内的体験』『有罪者』『ニーチェについて』）および『瞑想の方法』『宗教の理論』を著している。これらの探究を経ることによって初めて、バタイユのエコノミー論の抱える困難に対する解答が与えられ、『消尽』へと結実したのだと考えられる。このバタイユの探究を導き、問題を解くための鍵は〈不可能なもの〉という概念にある。次章では、これらの著作の検討を通じて、〈不可能なもの〉とはどのようなものであり、エコノミーの問題はどのように解決されたのかを明らかにしていくことにする。

第三章

エコノミー論の探究

1 知／非‐知

なおひとつの思考

一九三九年、アセファルと社会学研究会という二つの共同体を失ったバタイユは、ドイツ軍によるポーランド侵攻の三日後、『有罪者』の執筆を始め、自らの思索の内へと深く沈潜していく。その成果は戦争中に『内的体験』（四三年）、『有罪者』（四四年）、『ニーチェについて』（四五年）として相次いで出版される。これが神秘的体験を探究する内省的・哲学的な体系たる『無神学大全』三部作である。戦後、四五年に『有用なものの限界』草稿を放棄すると、バタイユはそれに代わる一般エコノミーの理論である『呪われた部分』の第一巻『消尽』の執筆へと向かい、四九年にはついにこれを公刊する。この間、四七年には後に『内的体験』に収録されることになる体験の手引書『瞑想の方法』が著され、また、翌四八年にはコレージュ・フィロゾフィックでの講演「宗教史概要」を基にした『宗教の理論』（生前未刊行）が書かれている。本章では、同時代の哲学者たちとの影響関係を視野に収めつつ、これらの著作を検討することによって、バタイユがどのようにして神秘的体験とエコノミーの理論を架橋していったのかを見ることにしよう。

なお、本章は主に内省的・哲学的な著作群を扱う都合上、抽象的な議論が続くため、あらかじめ簡単な見取り図を示しておく。1「知／非‐知」では、『無神学大全』の首巻『内的体験』と小論「実存主義からエコノミーの優位へ」を取り上げ、レヴィナス、サルトル、ハイデガーとの関係を整理する。これを通じて、体験と言説をめぐる困難が提起され、知と所有の主体から非－知への転換が明らかにされるだろう。２「可能なもの／不可能なもの」では、『有罪者』『ニーチェについて』および『宗教の理論』を取り上げ、ヘーゲルを挟んでコジェーヴとバタイユの差異が剔抉される。その中核には、否定性の問題がある。前者が否定性を悟性（言説）としてのみ捉えるのに対して、後者はこれに生産的側面（悟性）と非生産的側面（死）の二重性を認める。この非生産的な否定性はまた、〈不可能なもの〉でもある。３「限定エコノミー／一般エコノミー」では、『呪われた部分』の予備的考察「宇宙の尺度に合ったエコノミー」へと進み、『無神学大全』での思考の深化を経て、〈不可能なもの〉としての消尽が見出され、また、エネルギーの過剰・剰余・余剰という概念の腑分けが検討される。これらの考察を俟って初めて、前章で挙げられたエコノミーをめぐる諸問題に対する解答も得られるだろう。

バタイユは戦後間もない一九四六年に『クリティック』誌を創刊している。途中、中断を挟みながらも現在まで続くこの雑誌には、バタイユ自身も多くの文章を寄稿しており、四七年から四八年にかけて掲載された書評論文「実存主義からエコノミーの優位へ」もそうしたものの内の一つである。その題名が示す通り、この論文では実存的な体験とエコノミーの理論を繋ぐ理路が示されている。それゆえ、これを本章での検討のための導きの糸としよう。

この書評論文は、一方で、サルトルからバタイユに向けられた批判に応えるべく実存主義の方法を退けながら、他方で、生産の領域に限定された「限定エコノミー」に対する「一般エコノミー」の優位を論じている。そこでは、いわゆる「実存主義」に関する著作が四編取り上げられているが、ここでは特にレヴィナスの『実存から実存者へ』（一九四七年）に対する論及に注目する。というのも、バタイユはレヴィナスの「〈ある〉〔il y a〕の夜」の体験に自らの考える「非‐知〔non-savoir〕の夜」を重ね合わせて、深い共感を示しているからである。しかし、そのことはまた、両者が「言表しえない体験の伝達」〔EP, 296/284〕という困難を共有していることをも意味する。すなわち、ある体験が言表不可能なものであるとき、それを言説によって伝達することはできず、また、もし伝達するために言語化するならば、伝達される内容はもはや本来の体験ではない、というアポリアである。バタイユはこの困難をめぐって「形式的な一般化によって（言い換えれば、言説〔discours〕によって）対象として規定してしまっている」〔EP, 293/279〕とレヴィナスを批判するのである。

この困難はまさしくサルトルが「新しい神秘家」（一九四三年）において、バタイユの『内的体験』に向けた次のような批判に対応している。

しかし、まさにバタイユ氏は非‐知が思考に内在することを見ようとしない。自らが知らないと考える思考はなおひとつの思考である。そうした思考は内部から自らの限界を発見するが、だからといって自らの上空を飛び回ることはない。無〔rien〕に名前を与えるという口実の下に、無を何らかの事物にしてしまう方がまだましである。

思考が何らかの事物を対象とするのに対して、内的体験の極点で開示される非 - 知はもはや何らかの事物を対象とせず、何でもない「無」を対象とする。しかし、バタイユは本来存在しないはずの無に「未知のもの」〔l'inconnu〕という名を与えることで、それをあたかも事物であるかのように扱っている。言い換えれば、この言表不可能な体験を言語化することによって実体化してしまっているのだ。それゆえ、未知のものを対象とする非 - 知もまた、知ではないという見かけに反して、「なおひとつの思考」であるにすぎない。非 - 知はなお知であり、知は企図〔projet〕の形式の下で営まれる。だとすれば、「内的体験は企図の反対物である」というバタイユの主張とは反対に、実存主義者サルトルとともに「我々は企図である」と言わなければならない。しかし、このことにバタイユは無自覚なのだ。――これがサルトルによる批判の主旨である。

勿論、バタイユは自らの内的体験を巡るこうした困難に無自覚であったわけではない。『ニーチェについて』の補遺「ジャン = ポール・サルトルへの応答」では、上記のサルトルによる批判を引用しながら、「恐らく私自身これらの解きがたい困難を見ていた――私の思考とその運動はこうした困難から出発したのだ」〔SN, 198/342〕と述べられている。事実、『内的体験』において既に「究極の可能性。非 - 知はなお知であること」〔EI, 130/255〕と見定められていたのである。また、内的体験は企図の反対物であるというサルトルの要約は正確ではない。たしかにバタイユ自身も内的体験の本性を「企図として存在しえないこと」〔EI, 59/114〕と規定してはいるが、他方で、その原理を「企図によって企図の領域から外へ出ること」〔EI, 60/117〕とも述べているのである。内的体験は企図の領域の外部においてしか開示されえないが、その外部へと到るためにでは企図に拠らざるをえない。企図の外へと出ようとする企図はなおひとつの企図である。したがって、サルトルによる論難はバタイユの思考の隘路ではなく、むしろそこから思考が展開されるべき出発点なのである。

こうして、バタイユは「実存主義からエコノミーの優位へ」においてレヴィナスと問題意識を共有しながら、その立場を批判的に乗り越えることによって、同時に、サルトルの批判に対する反論を試みているのだといえる。そして、この困難を解き明かす鍵こそ「一般エコノミー」なのである。

エクスターズとイポスターズ

『内的体験』のバタイユと『実存から実存者へ』のレヴィナスはともにブランショの『謎の男トマ』（一九四一年）のある箇所を参照して、自らの考える「夜」の体験に等しいと認めていた。その一部を次に引用する。

まもなく彼には、夜が他のどんな夜よりも暗く、恐ろしいものであるように思えた。あたかも、もはや考えない思考の傷口、皮肉にも思考とは別のものによって対象として捕らえられた思考の傷口から、夜が本当に生まれ出てきたかのように。それは夜そのものであった。[2]

闇の中で自他の区別が溶解し、思考がその傷口を開く、夜そのものであるような夜——ここにレヴィナスは〈ある〉の夜と、バタイユは非‐知の夜と同じ体験を見ている。バタイユは「実存主義からエコノミーの優位へ」の注において、再びこの一節を取り上げ、「『内的体験』はレヴィナスの〈ある〉という状況、ブランショの〔サルトルによって〕非難された章句が完璧な表現を与える状況を完全に表現している」〔EP, 293/304〕と述べ、彼らが夜の体験を共有していることを確認している。しかし他方で、この夜に対する評価は両者の間で対照的である。レヴィナスはこの自己が融解する体験を恐怖として語り、新たな主体を措定することでそこから逃れようとする。これに対して、バタイユはそこに法悦の体験を見出し、主体の放棄による交流を目指すのである。なぜこのようにバタイユとレヴィナスは同じ一つの体験を出発点としながら、正反対の結論へと至ったのか。また、両者の思想はどの点まで共通しており、どこから分岐することになるのか。まずはレヴィナスの『実存から実存者へ』における〈ある〉と主体との関係について簡単に確認しておくことにする。

レヴィナスはこの書で、現象学（とりわけハイデガー）的な知の主体のあり方を批判し、そうした主体が溶解する〈ある〉の夜へと遡源する。そして、そこから主体の成立を捉え直そうとするのである。

外から到来する――光に照らされる――ものは了解される、つまり我々から到来する。諸対象が世界であり、つまり我々のものであるのは光によってである。所有物〔propriété〕は世界を構成する。光によって所有物は与えられ把握される。あらゆる我々の感覚の基底にある把握作用は世界における所有物の起源なのである。[3]

レヴィナスによれば、知とは志向性という光によって世界内の諸対象を照らし出し、了解する作用である。知の主体すなわち意識は、この志向性によって対象の固有性（propriété）を知的に把握し、それを主体の所有物（propriété）として自らの手の下に把握する。現象学的な主体は対象を所有する（posséder）が、当の対象によって所有され、取り憑かれる（possédé）ことはない。というのも、志向性は外部の存在から意識へと押しつけられるのではなく、あくまで意識の内部から世界へと発せられる光だからである。世界は予め主体と適合するように照らされるのであり、対象は意識を参照するかぎりにおいてのみ意味をもつ。したがって、知とは存在と距離を置くことによって世界を所有するあり方であり、「世界内存在」たる知の主体は世界を所有する主人なのである。

レヴィナスはこうした知と所有の主体を「エコノミーの時間」（le temps de l'économie）[4]の内に位置づける（なお、『実存から実存者へ』には「存在の一般エコノミー」という表現も見られるが、さしあたりバタイユの一般エコノミーとは関係がない）。エコノミーの時間とは、現在払われた労苦が未来において補償され、現在の労働が未来の報酬を約束するような代償の時間性である。それは何も経済活動にかぎったことではない。現在の苦難が未来の救済を約束すると考える宗教もまたエコノミー的なのである。こうした時間性は欲望充足のために配置される道具の連関に対応する。というのも、欲望を充足するために道具を使用することは、未来に設定された目的のために現在あるものを手段として犠牲にするからである。あるいはまた、道具はその総体が適切に配置・運営されることで、目的を達成するまでの余計な時間を節約するからでもある。エコノミーの時間の内に配置された道具は時間の節約《エコノミー》を可能にするのである。
これに対して、〈ある〉の夜とは、こうした志向性の光によって可能となる知と所有の主体が、そしてまたエコノミーの時間と道具全体性のいっさいが存在の闇に沈む体験である。

この非人称で無名であるが、鎮めがたい存在のこの「消尽」、無の底でざわめく消尽を、我々は〈ある〉という語によって書き留める。〈ある〉とは、人称的形式をとることを拒否することによって「存在一般」である。[5]

〈ある〉とは存在者すなわち何らかの事物として存在するものではない。それは「存在一般」であって、ただ存在することである。では、この体験において何が起きているのか。まず主体の側からいえば、知によって世界から分離していた主体は、自他の区別のない〈ある〉の内で融即することによって、「非人称で無名」の存在へと没する。そこでは、所有する主体と所有される対象との区別が無効になるのだから、主体と諸対象との所有関係は解消される。次に対象の側からいえば、志向性によって属性を規定されていた事物は、闇の中で形相を失うことによって、剝き出しの「物質＝質料」(matière) となる。そこでは、対象の属性が判然としないのだから、道具の連関は無効となり、事物が持続的形態を保たないのだから、エコノミーの時間はもはや未来を期待できない。こうして、〈ある〉の夜の体験においては、主体とそれを構成する地平が溶解してしまうのである。

現象学的主体を批判するレヴィナスはしかし、この〈ある〉の夜の体験を理想とするわけではない。このことは批判対象であるハイデガーの主体と時間をめぐる議論と比較することで明らかとなるだろう。よく知られているように、ハイデガーは『存在と時間』において、死を前にした不安という現存在の根本的情態性（気分）を通路として、自らが「死へと関わる存在」（Sein zum Tode）であるという先駆的決意性によって、本来的な自己を確保できるとした。そして、この先駆的決意性を成り立たせているのが、「自己の外に立つこと」（ek-stase）すなわち「脱自態」（Ekstasen）という現存在のあり方である。脱自態とは未来・過去・現在という通俗的な時間理解とは異なる根源的・本来的な時間性であり、「将来」（Zukunft）・「既在」（Gewesen）・「現在」（Gegenwart）からなる時間の統一である。それはすなわち「（世界内部的に出会われる存在者）のもとでの存在として〔現在〕、自分に先立って〔将来〕（何らかの世界）の内に既に存在していること〔既在〕」[6]である。このような脱自態という時間性が現存在の本来的な自己を可能にするのである。

これに対して、レヴィナスは脱人称的な〈ある〉をそこから脱出するべき恐怖の体験として捉え、「現代の思想における脱自主義」[7]の立場を退ける。レヴィナスにとって真の主体は、ハイデガーのように自己が存在と関係し、そこへと出ていく脱自によって措定されるのではなく、むしろ〈ある〉の中断によってこそ生起する。こうした〈ある〉の基底から実存者としての主体が出来することをレヴィナスは「イポスターズ」（hypostase）と呼ぶ。イポスターズとは元々、神秘神学の用語で神の本質とは区別された「位格」を意味するが、ここでは品詞の転換といった意味で用いられている。それはすなわち、「存在する」という純粋な動詞から「存在者」という名詞へと品詞が転換し、無名の〈ある〉が人称的な誰かの存在として担われるようになる出来事である。

では、イポスターズはどのような時間性において生じるのだろうか。それはこの出来事を分析することで明らかになる。イポスターズとは、それまで存在していなかった主体が存在し始めることである。この出来事によって初めて存在するのだから、存在し始める当の主体はまだ存在していない。しかし、それ以前にはいかなる主体も存在していないのだから、他の何かから存在し始めることはできない。要するに、主体は存在しない自分自身の内で存在し始めなければならない。こうした「始まりのパラドクス」がイポスターズには孕まれている。そして、この逆説に対応する時間性が「瞬間」にほかならない。なぜなら、瞬間が単なる持続的時間の極小でないとすれば、それは先行する時間に続いて生じることはなく、それ自身の内で生起しなければならないからだ。それゆえ、主体が〈ある〉の中から生起する時間性とは瞬間である。

エコノミーの時間とは未来のために現在を犠牲にする時間性であり、脱自態は将来・既在・現在という自己の外へと出ていく時間性である。これらはいずれも他の時間との関係において成立する時間性である。これに対して、瞬間とはそれ自身において存在し始める時間である。だとすれば、それはエコノミーにも脱自にも決して還元しえない時間性であるだろう。このように、レヴィナスは知と所有の主体とエコノミーを批判し、それが溶解する〈ある〉の夜の体験へと立ち戻る。そこから、脱自（ek-stase）とは異なる仕方で、すなわちイポスターズ（hypo-stase）によって主体の生起を捉え直したのである。

〈自己〉から脱自へ

バタイユが『内的体験』において問題とするのは、まさにこの知と所有の主体である。バタイユによれば、認識とは「既知のものへと関連づけること、未知のものを他の既知のものと同様であると把握すること」〔EI, 127/249〕である。それはすなわち、未知の対象を既知の概念へと関連づけ、それを既知の秩序の内に配置すること、このことを通じて対象を知の形式の下で自らの所有物として領有することを意味する。認識によって領有された既知のものの体系が概念あるいは「言説」（discours）であり、この言説の連鎖をたどって推論することで「論証的思考」（pensée discursive）は可能となる。こうした認識作用と論証的思考は単なる抽象的な思考の操作であるにとどまらず、人間のなす具体的な行為や企図と不可分なものである。

> 「行為」〔« action »〕は完全に企図に対する依存関係の下にある。そして、煩わしいことに、論証的思考はそれ自体、企図という実存様態に拘束されている。論証的思考は行為に拘束された人間の所業であり、自らの企図から発して企図についての反省の次元においてその者の内で生起する。企図は単に行為に含まれ、行為に必要な存在様態であるだけではなく、逆説的な時間における存在様式でもある。つまり、それは実存のより後への延期なのである。

〔EI, 59/115〕

行為がただの動作ではなく目的意識を伴った振舞いであるかぎり、それはつねに企図によって統制されている。なぜなら、企図とは何らか達成されるべき目的を設定し、その目的に向けて手段を配置し、行為によって実現することだからである。認識作用と論証的思考は一方で、こうした企図を可能にするための条件である。企図は既知の秩序を未知のものへと投影し、目的のためになすべき方途を推論することによって可能になる。しかし他方、それらは逆にまた企図によって拘束されてもいる。推論は企図の目的に適うかぎりにおいて思考されるのであり、新たな知見は行為の結果によって獲得されるのである。こうした認識と行為を統制し、人間主体の存在様態そのものである企図は「逆説的な時間」に対応する。ここで逆説的とは、現在における行為が未来に設定された目的によって規制され、現前している存在が未だ不在であるものへと延期されているというアナクロニックな時間性を意味する（この時間性については後述する）。

このような認識と行為の基底で同一のままに留まる主体をバタイユは〈自己〉（*ipse*）と呼ぶ。〈自己〉は一方で、他のものから孤立しており、自らの内で自閉した存在である。しかし他方で、それは自己自身だけでは決して完結しえず、その内につねに「不充足」（insuffisance）を抱え込んだ存在でもある。だからこそ、〈自己〉は未知のものを既知のものへと還元し、行為によって対象を領有することで、自分とは異なった存在を自らのものとする。というのも、もし〈自己〉が完全に自閉しているならば、他のものと関係しえないだろうし、逆にそれだけで完結することを欲しなければ、他の存在を所有する必要がないからである。こうした認識と行為によって諸対象を領有していく〈自己〉にとって最終的な企図とは、すべての対象を既知の体系へと関連づけ、世界の総体を自らの所有物とすること、つまり「全体となること」である。世界内のあらゆる対象が既知のものとされ、自らの所有物となるとき、すなわち〈自己〉が全体となるとき、その不充足は満たされ、最終的な企図が完遂される。それゆえ、「完了した存在とは全体となった〈自己〉であるだろう」〔EI,105/209〕。

このように、知と所有の主体を問題とするという点で、バタイユとレヴィナスは問題意識を共有しているといえる。とはいえ、バタイユの〈自己〉はレヴィナスが現象学的主体に見ていたような、世界から距離を置いてそれを一方的に支配する主人ではない。というのも、バタイユによれば、「彼が事物を所有すると信じるとき、事物が彼を所有している」〔EI,150/295〕からである。〈自己〉は諸対象を領有することによって、それらを主体の企図へと従属させる。既知のものは目的のための手段として用立てられ、所有物は所有者の意志にしたがって使用される。しかし逆に、企図を通じて、〈自己〉もまた領有した諸対象へと従属させられる。全く未知であるような目的は設定しようがないのだから、企図は既知の手段によって拘束され、所有者は自分の持ち物にたえず配慮することで、その意志が所有物に取り憑かれる。このように、〈自己〉と対象が所有関係にあるとは、両者が互いに従属的な関係に置かれることを意味する。〈自己〉は対象を従属させると同時に対象によって従属させられ、一箇の領有された事物へと堕してしまうのである。

〈自己〉は世界の主人であることで、かえって隷属的な事物へと失墜する。こうした知と所有の主体についての理解の相違から、レヴィナスとバタイユの夜の体験に対する態度の違いも説明されるだろう。バタイユによれば、人間の隷属状態は対象との所有関係から生じるのだった。だとすれば、そうした状態から人間を解放するための唯一の途は、〈自己〉による対象の所有という形式を放棄すること、より根源的には主体と対象との関係そのものを廃棄すること、すなわち「主体と対象の削除」〔EI, 67/130〕にほかならない。そして、この主体と対象の区別が溶解し解消される場こそが、非‐知の夜の体験すなわち内的体験である。

バタイユによれば、「内的体験」（expérience intérieure）とは通常、神秘体験と呼ばれているものであり、〈自己〉が「脱自」〔extase〕、法悦、瞑想的感情の状態へと至ることである。それはバタイユ自身がブランショの夜、レヴィナスの〈ある〉に重ね合わせていた体験であり、そこでは「主体としては非‐知であり、対象としては未知のものであるような、主体と対象の融合に到達する」〔EI, 21/34〕とされる。なぜ内的体験において主体と対象は融合するのか。また、そこで開示される非‐知と未知のものとはどのようなものか。まずは非‐知に注目して、この体験が生起する機序を考えることにする。

「非‐知」（non-savoir）とは通常の知的操作や認識作用に反するような主体の態勢である。とはいえ、それは単に思考や企図を放棄することではない。内的体験の原理とは企図によって企図の領域から出ることであった。非‐知もまた、知を放棄することではなく、むしろそれを極限まで推し進めることによって呈示される。バタイユによれば、この知の「極限」（extrême）とはヘーゲル的な絶対知の彼方であり、そこへは絶対知を模倣することによって到達するという。「絶対知」(das absolute Wissen)とは、ヘーゲルの『精神現象学』において、意識がその最も単純なあり方(感覚的確信)に始まり、悟性、自己意識、理性、精神、宗教といった諸段階を遍歴し、最終的にたどり着く知の頂点である。それは世界の総体を自己自身であると認識している意識のあり方であって、そこでは、世界の総体がすっかり既知の体系へと関連づけられ、意識の所有物となっているといえる。

このような絶対知を追随し、それを超えていくことで非-知へと反転するという論理は、これまでも繰り返されてきたように、バタイユに特有のものである。しかし、この極限をめぐる思考の理路はいかなるものか。「実存主義からエコノミーの優位へ」において、バタイユ自身が加えている説明を参照しよう。

> 完遂された認識は認識のもっとも進んだ点にほかならない。しかし、この極点の彼方で、かつて未知だったものが既知のものに確固として関連づけられてきたが、もし既知のものとなる未知のものがもはやひとつもなくなれば、既知のものそれ自体がまるごと未知のものに関連づけられるだろう。〔EP, 297/285、強調は引用者〕

なぜ知はその極限に到達することによってその反対物である非-知へと反転するのか。まず、認識作用の観点から考えるならば、認識による還元が完遂され、その極限にまで至ったと仮定する。認識とは未知のものを既知のものへと関連づけることであった。いま認識の極限に至ったとするならば、未知のものはすべて既知の体系へと関連づけられるのだから、知の主体はもはやいかなる未知の対象をも見出さないだろう。そこでは、既知のものはもはや何にも関連づけられない、あるいは無に関連づけられることになる。そのとき、知はもはや何も認識することがないのだから、非‐知へと転換し、既知の体系はその全体が無へと関連づけられるのだから、何の意味もないもの、未知のものへと没してしまうだろう。このことをまた、企図の観点から辿り直すならば、もしあらゆる企図が完遂され、世界の総体が所有されたと仮定する。そのとき、目的はすべて達成されているのだから、企図の主体はもはやいかなる達成するべき目的、なすべき行為をも見出さないだろう。そこでは、企図はいかなる目的も設定することがないのだから、それ自身としては無目的な、もはやなすべきことのない行為となり、手段はいかなる目的ももたないのだから、所有物の総体は何の役にも立たないものへと転落してしまうだろう。こうして、極限において、知と所有の主体は非‐知へと反転し、既知の対象は未知のものへと変容するのである。

　非‐知の主体は何ものも認識・領有しえないため、明晰判明な意識をもち、他者から区別されるような「誰か」ではない。そこで私は自分自身にとって未知のものとなる。未知の対象はいかなる意味ももちえないのだから、属性や形相をそなえ、他の事物から判然と区別されるような「何か」ではない。「**夜**は何ものでもない＝無〔rien〕である」〔EI, 145/285〕。非‐知と未知のものは互いに区別された主体と対象として向かい合うのではない。この意味で、知の極限では主体と対象は区別されることなく融合するのである。そして、非‐知と未知のものは区別された二つの項ではないのだから、両項の間で従属的な関係が結ばれることもない。こうして、内的体験においては主体と対象は削除されるのであり、主体と対象の所有関係は解除され、人間は隷属状態から解放されることになるのだ。

ただし、ここで先の引用文が「もし～ならば」という条件節によって導かれていることに注意しなければならない。この表現が意味していることは、「未知のものがひとつもなくなる」ことと、すなわち知の極限への到達が事実としてではなく、あくまでも仮定として語られているということである。このことは知が完遂することの不可能性を示唆している。というのも、これまで見てきたように、知が極限に至って完了しようとするならば、直ちにそれは非‐知へと反転してしまうのであり、知は決してそれ自身の内で完了することがないからである。したがって、全体になろうとする〈自己〉の企図は決して充足されえない。〈自己〉は自らの内で自閉することはなく、全体になろうとした瞬間に不充足の傷口が開かれる。この傷口とは脱自である。

レヴィナスはハイデガーの存在論を批判して〈ある〉の夜の体験を恐怖として描き、イポスターズによって主体を措定し直すことを論じていた。これに対して、バタイユは『内的体験』の核心部たる「刑苦」章において、非‐知の夜とは不安の体験であるとし、ハイデガーと同様、不安という情態性を通じて脱自《エクスターズ》へと至ることを目指す。前章で見たとおり、『有用なものの限界』では、供犠が不安を伝達するとされていたが、ここでは非‐知が脱自を伝達すると表現されている。

もしこの命題（非－知は裸にする）が意味――現れては消える――を持つとすれば、それはある。非－知は脱自を伝達する〔LE NON-SAVOIR COMMUNIQUE L'EXTASE〕ということだからである。非－知はまず不安である。不安において裸形が現われ、それが脱自する。しかし、不安が覆い隠されるならば、脱自そのもの（裸形、コミュニケーション）も覆い隠される。こうして、脱自はそれが充足、把握された知ではありえないからには、脱自の不安の内でのみ起こりうる。〔EI, 66/125〕

この一節は表現が凝縮されているため、一つずつ腑分けして説明していく。まず、「非－知は裸にする」とは『内的体験』の頂点とされる命題である。極限において、非－知はそれまで知によって覆い隠されていたものを剝ぎ取って裸にする。この裸形を私は見て知るのであるが、それを知るかぎりにおいて知となる。この知がまた非－知によって裸にされる。こうした知と非－知、意味と無意味との往還運動をこの命題は表している（それゆえ、非－知はなおひとつの思考にすぎないとするサルトルの批判は織り込み済みなのだ）。次に、この命題が何らかの意味内容を含みうるとすれば、それは「非－知は脱自を伝達する」ということである。知が極限に達して非－知へと反転するのは、〈自己〉が自らを失って脱自へと開かれるからである。とはいえ、この脱自は単独の〈自己〉の中から自発的に生起するのではない。それはコミュニケーションによってどこからか伝達されてきて、またどこかへと伝達していくのである。そして最後に、この脱自を受け容れるために主体に要請される情態性が「不安」である。既に見たように、不安とは孤立した

〈自己〉を損失することへの恐れとコミュニケーションへと向かう志向性との拮抗であった。たしかに不安は自閉した〈自己〉を動揺させはするが、それだけではまだ脱自へと至らない。また逆に、脱自も主体が不安の状態になければ伝達されえない。したがって、問題はいかに不安を持続させつつ、コミュニケーションを受け容れて、〈自己〉を脱自へと転回させるかということなのである。

バタイユは「実存主義からエコノミーの優位へ」の結論部で、「この不安から脱自への運動が、エコノミーの一般理論の到達点であり、鍵である」〔EP, 305/298〕と述べている。では、どのようにして不安から脱自への運動はなされうるのだろうか。また、この運動はどこでエコノミーと関係するのか。そして、「エコノミーの一般理論」とは何か。

2　可能なもの／不可能なもの

瞬間と歴史

レヴィナスとバタイユはいずれも知と所有の主体を批判しながら、夜の体験をめぐって対照的な態度をとることになった。しかしながら、両者の思考が決定的にすれ違う点がもう一つある。それは瞬間という時間性についての理解である。バタイユはレヴィナスの瞬間について次のように指摘する。

ところで、瞬間のエコノミー的な意味は、レヴィナスがこだわっている主体の生起にはまったく対応していない。むしろ逆に、それは〈ある〉の感覚に対応しているのである。〔EP, 299/288-289〕

瞬間とはレヴィナスの考えるような主体が生起するイポスターズの時間性ではない。それはむしろ主体と対象が溶解する〈ある〉の夜、〈自己〉が脱自へと転換する非‐知の夜に対応する時間性である。後述するように、瞬間がエコノミーの時間や脱自態に反するという点では両者の理解は一致しているが、こと瞬間と主体との関係については、レヴィナスとバタイユは正反対の見解を示している。では、バタイユの考える瞬間とはどのような時間性なのだろうか。また、それが有する「エコノミー的な意味」とは何か。

バタイユは一九四五年に『瞑想の方法』関連の断片において、時間と概念〔言語〕との関係について考察し、「内在性〔immanence〕は瞬間である」〔OC, V, 466〕と書き残している。意識の外部に存する超越的な対象が概念によって措定されるのに対して、意識の内部の生である内在性は決して概念化しえない。ところで、時間は概念という永遠性に依存しており、超越的対象は概念によって規定されているのだから、超越は時間的なものである。これに対して、内在性は概念化しえないのだから時間的なものではない。とはいえ、永遠として時間の外部に立っているわけでもない。したがって、「企図から引き離され、時間の内で流れるかぎりにおいて」〔OC, V, 466〕、

「瞬間」が内在性に対応する時間性なのである。

　ここでのバタイユの記述が断片的なこともあり、細かい理路を追うことは一旦措くこととする。むしろ注目するべきは、この断片の中に「Kのノートを見直すこと」という注記が付されていることである。この「K」とは一体誰か。それはおそらく一九三三年から三九年にかけて高等研究院でヘーゲル『精神現象学』の講義を行い、バタイユもその思想に大きな影響を受けたコジェーヴのことを指すと考えられる。というのも、コジェーヴは三八―三九年の講義で、まさに時間と概念の問題を扱っており、バタイユの断片もその内容をなぞっているからである。それゆえ、バタイユの時間論を検討するに先立ち、三八―三九年の講義録「永遠・時間・概念についての覚書」にしたがって、コジェーヴの時間論を整理しておくことにする。

　この講義において、コジェーヴはパルメニデスからカントに至るまでの哲学における時間と概念の関係を各々検討した上で、ヘーゲルこそが概念と時間を同一視した最初の哲学者であると認定する。そして、『精神現象学』「絶対知」章の一節「時間とは現に存在する概念そのものである」[8]を解釈することを通じて、コジェーヴは「人間が概念であり、概念が労働であるとすれば、人間と概念はまた時間である」[9]という結論に至る。それはすなわち、人間とは概念であると同時に時間であるという意味である。このような認識を俟って初めて、歴史的存在者としての人間を学問の立場から論じることが可能になったという。

　人間が概念であると同時に時間であるとはどういうことか。まず、なぜ人間が概念であるかといえば、それは人間が他の動物と異なって本質的に思考し、概念あるいは「言説」（Discours）を用いる存在だからである。コジェーヴによれば、言説は所与の自然を否定するかぎり、「否定性」（Négativité）の働きである。人間は言説という否定性の作用によって、具体的で経験的なあれこれの対象を否定し、そこから意味や本質を抽出することができる。あるいはまた、人間は否定性の力を用いて自然を否定し、それを所与の状態から引き剝がすことで、その形を作り変えて新たな作品として生産することが可能となる。したがって「概念は労働であり、労働は概念である」[10]と言える。人間は永遠的なものである概念を経験的な世界で使用する存在であるという意味で、「受肉したロゴス」なのである。

また、なぜ人間が時間であるかといえば、それは人間が「企図」（Projet）に従って行為する存在だからである。人間は欲望を充足させるために行為する。しかしながら、それは単に動物的な「欲求」を満たすことではなく、人間に特有の「欲望」（Désir）を充足させることである。コジェーヴによれば、そうした人間の欲望とは「他者の欲望へ向かう欲望」すなわち「承認の欲望」[11]である。動物的欲求は不在が現前することを望み（例えば、喉が渇いたら水を欲する）、現在に基づいて活動することを要求する。これに対して、人間的欲望はそれが欲望の欲望（自己の存在が欲望する他者によって承認されることを欲望すること）であるかぎり、未だ存在しないもの、つまり未来に基づいて行為することである。人間は未来の欲望のために、過去の認識を否定的に利用して、現在において実行する。この意味で、人間が企図に従って行為する時間性は未来が優位を占める時間なのである。

いまや人間が概念であると同時に時間であることの意味が明らかになるだろう。それはすなわち、人間存在の本質が言説と企図にあるということである。人間は言説と企図の主体であることで、自然的所与から歴史的世界を生産する。コジェーヴにとって時間とは何よりもまず「歴史的時間」（Temps historique）であり、人間が労働を通じて世界を形成し領有していく過程なのである。

コジェーヴはこうした歴史過程の原動力をヘーゲルの所謂「主人と奴隷の弁証法」に見出す。「主人と奴隷の弁証法」とは、『精神現象学』の「自己意識」章で展開される議論である。二つの自己意識が互いに承認を求めて争う「承認をめぐる闘争」において、一方は自らの生命を危険にさらすことで自立的な存在（主人）として承認され、他方は生命に固執したがゆえに従属的な存在（奴隷）へと身を落とすことになる。奴隷は事物を加工し、労働するのに対して、主人は奴隷を使役して、労働の産物を享受する。しかしながら、奴隷としての意識は労働を通じて対象と否定的に関わることで、かえってこの自立的な存在（対象）を自己自身として直観できるようになるという。コジェーヴが「主人と奴隷の弁証法」にヘーゲル哲学の核心を認めたことで、この議論は後のフランス思想に大きな影響を与えることになった[12]。

人間は承認をめぐる闘争を経験することで自らの死を意識する。この死の意識は二重の意味において、人間を自然から分離する。それは第一に、人間が死という絶対的な否定性を自己の内に内在化すること、「死の能力」を獲得することを意味する。人間は自ら死ぬことができる。だからこそ、動物がその生息環境から引き離されて生きられないのに対して、人間は所与の自然と自分のあり方を否定し、作り変えることができるのである。死の意識は第二に、人間に自己の有限性を自覚させる。人間は自らが死すべき存在であることを知っている。動物は単なる自己保存の欲求として自己感情をもっているにすぎない。しかし、人間は自己の限界を意識することによって、自己の全体を意識することができる。つまり、自己意識をもつのである。人間は闘争を通じて死を意識し、死の能力によって労働し、死の意識によって自己意識となる。この意味で、人間とは「人間の生を生きる死[13]」にほかならないのである。

こうして、コジェーヴの時間論を踏まえることで、バタイユの「内在性は瞬間である」という命題の意味も明らかになるだろう。コジェーヴによれば、時間とは人間が概念によって自然を否定してこれを対象化していく歴史である。それは人間が企図に従って行為するかぎり、未来が優位を占める時間性である。だとすれば、超越的対象が時間的なものであるのは、それが概念によって規定されることで歴史的時間に属するからである。また、内在性が企図から引き離されるのは、それが概念化されえず未来へと従属しないからである。このように、労働の時間たる歴史には回収されないが、それでも人間の生の内に流れる時間性が瞬間なのである。

二重の否定性

バタイユがコジェーヴの『精神現象学』講義に出席し、その思想に深く影響を受けたことはよく知られている。それはバタイユ自身、「コジェーヴの講義にへし折られ、打ち砕かれ、十回殺された」〔OC, VI, 416〕と述懐するほどの衝撃的な出会いであった。バタイユはそれまでも幾度かヘーゲルに言及している。例えば、『ドキュマン』掲載の「低次唯物論とグノーシス」では、「ヘーゲルの学説は何よりもまず法外で極めて完全な還元の体系である」〔DC, 221/151〕と断罪され、また、『社会批評』掲載の「ヘーゲル弁証法の基礎の批判」（一九三二年）では、ヘーゲルの弁証法に可能性が認められるが、その理解は「否定の否定」といった平板なものであった。

ところが、コジェーヴの講義を経た『内的体験』においては、極限の経験がヘーゲルの絶対知に準えられ、「私が思うにヘーゲルは極限に触れたのだ」〔EI, 56/108〕とまで語られるようになる。そこでは――バタイユの友人であり「ヘーゲル弁証法の基礎の批判」の共著者でもあるレーモン・クノーの言葉を借りれば――、「『ドキュマン』誌のバタイユ、『社会批評』誌のバタイユ」[14]を批判するかのように、キルケゴールとニーチェによるヘーゲル批判を皮相で通俗的なものとして退け、コジェーヴによって解釈された主人と奴隷の対立を「自己意識の歴史における決定的な契機」〔EI, 128/253〕と高く評価するのである。

バタイユが「ヘーゲル」について語るとき、実際はコジェーヴの思想を指していることも多く、また、コジェーヴ流の承認をめぐる闘争をヘーゲル哲学の核心だと看做していたことも確かである。とはいえ、バタイユがコジェーヴを介してしかヘーゲル哲学を知らないとか、両者の思想を同一視していたと考えるのは、性急に過ぎるだろう。事実、後述するように、バタイユはヘーゲルとコジェーヴの思想の相違に自覚的であったし、歴史過程に「主人と奴隷の弁証法」を強く読み込む解釈が、ヘーゲル自身のものというよりコジェーヴの独創によるものだと気づいていたように思われる。ヘーゲルとコジェーヴの哲学は、バタイユの時間論だけでなく、その思想の全体を理解するためにも極めて重要である。そのため、ここでやや遠回りになるが、三者の思想を比較し、それらの違いを摘出しておくことにする。三者を分けることになる論点は「否定性」である。

バタイユは一九五五年、五六年に「ヘーゲル、死と供犠」と「ヘーゲル、人間と歴史」という二本のヘーゲル論を続けて発表している。前者では死という絶対的否定性の力が、後者では主-奴の弁証法を通じた歴史の展開と終焉が主題的に論じられる。とりわけヘーゲルとコジェーヴの相違点が明確に示されるのは、否定性を扱う前者においてである。バタイユはそこで、コジェーヴの「人間の生を生きる死」という言葉を取り上げ、否定性を人間に与えるのは死であるが、この否定性は人間にとって「行為」(Action)の原理を意味すると解釈する。バタイユによれば、ヘーゲルの哲学は「死の哲学」であり、人間が否定的なもののもとに留まる経験、すなわち死に直面する経験は供犠に求められる。そして、この供犠の場面において、ヘーゲルとコジェーヴの決定的な違いが暴露される。

> コジェーヴは通俗的な充足、幸福を退けるが、いまやヘーゲルの語る「絶対的引き裂き」〔« déchirement absolu »〕をも退ける。実際、そのような引き裂きは承認されることへの欲望とうまく両立しないのだ。〔HM, 339/221〕

ヘーゲルによれば、「精神は絶対的引き裂き〔absolute Zerrissenheit〕の中に自己自身を見出すときにだけ、自らの真理を獲得する」[15]。これをコジェーヴは、人間が承認をめぐる闘争を通じて充足を得ると解釈したために、通俗的な充足や幸福を退ける。ところが、それと同時にヘーゲルの絶対的引き裂き（死）をも退けることになった。というのも、自己を引き裂かれたものと認めることは、自己を同一的な存在として承認されることと両立しえないからである。しかし、こうした否定性をめぐる理解の違いはどこから生じるのか。そして、バタイユの理解する絶対的引き裂きとは何か。

ここで確認しておくべきことは二つある。一つには、バタイユが否定性の作用に二重性を認めるということである。バタイユがコジェーヴの「人間の生を生きる死」とハイデガーの「死へと関わる存在」を等置するように、コジェーヴにとって死という否定性は「死の能力」（Fähigkeit des Todes）として主体に所有されることで、労働という積極的な否定性へと転化するのだった。すなわち、バタイユは否定性をあくまでも死と労働という二重の運動として捉える。これに対して、バタイユはコジェーヴの否定性は労働する能力へと一元化されてしまうのである。これは一方で、人間の能力である行為としては生産的な否定性である。これはコジェーヴの場合と同じく、言説の作用によって自然的な所与を否定し、労働によって事物を加工する、いわば破壊と創造の否定性である。しかし他方で、それは死としては絶対的な否定性である。それは純粋な無であって、何ものも生み出すことのない非生産的な否定性である。

今見ているヘーゲル論はあくまでも後年のものであるが、こうした否定作用の二重性は既にして『有罪者』の補遺において語られている。それによれば、「否定性とは活動への投入と疑問への投入というこの二重の運動である」〔LC, 384/260〕。「活動への投入」（mise en action）とは、行為や労働、所有を可能にするような否定性の生産的側面である。これに対して、「疑問への投入」(mise en question)とは、供犠や脱自のように、所有や労働に疑問を付し、それらを揺るがすような否定性の非生産的側面である。前者の「活動への投入」としての否定性が生産的な営為を成り立たせるがゆえに「使い途のある否定性」と呼べるとすれば、後者の「疑問への投入」としての否定性は非生産的であるがゆえに、「使い途のない否定性」(négativité sans emploi)であるだろう。この問題については後で立ち戻ることにする。

もう一つには、バタイユが人間の自然から分離の契機として承認をめぐる闘争よりも労働の場面を重視するということである。コジェーヴにとって労働とは、死の意識をもった主体、すなわち自己意識を有する人間によってなされる。それゆえ、労働は承認をめぐる闘争を経て初めて可能になる。このことは自然と人間の交渉を人間対人間の闘争関係の一変数として把握することを意味する。事実、コジェーヴは「世界史、人間間の相互作用の歴史および人間と自然の相互作用の歴史は、戦闘する主人と労働する奴隷との相互作用の歴史である」[16]とする。他方、バタイユは人間的な主体の措定を何よりもまず自然と人間との交渉、つまり労働の内に見るのである。バタイユは『精神現象学』序文の一節「非力な美は悟性を憎悪する。というのも、悟性は美に対して美ができないこと〔死という引き裂きの中で自己を保持すること〕を要求するからである」[17]を次のように解釈する。

この美は引き裂き〔déchirement〕の内で覚醒している意識的な否定性、否定的なものに耽ってもなお明晰であるような眼差しになることはできない。こうした姿勢は、その前に、人間の自然に対する暴力的なあるいは労働の闘争を前提とする。この姿勢は闘争の帰結なのだ。この闘争は歴史的な闘争であり、そこで人間は「主体」として、「悟性」の「抽象的な自我」として、分離され名づけられた存在として自らを創設したのである。〔HM, 334/209〕

悟性を欠いた空想的な美は、絶対的引き裂きである死を前にして、そこから目を逸らし、自己自身の内で充足してしまう。しかし、人間は死のもとに留まり、その中に自己自身の姿を見出すことができる。すなわち、死の意識をもつことができる。なぜそれが可能なのか。それは人間があらかじめ自然に対する闘争たる労働を経験しているからである。労働（より一般的に言えば、行為）は悟性の働きによってなされる。悟性とは自然の総体から諸要素を分離し、各々の対象を区別する暴力である。人間はこの悟性という否定作用によって対象を判然とした形態の下で把握し、また、対象を破壊し変形して労働する。労働する人間は悟性的であることによって、所与の自然から諸対象を分離すると同時に、動物から自己自身をも分離する。なぜなら、人間と動物を区別するメルクマールは悟性だからである。このように、バタイユによれば、他の人間と闘争するよりも前に、まずもって自然との闘争を通じて分離された〈自己〉が措定されるのである。人間は悟性という否定性の主体である。だからこそ、絶対的な否定性たる死を前にして、そこに自己自身を認めることができるのだ。

このように、「ヘーゲル、死と供犠」では労働が死の意識に先行するとされたが、続いて発表された「ヘーゲル、人間と歴史」では一見すると、まったく逆の立場がとられているように見える。というのも、バタイユはそこで、ヘーゲル哲学をコジェーヴ流の「主人と奴隷の弁証法」の観点から解釈し、「もっともヘーゲルによれば、行為は労働の内に直接与えられるわけではない。行為は第一に承認のための主人の闘争の内に与えられる」〔HH, 350/235〕と述べているからである。しかし、ここでバタイユが言おうとしていることは、死を賭けた闘争が労働に先行して人間と自然を分離するということではなく、ヘーゲル——特にこの場合はコジェーヴによって解釈されたヘーゲル——にとって死という否定性が自己自身であると反省的に意識されるのは労働ではなく闘争によってである、ということにすぎない。実際、バタイユはこの箇所に注を付して、『ラスコーあるいは芸術の誕生』(一九五五年)において人類の起源について労働の先行性を主張したが、ヘーゲルの論理構成は出来事の時間的順序とは独立しているのだから、この主張は「ヘーゲル的な観点からも正しい」〔HH, 350/440〕と付け加えている。さらに言えば、バタイユにとって死を意識する場面とは、承認をめぐる闘争ではなく供犠なのである。

これら二つの否定性をめぐるコジェーヴとバタイユとの差異(否定性の働きと労働の位置づけ)はどこから生じるのか。そこにはある共通する理由が考えられる。それはすなわち、コジェーヴが否定性を単に対象を分離する能力(悟性)とのみ捉えるのに対して、バタイユはこれを絶対的引き裂き、すなわち、自己分裂の原理として捉えているということだ。このことは、両者に共通の参照点であるヘーゲルの記述に立ち返ることで、より明確になるだろう。ヘーゲルは『精神現象学』の「絶対知」章において、次のように述べている。

この知〔絶対知〕は一つの内容をもち、その内容は知自身から区別されている。というのも、その知は純粋な否定性あるいは自己分裂（die reine Negativität oder das Sichentzweien）だからである。それはつまり意識なのだ。この内容は自ら区別すること自身において〈私〉である。というのも、その内容とは自己自身を廃棄する運動であり、あるいは、〈私〉に等しい純粋な否定性だからである。[18]

絶対知にあって、意識は自らと区別された内容（対象）をもつ。しかし他方、この対象は意識自身と等しいものとしても認識される。なぜなら、諸対象を区別する否定性は、その純粋なあり方から見れば、意識と対象とを区別する働きでもあるからだ。「純粋な否定性」とは「自己分裂」である。意識は否定性によって知と対象とに区別されるが、まさにこの自己が分裂したあり方こそが自己自身である。このような認識に至った意識がヘーゲルのいう絶対知なのである。

ここで、ヘーゲルが「純粋な否定性あるいは自己分裂」と等置しているように、根源的な否定性とは単に諸対象を区別するだけでなく、自己自身を区別する原理である。この意味で、否定性とは自己差異化の原理であり、それ自身が絶対的引き裂きなのだ。このことをバタイユによる二重の否定性の議論に当て嵌めるならば、次のようになるだろう。否定性はまず、自然の総体から諸対象を分離することによって生産的な否定性（悟性）として現象する。これが労働の契機である。しかし、もし否定性がそのように現象するならば、それが純粋な否定性＝自己分裂であるかぎり、同時に自己自身〈悟性〉からも区別される。この悟性から区別された否定性は、生産的な否定性ではないのだから、非生産的な否定性、つまり死であることになる。このように、生産的な否定性が現れるならば、つねに同時に、生産的でない否定性、すなわち使い途のない否定性が産出されるのである。

コジェーヴはヘーゲルの自己分裂としての否定性を馴致して、死の能力という主体の所有へと帰したために、それを悟性としての側面だけに限定し、死としての側面を取り落としてしまった。これに対して、バタイユはあくまでも否定性の絶対的引き裂きにこだわり、それを生産的な否定性と非生産的な否定性の二重の運動であると理解したのである。したがって、否定的なもののもとに留まり、死の中に自己自身を見出すとは、コジェーヴの承認をめぐる闘争のように、自己を全体的・同一的な存在として意識することではない。そうではなく、死の意識による自己意識とは〈自己〉が分裂しており、決して全体となることがないと意識することである。だからこそ、人間は死という絶対的引き裂きの中に〈自己〉の引き裂かれたあり方を認めることになるのだ。

歴史の終焉に佇む至高者

これまで見てきたように、バタイユは人間が自然から分離する契機として労働を重視する。人間は労働という悟性の働きによって自然の諸対象を区別すると同時に自らを動物から区別する。人間が自然から分離する以前の動物的状態をバタイユは「内在性」と呼ぶ。瞬間とはこの内在性に対応する時間性であった。だとすれば、労働と内在性の時間性を検討することで、バタイユが瞬間という言葉で指している時間性も明らかになるだろう。次に、動物的な内在性から労働の世界を経て歴史の終焉へと至る過程を叙述した――いわば、バタイユにとっての『精神現象学』に当たる――『宗教の理論』の議論を見ることにする。

　バタイユは『宗教の理論』において、人間が動物の内在性から分離する場面を仮構的に描いてみせる。そこで分離の契機として重要なのが労働すること、とりわけ道具の使用である。バタイユによれば、動物は「水の中の水」〔TR, 292/23〕のような融即した内在性を生きている。それは超越的対象が措定されていない未分化の状態である。この動物的な内在性に主体と対象という区別を導入するのが道具である。道具は一方で、それを何らかの企図のために制作し、それが何であるかを判明に認識する主体を措定する。それは他方でまた、何らかの用途に合うように製作され、何かとして判然と規定された対象（バタイユはこれを「事物」（chose）と呼ぶ）を措定する。このように、道具は無区別な内在性に主体と対象という区別をもたらすのである。

　しかし、道具は単に諸項を分離するだけでなく、それらの項の間に関係を結びもする。というのも、道具としての対象は二重の意味において主体との従属関係の下に置かれるからである。道具はまず、財産としては所有者が自由にしてよい持ち物であって、主体に所属している。それはまた、手段としては目的のために用いられるのであって、主体の企図に従属している。しかし、このような従属関係はただ対象にだけ作用するのではない。というのも、「従属させることは単に従属させられた要素を変容させるだけでなく、自ら、変容させられること」〔TR, 305/53〕だからである。主体は道具を財産（propriété）として所有することによって、その所有者として固有性（propriété）を規定される。また、主体は道具を使用することを通じて、その道具が指示する特定の目的へと従事する。こうして、道具を所有・使用すること、すなわち「操作」（opération）は人間を一箇の事物あるいは道具にしてしまうのである。

道具は動物的な内在性に切れ目を入れ、超越的な主体と対象を措定することで、両者を区別すると同時に関係づける。こうして、有用性の次元が成立する。第一章で見たように、有用性とは事物がそれ自体において価値をもたず、他のもの（主体や目的）との関係において価値や意味を有することであった。主体は道具を操作することで、自然を所与の状態から引き剝がし、有用性の秩序の内へと配置する。そこで事物は他の事物と関連づけられることで、それ自体とは異なる意味を付与され、自らとは異なる目的へと従属させられる。有用性の連関へと組み込まれた対象が今度は、自身が道具となって他の対象を領有させる。こうして、人間は道具を媒介として自然を領有する、つまり生産するのである。

こうした操作は行為の場面だけでなく認識の場面にも当てはまる。バタイユは『瞑想の方法』において、認識による未知のものの既知のものへの還元作用をも「操作」あるいは「従属的操作」と呼ぶ。なぜ認識もまた一つの操作であるかといえば、それは「ひとが作ることができ、用いることができるものとは既知のものである」〔MM, 213/403〕からだ。認識の操作は未知の対象を不分明な状態から引き剝がし、既知の概念体系へと関連づけて、主体の所有物へと還元する。主体はこの既知の体系をもってまた新たな対象へと向かう。このように、認識とは既知のものを道具として用いることで未知のものを領有する操作なのである。

このような有用性を可能にする条件は「持続」（durée）という時間性である。もし主体と対象がともに同一の形態を保って持続しないならば、企図は投影するべき未来をもたないだろうし、過去に獲得された道具も役に立たないだろう。人はやがて達成されるべき目的のために既に知られた手段を用いるのであり、未来に獲得される生産物にしたがって現在の労働は評価される。有用性の価値は「後続する時間」（un temps ultérieur）によって測られなければならない。したがって、有用性と企図に対応する持続とは、未来の目的のために過去を手段として用いて現在において行為するという、未来に過去と現在が従属する時間性なのである。こうして、コジェーヴと同様にバタイユにとってもまた、人間が行為し労働する時間は未来が優位を占める歴史的時間であることになる。

では、コジェーヴとバタイユの時間論はどこで相違することになるのか。また、内在性に対応し、主体が溶解するという瞬間とはどのような時間性なのか。それは歴史が完遂される極点において明らかになるだろう。バタイユはコジェーヴの『ヘーゲル読解入門』と自らの『宗教の理論』の違いについて、次のように説明する。

> 主要な違いは、主体の破壊を対象との合致の条件――必然的に実現不可能な条件――とする構想に関わる。これはおそらく、初めからヘーゲル的な「充足」に根本的に対立する精神状態を含んでいるが、ここでは対立するものは一致するのである。〔TR, 359/156〕

ここで語られているのは、あの知の極限における絶対知から非‐知への顚覆である。コジェーヴによれば、主人と奴隷の対立として開始した歴史は、この対立が廃棄されることで終焉を迎えるという。「個別的な自分自身の価値が万人によって普遍的に承認されること」[19]、すなわち等質で普遍的な国家の市民となることによって、承認を求める欲望は充足されることになる。この歴史の終焉において、絶対知となった主体は世界の総体を領有し、それを自己自身であると意識する。こうして、主体は欲望の完全な「充足」という仕方で対象と合致するのである。

これに対して、バタイユは極限において「主体の破壊」が生じると考える。その理路は既に極限における知から非‐知への転換の論理として検討したが、改めて有用性の観点から辿り直すことにする。仮に道具の操作が完遂し、世界の総体が主体の所有物へと還元されたとする。そのとき、主体はもはやいかなる操作の対象も見出さないだろう。そこでは、道具の総体はもはや何らの目的にも主体にも従属しないのだから、それ自体としては何の有用な価値も意味ももたないもの、つまり無用なものとなるだろう。ところで、有用性とは目的のための手段であった。いま、あらゆる目的が達成され、手段がもはやいかなる目的にも関連づけられないならば、目的‐手段連関の総体は完全な無意味へと没することになる。さらに言えば、知の極限において主体は非‐知へ、対象は未知のものへと変容するのだった。そこで主体と対象は溶解し、それらの区別が解消されるのだから、二つの項の間の従属関係もまた取り消される。なぜなら、区別されない項の間にはいかなる従属関係も結ばれることはないからである。とはいえ、それは諸項が断絶されていて互いに疎遠だということではない。そもそも区別されていないのだから、他のものとの関係が成立しえず、無‐関係だということである。このように、知の極限とは、生産のために役立つこと〔有用性Ⅰ〕から、目的‐手段連関〔有用性Ⅱ〕、そして他のものとの関係〔有用性Ⅲ〕へと至るまで、そのいずれの次元においても有用性が徹底的に無化される体験なのである。

バタイユは極限において操作の還元作用が無効になり、有用なものが無用なものへ、既知のものが未知のものへと送り返されることを「反‐操作」〔contre-opération〕あるいは「還元の還元」と呼ぶ〔『瞑想の方法』では「至高の操作」〔opération souveraine〕とも呼ばれる〕。反‐操作とは「意識の操作を逆向きにやり直す」〔TR, 343/130〕ことである。すなわち、それは未知のものを既知の体系へと関連づける還元を逆向きにして、既知のものの関連を解いて未知のものへと還す。これによって、対象の側では、既知のものが有用性の連関から解放されて未知のもの、無用なものとなる。また主体の側では、意識が行為の企図や認識の対象から引き離されて非‐知となる。こうして、超越的な主体と対象との区別は破壊され、それらが融即する内在性、「内奥の動物の夜」〔TR, 343/131〕へと還帰する。とはいえ、それは単に無差異な動物性へと回帰することではない。バタイユによれば、主体はこの非‐知の夜において「至高者」としての自己意識となるのである。

そして、もし我々が自ら明晰な意識の最高度に達するならば、もはや我々は従属的な事物であることをやめ、至高者〔*le souverain*〕となるのである。〔……〕至高性とは、自由な、そして内的に引き裂くような暴力の運動である。この運動は総体を活気づけ、涙や脱自、哄笑と化し、笑い、脱自、涙の内で〈不可能なもの〉〔l'impossible〕を開示する。しかし、こうして開示された〈不可能なもの〉はもはや横滑りする姿勢ではない。それはまさしく、もはや自己から逸らされることのない至高な自己意識なのである。〔TR, 350/141〕

道具の操作は自然だけでなく人間をも一箇の従属的な事物へと陥れるのだった。この操作が還元の還元である反－操作へと転換するとき、使用される道具と使用する人間、所有される対象と所有する主体との従属関係も解消される。そこでは、主体はもはや自己の外にいかなる目的も抱かず、自己から区別されたいかなる対象も認識しない。それゆえ、主体は自己自身を意識するよりほかない。操作の極限において主体は、目的にも対象にも従属しないのだから至高であり、自己自身しか意識しないのだから自己意識である。この意味で、主体は「明晰な意識の最高度」すなわち知の極限に達するならば、「至高な自己意識」となる。

とはいえ、この自己意識はコジェーヴが歴史の終焉に見出すような、世界の総体を領有する全体である意識、同一的な〈自己〉の内へと折れ返り自閉する意識ではない。バタイユにとって自己とは二重の否定性の働きであり、自己分裂、すなわち絶対的引き裂きであった。だとすれば、至高者とは自己自身を「内的に引き裂くような」運動であると意識する自己意識である。したがって、歴史の終焉に立ち会うのは充足した市民ではなく、不充足の傷口を開いた至高者なのである。この至高な自己意識は絶対的引き裂きなのだから、そこで〈自己〉は自己でないもの、すなわち脱自となる。そして、この脱自の内で〈不可能なもの〉が開示されるという。〈不可能なもの〉についてはまた後で立ち返ることとして、ここではひとまず、バタイユのいう瞬間について確認しておこう。反‐操作が労働という歴史過程に反し、内在性へと還帰することだとすれば、瞬間はこれに対応する時間性であるだろう。再び、操作の極点に戻って、時間という観点から考えてみる。仮に歴史が終焉し、未来が優位を占める持続的な時間が停止したとする。そのとき、企図を設定するべき未来はもはやないのであり、現在はもはやいかなる後続する時間にも従属しないだろう。未来に従属することのない現在、持続することのないそれ自身においてある現在、それは瞬間である。それは他の時間に従属しないのだから「至高の瞬間」〔MM, 214/402〕である。この時間性において、主体は反‐操作によって解体され、超越的対象は動物的な内奥の夜へと還帰する。だからこそ、瞬間とは主体が解体する時間であり、内在性に対応する時間性なのである。

こうして、瞬間と主体の関係をめぐるレヴィナスとバタイユの立場の違いも明らかになるだろう。レヴィナスは瞬間の内に「始まりのパラドクス」の構造を看取し、〈ある〉の夜から主体が生起する時間性であると考えた。これに対して、バタイユは瞬間に他の時間に従属しない至高性を見出し、主体が解体する非‐知の夜に対応する時間性だとする。たしかにそこには至高者という新たな主体が措定されているように見える。しかし、この至高者はイポスターズによって生起し、融即から身を護る〈自己〉ではなく、内奥の夜へと溶け出す脱自《エクスターズ》なのである。

好運・瞬間・純粋記憶

人間が労働する歴史的時間とは、未来が優位を占める時間性、過去と現在とが未来に従属する時間性である。しかし、それは逆説的にも、現在と未来が過去に従属する時間性でもある。バタイユは『ニーチェについて』において、行為することを未来の収穫のための投機であるとした上で、投機は「現在を過去に従属させる」のであり、未来は「完全に過去において規定される」〔SN, 168/291〕とする。というのも、操作が――行為の場面であれ、認識の場面であれ――、既に獲得された道具や既知の概念を用いて営まれるかぎり、未来の企図や現在の行為は過去によって規定されているからである。あるいはまた、未来と過去が現在に従属させられてもいる。知として生産の主体は未来と過去を表象として所有しているのであり、未来は期待として、過去は記憶として意識に現前するのである。この意味で、アウグスティヌスが言うように、時間とは「過去の現在、現在の現在、未来の現在」[20]にほかならない。

このように、歴史的時間とは過去・現在・未来が互いに従属しあう時間性である。だとすれば、歴史が終焉するとき――バタイユがシェイクスピアをもじって言うように――、時間の従属関係が外れて、「脱臼した時間」(*Time out of joints*)〔SN, 97/163〕となるだろう。脱臼した現在、現在としての現在が「至高の瞬間」であるとすれば、時間の従属関係から外れた未来と過去とは一体どのような時間なのだろうか。

まずは『ニーチェについて』にしたがって、未来から考えることにする。歴史的時間における未来は過去の投影であり、現在の持続的延長にすぎない。そこで一切の事象は既に知られたこと、現に期待していることの範囲内でしか現象しえない。したがって、従属的な未来にあっては、本質的な意味で新しいことは起こらず、未知のものと遭遇することもない。これに対して、未来としての未来は「より遠くへ行き、到達された限界を乗り越える存在の到来〔échéance〕」〔SN, 29/47〕である。もし真に新しいこと、未知のものが存在するとすれば、それは既知の体系の外部から到来するのでなければならない。また、もし未来が単なる期待の延長でないとすれば、それは思いもかけずに降りかかって来る出来事でなければならない。したがって、未来としての未来は既知のものの領域の外から転がり込む〔échoir〕ことなのである。バタイユはこのような時間性を「好運」と呼ぶ。

> 好運〔*Chance*〕とは到来〔échéance〕と同じ語源（落下〔*cadentia*〕）を持つ。好運は転がり込むもの、落ちて来るものである（語源的には好運でも不運でもある）。それは偶然であり、骰子《さい》の落下である。〔SN, 85/144〕

好運とは外から主体のもとへと偶然に落下してくるものである。好運の体験は二重の意味において企図として営まれることはない。それは第一に、主体の意識の外部から到来するのだから、能動的にそこへと到達することはできず、ただ受動的に被るよりほかない体験である。第二に、好運という時間性は現在の持続的延長ではないのだから、未来に目的を設定することはできない。好運は企図しえず、ただ好運に賭けるしかない。したがって、好運において人間は行為するのではなく、賭けをするのだ。

　前章で見たように、投資と区別された投機もまた一種の賭けではある。生産的消費としての投資が有用性と計算に基づいてなされる行為であるのに対して、どんなに計算を尽くしても投機が最終的には運任せの賭博となることは否定できない。それでもやはり、バタイユによれば、投機は本質的に利益のためになされるという点で、好運の賭けとは異なるという。投機があくまでも利益の獲得を目的とする賭けであるとすれば、好運への賭けは来るべき未知のものを目的とする賭けである。投資や投機で獲得される利益は予め期待され、計算されたものであって、それゆえ既知のものにすぎない。これに対して、好運への賭けは未知のものを目的とするのだが、真に未知のものを目的とすることはできない（知らないことは目的にしようがない）。それは結局、何ものも目的としないのであって、「無規定の目的は開かれてあること、存在の限界の乗り越えである」〔SN, 168/291〕。すなわち、賭けとは未知のものへと自己を開いておくことを意味する。このように、好運の体験とは未知のもの、新たなものとの邂逅なのである。

　内的体験の原理は「企図によって企図の領域から外に出ること」であった。しかし、この体験が瞬間という時間性において開示されるかぎり、歴史的時間の内部でそれを企図することはできない。この体験へと到達するには、一方で企図の極限へと到達することが要請されているのではあるが、他方で企図ではない仕方、すなわち好運への賭けが必要なのだ。バタイユは『ツァラトゥストラ』における精神の三段階の一節「なぜ奪う獅子はさらに幼子にならなければいけないのか」[21]を引き、「権力への意志は獅子であるが、幼子は好運への意志なのではないか」〔SN,

169/294〕とコメントを付している。

ツァラトゥストラは、駱駝・獅子・幼子という精神の三段階変化を説く。駱駝は「汝なすべし」という命令に忍従する精神であり、獅子は「私は欲する」という否定的な意志であり、幼子は自分の意志を意志する神聖な肯定である。バタイユの解釈によれば、このうち「私は欲する」という獅子の段階が「権力への意志」すなわち、行為し獲得する主体の態勢を意味する。これに対して、無垢であり、忘却であり、新たな始まりである幼子は遊戯＝賭け（Spiel）に興じる主体の態勢であり、「好運への意志」を表している。内的体験はこのような権力への意志と好運への意志、獲得と損失、企図と賭けが交錯する場である。好運が外から主体へと落下してくるものであるかぎり、それを受け容れるためには、主体の態勢を決して自閉した〈自己〉へと閉ざすことなく、開いたままにしておかなければならない。このような孤立した〈自己〉と脱自への欲求との拮抗が不安だとすれば、不安を持続させておく必要があるのだ。このことをバタイユは次のように説明する。

> 過剰な愛と損失の欲望との結合、つまり損失の持続——**それはすなわち時間であり、好運である**——は実際、明らかに非常に稀な可能性である。〔……〕逆に、もし不安が持続するならば、ある意味で時間を再び見出す必要がある。時間を、あるいは時間との一致をである。個人にとって好運とは「コミュニケーション」であり、あるものが他のものの内で損失することである。「コミュニケーション」とは「損失の持続」なのである。〔SN, 149-150/256-257〕

対象を獲得しようとする愛と損失しようとする欲望との相克は不安という情態性を生み出す。もし主体が〈自己〉のままに留まるならば、不安は取り除かれてしまい、結局、至高の瞬間へと至ることはない。逆から言えば、好運が転がり込み、コミュニケーションする可能性を開いたままにしておくためには、不安を持続させ、自己の損失への態勢を保持しなければならない。そのためには、「時間との一致」であるような時間性、すなわち他の時間に従属することのないそれ自身に一致した時間性を「再び見出す」必要がある。では、そこで見出された時とは何か。それは再び見出されるのだから、過去に求めるべきだろう。

歴史的時間における従属的な過去とは、未来のために用立てられる既知の概念であり、現在の意識へともたらされる記憶である。それは既に主体によって表象として所有され、必要に応じて意志的に呼び戻される過去にすぎない。これに対して、もし過去としての過去があるとすれば、それは決して既知のものとして主体によって所有されえず、意識的に想起することのできない記憶でなければならない。

実を言えば、バタイユはこうした過去について『内的体験』ですでに、プルーストとの対決を通じて論じている。バタイユはそこで、『見出された時』の一節を引いて、それに対して批判的に検討を加えている。まず、『見出された時』の当該箇所をやや長くなるが、次に引用しておく。

しかし、すでに聞かれ、かつて呼吸された音や匂いが、現在的ではなく現実的な、抽象的ではなく観念的な現在と過去の内で同時に再び聞かれ呼吸されるならば、ただちに普段は事物の内に隠されていた永遠の本質が解放され、我々の真の自我が、ときには長い間死んでいるように見えていたが別に死んでいたわけではない真の自我が、もたらされた天上の糧を受けて、目覚め活気づく。時間の秩序から解放された一瞬が、我々の内に時間の秩序から解放された人間を再び創造し、その一瞬を感じさせるようにしたのである。[22]

ここでプルーストが念頭に置いているのは、あの有名なマドレーヌの味によって呼び起こされた無意志的記憶である。主体の意志によって期待される未来、有用な目的に適うかぎりで保存された現在や過去――これらは時間と人間の主体性を生気のないものにしてしまう。しかし、過去と現在が同時にあるような記憶において過去の感覚が再び体験されるとき、「普段は事物の内に隠されていた永遠の本質」が解き放たれ、「真の自我」が目覚める。それは「時間の秩序から解放された一瞬」、すなわち、自我が時間の外部に立つ体験なのである。こうしたプルーストの記憶の体験は、一見するとバタイユの好運の体験と見分けのつかないもののように思われる。では、バタイユは一体、いかなる点でプルーストを批判するのだろうか。次に、バタイユによる解説を見てみよう。

純粋記憶〔pure mémoire〕には、我々の〈真の自我〉、企図の〈私〉とは異なる〈自己〉がそこに書き込まれているというのだが、この純粋記憶はいかなる「普段は事物の内に隠されていた永遠の本質」も解放しない。そうではなく、コミュニケーション、すなわち我々が既知のものから切り離され、普段は諸事物の中に覆い隠されている未知のものしかもはや把握しないとき、我々が投げ込まれている状態、それのみを解放するのである。〔EI, 164/323-324〕

プルーストの見出した時間において開示されるのは、時間の外部にある「永遠の本質」であり、すなわち概念という既知のものにすぎない。そこでは、「真の自我」という、より深い主体が生起するのであって、記憶は再びこの主体の所有へと回帰してしまう。バタイユが批判するのは、こうした認識・所有に対する記憶の従属である。もし操作の対象になることのない「純粋記憶」があるとすれば、それは決して既知とならない過去であり、「私は考える」の下に統握されない表象であろう。この時間性において想起されるのは、「既に聞かれ、かつて呼吸された音や匂い」などではなく、未だ聞かれず、未だかつて呼吸されたことのない音や匂いである。それゆえ、純粋記憶とはかつて口にしたマドレーヌの味ではない。それは未だ会ったことのないアルベルチーヌの思い出であり、一度も経験したことのない過去の記憶であり、未知のものである。そして、未知のものを把握する（つまり何も再認しない）とき、主体は事物の深奥を摑む真の自我へと回帰するのではなく、もはや何も所持しえない脱自へと投げ込まれる。これがすなわち、非－知の体験である。

今や、非－知の夜の時間性が明らかになる。歴史的時間においては、過去・現在・未来が互いに従属し合い、この時間の従属関係こそが主体による過去を媒介とした認識、現在における所有、未来のための企図を可能としている。これに対して、非-知においては、時間の連関の蝶番が外れ、時間の各契機はそれ自体として開示されることになる。それはすなわち、未知のものを想起する純粋記憶、何も所有しない至高の瞬間、賭けへの投入たる好運である。

死の（不）可能性

内的体験の本性は企図ではありえないことであり、その原理は企図によって企図の外へと出ることである。こうしたバタイユの規定を選言的に解釈する必要はない。内的体験は一方で、企図によって知と所有の操作を完遂させ、主体が世界の総体を領有すること、すなわち歴史の完了を要件とする。しかし、それだけではなお十分ではない。他方で、企図によらず至高の瞬間において好運のおかげで外部から未知のコミュニケーションが再び・初めて到来するのを主体は受容しなければならない。それゆえ、知の極限において〈不可能なもの〉が開示されるが、この「〈不可能なもの〉は好運のなすがまま」〔SN, 134/227〕なのである。

とはいえ、『宗教の理論』からの引用部で見たように、バタイユは極限において主体が解体する条件を「必然的に実現不可能な条件」としていた。言い換えれば、非-知のための必要条件たる知と所有の操作の完遂（歴史の終焉）などありえないということだ。事実、非-知はあくまでもヘーゲルの絶対知の「模倣」にすぎず、操作の完了は「もし既知のものとなる未知のものがもはやひとつもなくなれば」という条件節に導かれていたのである。なぜこのように知と所有の極限は実現不可能で完了不可能なのだろうか。そして、非-知において開示される〈不可能なもの〉とは何か。
既に触れたように、バタイユは『有罪者』の補遺において、否定性の二重性を問題としていた。この文章はコジェーヴへ宛てた書簡の一部を収録したもので、歴史が終焉した後になお、否定性は残存するかという問いを主題とする。以下に改めて引用しておく。

もし行為（「為すこと」）が――ヘーゲルが言うように――否定性であるとすれば、「もはや為すべきことのない」否定性は消えてしまうのか、あるいは「使い途のない否定性」〔« négativité sans emploi »〕の状態で存続するのかという問いが立てられます。私としては、まさに私自身が「使い途のない否定性」であるのだから〔……〕、後者でしかないと断定します。私はヘーゲルがこの可能性を予見していたと考えたい。少なくとも、ヘーゲルはそれを彼の記述した過程の結末には据えていません。私の生――あるいは私の生の流産、より的確な言い方をすれば、私の生という開いた傷口〔blessure〕――はそれだけでヘーゲルの閉じた体系への反証となると思います。〔LC, 369-370/238〕

歴史とは人間が悟性の働きによって労働し、自然を領有していく過程であった。もしこの歴史過程が完了し、自然が人間によってすべて領有されたならば、悟性としての否定性はもはや為すべき仕事を見出さないだろう。そのとき、否定性は消え去らなければならない。しかし、否定性が単に生産的な否定性であるばかりでなく、非生産的な否定性でもあるとすればどうか。それは

「使い途のない否定性」として歴史の終焉の後にも残存するのではないか。逆から言えば、使い途のない否定性が残存するならば、自然を領有する過程がそれ自身において完結すること、すなわち、歴史が完了することはありえない。バタイユは自らの生（あるいは、「生の流産」）がまさにこの使い途のない否定性であることを示すことによって、「ヘーゲルの閉じた体系」に「傷口」が開かれるというのである。

コジェーヴの否定性は自然的所与を破壊し創造する悟性の暴力であり、それは承認をめぐる闘争によって獲得されるものであった。人間は生死を賭けた闘争を通じて自己の死に直面し、そのもとに留まることによって、死という絶対的否定性を内在化し、主体の能力として所有する。こうしたコジェーヴの死の哲学は『精神現象学』序論を解釈することで得られたのであった。そして、おそらくこの解釈は、コジェーヴ自身が「死の能力」（« faculté de la mort »〔Fähigkeit des Todes〕）[23]という語を用いていることからも示唆される通り、ハイデガーの「死へと関わる存在」の分析から汲み出されたものである。

ハイデガーの「死へと関わる存在」もまた、人間が自らの死を引き受けることで、それを自己の能力として所有することを意味している。ハイデガーによれば、死とは他者が代わりに引き受けることができないのだから、最も自己に固有の可能性であり、また、それは無であり終極なのだから、追い越すことのできない可能性である。この意味で、死は「現存在の端的な不可能性の可能性」[24]である。人間は日常生活において死から眼を逸らし、誰でもいい〈ひと〉として生きている。しかし、自らの死を先駆的に引き受けることによって、すなわち、死を所有することによって、本来的な自己を獲得するのである。

こうしたハイデガーによる死の所有に対して異議を唱えたのは、ブランショであり、レヴィナスであった。ブランショは『文学空間』（一九五五年）において、次のように述べている。

> 現代のある哲学者が死を人間の極限の、絶対的に固有の可能性と名づけるとき、彼が示したのは次のことである。すなわち、可能性の根源が人間においては死ぬことができるという事実に結びつけられていること、死は人間にとってなおひとつの可能性であること、人間が可能なものの外へ出て不可能なものに属するような出来事は、それでも人間の支配の下にあり、人間の可能性の極限的な瞬間であるということ（死とは「不可能性の可能性」だと死について語ることで、まさにこのことを表現している）である。[25]

他者の死に立ち会うことはできるが、自分の死を経験することは決してできない。世界の内で道具や他人と関係するようには、自らの死と関わることができない。それは決して体験できないものであり、端的に言って「不可能なもの」である。それにもかかわらず、ハイデガーの「死へと関わる存在」は死と先駆的に関わることで、それを主体によって支配・統御可能なものへと還元してしまう。そして、このように所有された死をもって自己の固有性の担保とし、現存在のあらゆる可能性を保証しようとする。こうして、「不可能なもの」であるはずの死は、ハイデガーにあって、主体の所有となり、その可能性の条件となるのである。

ブランショはここで「不可能性の可能性」という語に注を付し、レヴィナスこそがこの表現の問題点を指摘した最初の人であるとする。レヴィナスは『時間と他なるもの』（一九四七年）において、ハイデガーの死が「可能性の不可能性」ではなく「不可能性の可能性」であることを強調する。レヴィナスによれば、ハイデガーは自らの死に雄々しく立ち向かい、この暗闇を志向性の光で照らし出すことによって、それを主体の権能へと変容させてしまう。だから、それはあくまでも「不可能性の可能性」にすぎない。しかし、死とは本来、主体によるあらゆる認識や行為の権能が無効になる出来事であり、「主体がその主人ではない出来事、主体がそれに対してもはや主体ではない出来事[26]」である。死が不可能であるとは、様々な可能性の内で為しえないことがあるということではなく、そうした諸可能性の一切が不可能になることを意味している。この意味で、死とは「可能性の不可能性」なのである。

コジェーヴとハイデガーは死を「不可能性の可能性」として所有し、その上に知と所有の主体を基礎づけた。これに対して、ブランショとレヴィナスは死に「可能性の不可能性」を見出し、主体の権能が無効になる出来事であるとした。では、バタイユの場合はどうか。バタイユは『内的体験』において「死とは通俗的な意味で不可避なものだが、深い意味で到達不可能なもの〔inaccessible〕である」〔EI, 86/170〕とし、また、『有罪者』では「未完了〔inachèvement〕、死そして癒しがたい欲望は存在にとって決して閉じざる傷口である」〔LC, 260/47〕と語る。要するに、死とは歴史を完了不可能にするものであり、極限において開示される傷口たる〈不可能なもの〉だということである。バタイユにおける可能性と不可能性との関係を確認するために、三度、極点に立ち返って考えることにする。

バタイユの否定性は、それが悟性の能力であるかぎり、主体と対象を措定し、主体に認識と行為の可能性を与えるものであった。これまで見てきたように、認識は未知の対象を既知の概念体系へと関連づけることで可能になる。あるいは、行為は所与の事物を有用性の連関へと位置づけることで可能になる。だとすれば、何かを知り、為すことが可能であるとは、主体が何らかの対象を既知の秩序や有用性の連関の内へと配置すること、そして、その配置された諸対象を管理・運営することを意味している。逆から言えば、そうした既知の体系、有用な連関の総体が主体にとって〈可能なもの〉の圏域をなす。しかし、もし知と所有の操作が完遂されたならば、言い換えれば、もし「これ以上先まで進む可能性を理解できないほど先まで」進んで「可能なものの極限」(l'extrême du possible)〔EI, 52/100〕へと至ったならば、既知のものはもはや何にも関連づけられることがなく、有用性はもはやいかなる連関にも従属しない。そこで知と所有の操作はもはや不可能である。否定性はもはや為すべきことがない。〈可能なもの〉の圏域が完了するとき、〈可能なもの〉はただちに不可能であることが暴露される。それは〈可能なもの〉がそれだけで完結し、自足することが不可能であることを意味する。したがって、〈可能なもの〉は必然的に完了不可能なのである。〈可能なもの〉の極限で、不可避の未完了が「〈不可能なもの〉の叫び」〔TR, 288/16〕をあげる。こうして、内的体験においては、主体の可能性の総体が無効になり、〈不可能なもの〉が開示されることになる。

ここから、なぜ歴史の完了の後にもなお「使い途のない否定性」が残存するのかも明らかになるだろう。内的体験とは、歴史の終焉によって歴史的時間の蝶番が外れ、至高の瞬間において再び邂逅するものであった。もし否定性が単に生産的な否定性（悟性）でしかないとすれば、それは〈可能なもの〉なのだから、この瞬間に消え去るほかない。しかし、否定性とは自己分裂の原理であり、二重の運動である。それは悟性であると同時に非生産的な否定性、使い途のない否定性でもある。そして、この何も生み出さない純粋に無であるような否定性とはまさしく絶対的引き裂きたる「死」であった。それはいかなる認識・行為にも役に立たないのだから、〈不可能なもの〉である。実を言えば、歴史の終焉において開示される〈不可能なもの〉とは死であり、使い途のない否定性のことなのである。

非－知は裸形にする。非－知の夜において、主体はあらゆる認識、あらゆる行為の権能を剝奪され、〈自己〉の同一性は破壊される。それは脱自であり、主体の死である。この死のもとに留まり、その内に自身を見出すことが至高の自己意識である。とはいえ、それはコジェーヴやハイデガーのように、死を固有の自己とその可能性へと還元することではない。そうではなく、それはむしろ〈自己〉の同一性とあらゆる可能性が無効であることを暴露する。なぜなら、そこで反省されるべき自己とは引き裂かれた自己だからだ。ヘーゲルの閉じた体系の反証たる使い途のない否定性は、バタイユの生であり、生の流産である。流産とは生を受けることがそのまま死を与えることにほかならない。そこには、死を所有し、自らの可能性へと転化し、労働の生産物を受け取るべき主体はいない。だからこそ、バタイユはコジェーヴの主人と奴隷の闘争（死の意識）と自然と人間の闘争（労働）の関係を顚倒させたのだ。死の意識を労働へと転化するのではなく、労働を死へともたらす。否定性は悟性であるかぎり「不可能性の可能性」であるが、使い途のない否定性であるかぎり「可能性の不可能性」なのである。

3　限定エコノミー／一般エコノミー

瞬間のエコノミー的意味

こうして、長い迂回を経て、また最初の問いへと戻ってきたことになる。それはすなわち「実存主義からエコノミーの優位へ」における瞬間のエコノミー的意味とは何かという問題である。今や、瞬間という時間性に対するレヴィナスとバタイユの考え方の違いは明らかである。レヴィナスが瞬間をイポスターズという主体の生起する時間性であると考えるのに対して、バタイユは瞬間を主体の解体する時間性であると捉える。バタイユからすれば、レヴィナスは知と所有の主体とそれに対応するエコノミーの時間を批判して、〈ある〉の夜の体験に触れたにもかかわらず、この体験と相即するはずの瞬間を介して、再び主体の支配へと回帰してしまった。事実、レヴィナスは「瞬間において実存者は実存を領有する」とし、イポスターズを主体による領有として規定するのである。

バタイユはレヴィナスに対してもう一点、〈ある〉の体験を言説によって対象化しているという批判を向けていた。それはサルトルによる（誤解された）『内的体験』に対する批判でもあった。この批判の意味もここで明らかになるだろう。それは単に言表しえない体験を言語化してしまっているということを意味するだけではない。言説とは悟性の働きであり、生産的な否定性であった。だとすれば、この批判は主体の解体する体験を再び主体による所有の形式へと還元してしまっているという批判でもあるのだ。このように、バタイユによるレヴィナスへの（あるいはサルトルによるバタイユへの）批判もまた、主体による支配という観点から理解し直すべきなのである。

実を言えば、このような主体による対象の領有という態勢の圏域こそ、まさしくバタイユが「生産的なエコノミー」と呼ぶものにほかならない。バタイユはエコノミーを次のように定式化する。

非生産的な消費——ポエジー、芸術、一般的に言って、自由な消尽——が主体の解体へと導くという事実もエコノミーから逃れるものではない。生産的なエコノミー〔l'économie productive〕の伝統的な研究は持続の内に登録された主体の措定を要求する。生産的なエコノミーはまさしく孤立した主体の領域である。〔EP, 302/293-294〕

生産的なエコノミーとは「孤立した主体の領域」である。この孤立した主体とは道具の導入によって動物的な内在性から分離され、〈自己〉として措定される主体であった。それは——認識の場面であれ、行為の場面であれ——生産の主体である。なぜなら、生産とは既知の体系や有用性の連関の内部で、そしてそれを媒介として、主体の側からする自然の領有だからである。したがって、バタイユにとってエコノミーとは道具によって対象を領有し、それを既知のもの・有用なものの秩序の内へと配置し、この秩序を適切に管理・運営する主体の圏域なのである。あるいはまた、こうした既知の有用な秩序を〈可能なもの〉の圏域と呼ぶとすれば、エコノミーの領域とは〈可能なもの〉の総体だと言える。

勿論、第一章で見たように、バタイユが「エコノミー」という語によって、いわゆる経済活動や経済学をも含意させていることは言を俟たない。事実、「一般エコノミー試論」という副題をもつ『呪われた部分』第一巻『消尽』の序文では、自らこの著作を「経済学〔économie politique〕の作品」〔PM, 19/11〕と呼んでいる。しかし、バタイユは他方で、一般的に「経済」と呼ばれている活動を「生産の領域に限定された伝統的な経済〔l'économie traditionnelle〕」〔EP, 303/295〕と規定し、先の引用にあるように「生産的なエコノミーの伝統的な研究」つまり経済学は「持続の内に登録された主体の措定を要求する」と述べるのである。それはすなわち、いわゆる「経済」や「経済学」はそれ自体、生産的な主体のエコノミーという枠組みを前提とすることを意味している。経済活動や経済学は人間の種々の行動様式や思考形態のひとつである。しかし、そうした主体の認識や行為の内のひとつとしてエコノミーがあるわけではない。逆である。エコノミーの主人としての主体という態勢によって初めて知と生産は可能になるのである。

では、バタイユが主体の生起にではなくその解体に対応するとしていた、あの「瞬間のエコノミー的な意味」とは何だろうか。それは生産の一分肢たる消費という操作を分析することで分かるようになるだろう。

もしこれらの操作の意味を時間の中で考えるならば、生産的消費〔dépense productive〕、すなわちエコノミーの観点からの消費、獲得のための消費の意味が未来との連関において与えられることは明白である。反対に、非生産的消費〔dépense improductive〕の意味は現在の瞬間の内で与えられる。逆から言えば、エコノミーが未来を考慮するとき、意味を持つ唯一の活動とは、生産的消費（労働、あるいは労働の生産に必要な消費）だけである。非生産的消費は無－意味であり、反－意味〔*contre-sens*〕でさえある〔……〕。〔EP, 300/289-290〕

既に検討したように、生産的消費とは生産のための労働力や生産手段、原料の消費であり、また、労働力を生産するための栄養摂取であった。それは一時的には損失であるが結果的には利益を獲得し、未来に設定された企図のために過去を用いて現在時において行為することであった。生産的消費は未来という後続する時間において、その価値や意味が付与される。この意味で、エコノミーの内部で営まれる操作、すなわち〈可能なもの〉としての損失はすべて生産的消費であり、過去・現在・未来が互いに従属し合う歴史的時間を前提とするのである。これに対して、非生産的消費とは決して生産に役立つことのない純粋な損失であり、「消尽」（consumation）である。それは結果的にも利益を獲得せず、企図に従わない賭けなのだから、未来に従属しない時間性たる至高の瞬間において消費されなければならない。このように、非生産的消費が価値や意味を付与すべき未来をもたないとすれば、それは無意味な損失であるよりほかない。したがって、エコノミーという観点からすれば、非生産的消費はエコノミーの内部に位置づけられないがゆえに、「無－意味」であり、利益や価値を破壊するがゆえに、「反－意味」でさえある。「瞬間のエコノミー的な意味」とはつまり、無－意味だということである。

とはいえ、もしエコノミーが生産的な主体の領域であり、消尽が決して生産の役に立たない消費であるとすれば、消尽とはそもそもエコノミーにとって無関係ではないだろうか。あるいは、知と所有の操作が歴史的時間において営まれるのだとすれば、至高の瞬間に対応する消尽は操作ではありえないのではないか。〈可能なもの〉の内部でなされる消費がすべて生産的消費であるとすれば、非生産的消費など不可能ではないか。つまり、消尽とは〈不可能なもの〉なのではないか。

地上のエコノミーと太陽のエコノミー

エコノミーと消尽との関係は『呪われた部分』の予備的考察にあたる「宇宙の尺度に合ったエコノミー」(一九四六年)において論じられている。バタイユは「松毬の眼」に端を発し「天体」を経て『有用なものの限界』へと組み込まれた天上の太陽と地上の生物とのエネルギー論的生態学を、アンブロジーノの協力を得てエコノミーの問題として改めて取り上げる。そこでは「富とは本質的にエネルギーである。エネルギーは生産の基礎であり目的である」〔OC, VII, 9〕と規定され、エコロジーとエコノミーが「エネルギー」という概念の下、同じ議論の平面に載せられることになる。

バタイユはまず、エネルギーの消費の仕方に応じて「太陽のエコノミー」(économie solaire) と「地上のエコノミー」(économie terre-à-terre) を分類する。


実際、富の観点からすれば、太陽の放射は一方向的な特徴によって際立っている。それは計算なしに〔*sans compter*〕、見返りもなしに〔*sans contrepartie*〕自らを損失する。太陽のエコノミーはこの原理に基づく。我々の地上のエコノミーを考察するときは大抵、それは分離されている。しかし、地上のエコノミーは、これを生み出し、支配する太陽のエコノミーの帰結でしかない。〔OC, VII, 10〕

太陽は自らの質量を光や熱に変換してエネルギーを宇宙空間へと放射している。放射されるエネルギーはいかなる利益関心にも基づかないのだから、「計算なしに」消費され、それと引き換えに何も受け取らないのだから、「見返りもなしに」贈与される。こうした太陽による純粋な自己損失、自由なエネルギーの非生産的消費を「過剰」(excès) と呼ぶ。このように、決して生産へと還元されない消尽が太陽のエコノミーの原理である。

これに対して、地上のエコノミーはこの太陽のエコノミーを根拠として成立する。というのも、地上のエネルギー流は太陽から放射されたエネルギーを領有し、これを原資とするからである。地上の生物は太陽から与えられたエネルギーを捕獲し、自己の生を保存する。そのとき、

「生産されたエネルギーの総量は、つねに生産に必要なエネルギーの総量よりも大きい」〔OC, VII, 9〕。言い換えれば、獲得されたエネルギーは自らの生を維持するのに必要な分をつねに超過する。この生命維持を超過する分のエネルギー、すなわち「剰余」（surplus）は個体の成長や種の増殖に充当されることになる。このように、地上のエコノミーの原理は生産的消費によって自己や種を保存・増殖することである。

しかしながら、地上が有限であるかぎり、生命の拡張によってエネルギーの「余剰」（excédent）を吸収するには限界がある。拡張の極限に達するとき、エコノミーは破局を迎えることになるだろう。したがって、もし破局を避けるべきだとすれば、「消費するという欲望以外にいかなる理由もなしに積極的に消費すること」〔OC, VII, 16〕、つまり消尽が問題となる。バタイユによれば、地上のエコノミーにおいてこの剰余を消尽する生態学的地位にあるのが人間である。

> 人間とはエネルギーの剰余の結果である。その気高い活動の極端な富はもっぱら過剰の輝かしい解放として規定されるべきである。自由なエネルギーは人間において花咲き、無用な壮麗さを際限なく誇示する。〔OC, VII, 14〕

人間の生は微生物から植物、草食動物、肉食動物へと至るエネルギー流と物質循環に支えられている。この種は生物圏の「剰余」として進化し、生きていくために莫大なエネルギーを消費する。しかしそれと同時に、人間はこのエネルギーを太陽のように自由に損失しもする。すなわち、それは「過剰」な存在でもあるのだ。ここで、「過剰」と「剰余」という概念が注意深く使い分けられていることに注目するべきだろう。「剰余」とは単純な再生産に必要なエネルギーを超過した部分であり、量的尺度によって計量された差異（差分）である。生物の生命活動であれば、剰余は個体や種の成長・増殖に充当され、人間の経済活動であれば、それは生産の拡大のために消費される。このように、剰余は生産的消費のために使用されるエネルギーである。

これに対して、エネルギーの消尽は「過剰」である。しかし、それが過剰と言われるのは、何らかの尺度の下で計量した結果、必要量を超過しているという意味ではない。というのも、この損失は「計算もなしに」なされるからである。そうではなく、「見返りもなしに」、すなわち、いかなる利益の獲得もなしに損失するということ自体が生産的なエコノミーの尺度に対して超過している、という意味である。過剰とは、何らかの尺度によって測られた量的差異（超過分）ではなく、いかなる尺度によっても測られないという意味で、尺度そのものに対する超過である。消尽は何らかの共有された尺度によっては計量しえないのだから、尺度一般にとって異質なものであり、過剰であり、無-意味である。したがって、「宇宙の尺度に合った〔à la mesure de l'univers〕エコノミー」とは地上の尺度では測ることができない「度外れな」〔démusurée〕エコノミーなのである。

自己を損失し、自らを贈与するとき、人間は地上の太陽となる。「太陽光線とは我々である」

が、それは最終的に太陽の本性と意味を再び見出す」〔OC, VII, 10〕。「太陽の本性と意味」とはつまり、消尽と過剰である。ここで、天上の太陽と地上の生物の関係に重ねて語られているのは、主体の二重の態勢であり、それらに対応するエコノミーの形態である。太陽のエコノミーにおいて、主体は自己を損失し、エネルギーとしての富を消尽する。それは逆説的な言い方ではあるが、消尽する主体の非生産的なエコノミーである。これに対して、地上のエコノミーにおいて、主体は富を獲得し、それを原資として自己を再生産する。それは知と所有の主体による生産的なエコノミーの圏域である。

地上の生物は太陽エネルギーを獲得することで活動し、増殖する。人間の経済を含む地上のエコノミーにおける生産的営為は太陽のエコノミーの過剰を包摂することによって初めて成立する。生物は光合成や他の生物を捕食することで太陽エネルギーを獲得する。では、生産的なエコノミーの主体はどのようにしてこの過剰を領有するのか。それは何らかの共有された尺度——既知の概念体系、有用性の連関、貨幣——の下で測ることによってである。見返りなしに贈与された過剰は何らかの尺度にもたらされ、尺度によって測ることで同質化・数量化される。数量化された過剰は計算可能な「剰余」として再生産のために利用される。ところで、過剰とはそもそも同質的な尺度にとって異質なものであり、決して包摂しえないものであった。だとすれば、数量化された剰余には、つねにこの尺度を超過する部分、尺度にとっての残余が内含されていることになる。この尺度によって測られたものの残余を「余剰」と呼ぶとすれば、生産的に消費される剰余には、つねにそれを超過するもの、余剰が含まれている。だからこそ、「生産されたエネルギーの総量は、つねに生産に必要なエネルギーの総量よりも大きい」のであり、生産はつねに余剰を産み出すのだ。このように、生産的なエコノミーの圏域は過剰を尺度によって囲い込み、それを剰余という形で蓄積することによって初めて可能になる。これはマルクスのいう資本主義を可能にする「本源的蓄積」に先立ち、そもそも経済を可能にする本源的蓄積なのである。

こうした事態を生産的なエコノミーの過程がつねに再び開始される地点たる生産の操作の現場に差し戻して辿り直してみる。操作とは未知のもの（自然的所与）を既知のもの（自己の所有物）へと還元することであった。操作が行われる以前の段階では、未知のものはその獲得へと主体を誘うような何らかの未知性を有しているはずである。というのも、もしいかなる未知性も認められないのであれば、主体はわざわざそれを新たに獲得する必要がないからである。しかし、操作によってそれが領有された後の段階を見るとどうか。そこでは、未知のものはその未知性を奪われ、すっかり既知のものとなってしまっている。なぜなら、もし未知のものに留まるならば、自己の所有物とは言えないからだ。すなわち、未知のものの未知性が取り除かれるかぎりにおいてしか、操作はそれを既知のものへと還元しえないのである。ところで、もし真の意味で生産的な操作がありうるとすれば、それは既知のものに何らか新たなもの、未知のものの未知性を付加する行為だろう。だとすれば、生産という操作は自らの目的を完遂することで、かえってそれを達成しないことになる。生産はそのまま流産となる。本来、領有するべきだったものを取り落とすかぎりでしか、領有は成立しえない。したがって、逆説的にもマルクスが言う通り、生産とは何ものも所有させることのない領有という「自己撞着」[27]そのものなのだ。この意味で、生産は新たなものを何も付加しない非生産的なものである。逆から言えば、もし生産的な生産がありうるとすれば、それは領有しえないものを領有するかぎりにおいてである。生産とは所有〈不可能なもの〉を領有することにほかならない。

こうして、消尽とエコノミーの関係が明らかになる。地上のエコノミーはその内に太陽のエコノミーの過剰を包摂することを俟って初めて成立する。生産的な操作は所有不可能なものを領有することによって初めて可能となる。だとすれば、地上のエコノミーが可能となる条件は太陽のエコノミーであり、生産する主体の可能性の条件は消尽する脱自である。生産的なエコノミーは〈可能なもの〉の総体であり、主体の損失は〈不可能なもの〉なのだから、〈可能なもの〉の条件は〈不可能なもの〉である。知と生産の操作が極限へと到達するとき、〈不可能なもの〉が開示されるのは、その内に〈不可能なもの〉が不可避的に孕まれているからである。歴史が決して完了しえないのは、〈可能なもの〉がそれだけで完結することなど不可能だからである。こうして、地上のエコノミーが成長の限界に達するとき、未完了の傷口が開き、主体は脱自として自らの生を焼尽することを強いられるのである。

一般エコノミーの優位へ

地上のエコノミーは太陽のエコノミーを成立根拠とし、生産は消尽によって条件づけられている。それにもかかわらず、経済や経済学を含む生産的なエコノミーは、その根源から切り離され、あたかもそれなしで生産が成立しているかのように考えられている。このように、生産の観点に限定されたエコノミーをバタイユは「限定エコノミー」(économie restreinte) と呼ぶ。これに対して、エネルギーの余剰の観点から「富の非生産的な使用」〔EP, 303/295〕すなわち消尽をも考慮に入れるエコノミーが、バタイユの提唱する「一般エコノミー」(économie générale) である。『瞑想の方法』では限定エコノミーと一般エコノミーが、消尽の時間性たる「至高の瞬間」との関連で、次のように対比的に説明されている。

思考の諸対象を至高の瞬間へと関連づける学問は、事実、一般エコノミーのみである。それは諸対象の意味を相互に関連づけて考察し、最終的には意味の損失と関連づけて考察する。この一般エコノミーの問いは経済学の平面に位置づけられるが、この名称で指示される学問は(商業的な価値に限定された)限定エコノミーでしかない。重要なのは、富の使用を扱う学問にとって本質的な問題である。一般エコノミーは定義上、使用されることのないエネルギーの余剰が生産されるということを第一に明らかにする。余剰エネルギーはわずかな目的もなしに、結果としていかなる意味もなしに損失されるよりほかない。この無用で常軌を逸した損失こそ至高性である。〔MM, 215-216/409〕

一般エコノミーはなおひとつの学問である。とはいえ、それは経済学の平面に位置づけられるような限定エコノミーではない。では、それはいかなる意味で通常の経済学と異なるのか。経済学はその考察対象が「商業的な価値」、すなわち富の生産的使用に限定されたエコノミーにすぎない。生産が歴史的時間の内で営まれるかぎり、「エコノミーは決して現在を考慮に入れることはない」〔EP, 300/290〕。未来に従属しない現在たる「至高の瞬間」はエコノミーにとって価値のないもの、無－意味でしかないのである。ところで、生産の可能性の条件は消尽であり、消尽は瞬間という時間性の内で開示されるのだった。だとすれば、瞬間としての現在を対象としない限定エコノミーは生産の根拠としての消尽を考慮に入れることがない。したがって、それは自らの成立根拠を決して反省することのない学である。

とはいえ、このことは何も経済学に限った話ではない。そもそも客観的・合理的な学問は、諸対象を既知の概念体系へと関連づけることでその意味や価値を付与する営みであるかぎり、至高の瞬間における対象、真に未知であるものを思考できない。この意味で、「学問一般はそれ自身の内で閉じている」〔EP, 306/299〕のである。これに対して、一般エコノミーとは富＝エネルギーの余剰がいかなる目的も意味もなしに損失されるような消尽を考察の対象とする唯一の学である。それは他の学問と同様に、諸対象を相互に関連づけて考察し、その意味を理解し説明する。しかしそれにとどまらず、この諸対象の総体は究極的には至高の瞬間にまで関連づけられ、学問によって付与された意味や価値は損失へともたらされることになる。それゆえ、この学にとって「現在の瞬間を考察することは不可避である」〔Ibid.〕。至高の瞬間がエコノミーの成立根拠であるとすれば、一般エコノミーは生産的なエコノミーの、さらに言えば、学問一般の根拠を問うものである。この意味で、一般エコノミーとは自らの可能性の条件を問題とする超越論的なエコノミーなのである。

しかし、疑問が残る。たとえ一般エコノミーの考察対象が、内容において、経済学のように効用や資本の増殖に限定されないとしても、それがなおひとつの学であるかぎり、形式において、悟性的な思考すなわち言説によって導かれているのではないか。それゆえ、バタイユがレヴィナスを批判していた、あの実存主義的な態度——言表しえない体験を言語化してしまう態度——と変わらないのではないか。結局、サルトルの指摘するように、諸対象の総体を無-意味へともたらす一般エコノミーは「なおひとつの思考である」のではないか。しかし、内容と形式は相即する。バタイユは「実存主義からエコノミーの優位へ」において、瞬間における消尽という認識内容がそれを対象とする学問の客観的な形式をも破壊するという。

> しかし、客観的な方法は、決定的な変化を導入する。すなわち、認識の操作という隷属状態——哲学によって（知的な方法によって）裸の実存を既知の実存へと置き換えること——が、内奥性が作動するまさにその瞬間に除去されるのである。その方法は、原則として、内奥性と同じものである瞬間を認識することの不可能性を提起する。外部は、諸事物が持続に属しているかぎりでしか認識に与えられない。こうして、この方法は瞬間を実感する機会を開いたままにしておくのである。〔EP, 306/300〕

たしかに一般エコノミーの形式は「客観的な方法」すなわち悟性的・論証的な思考を標榜している。悟性的な知にとって内奥性＝瞬間を認識することは不可能である。というのも、この瞬間という未知のものは知的操作によって既知の概念へと関連づけられ、裸の実存が既知の実存へと置き換えられることで、その未知性を失ってしまうからである。しかし、一般エコノミーの探究はそうした言説の連鎖を辿るだけに留まらず、言説の主体とそのエコノミーが成立する条件をも問題とする。エコノミーの条件は〈不可能なもの〉であり、知の主体の条件は非‐知である。言説の主体とエコノミーはその内に不可避的に〈不可能なもの〉を孕んで初めて成立するのだから、それらが成立しているというまさにその事実がその傷口を指し示している。そして、好運のおかげで〈不可能なもの〉が開示されるとき、認識の操作は反‐操作へ、知は非‐知へと反転せざるをえなくなる。このように、一方で、経済学が生産的なエコノミーの内に閉じてその「外部」たる自らの成立根拠を問うことなく、また他方で、実存主義が特異な体験を言説によって変質させ主体の所有物へと還元してしまうのに対して、バタイユの一般エコノミーは「瞬間を実感する機会を開いたままにしておく」。それは〈不可能なもの〉という傷口を開いたエコノミーなのである。

こうして、前章の最終節に残された疑問のいくつかに今や応えることができるだろう。解決のための鍵は〈不可能なもの〉にある。

第一に、有用性をめぐるパラドクスの問題が残されていた。有用性を批判するために、栄光と有用性、浪費と生産の関係を正しく入れ替えたとしても、その思考自身が目的‐手段に囚われているならば、結局は有用性に再び取り込まれてしまう。その解決策の一つは浪費と生産を相補的関係として把握する「一致の法則」に求められたが、その意味はなお曖昧なままであって、浪費が生産に奉仕する余地を残していた。これに対して、『無神学大全』や『宗教の理論』のバタイユはコジェーヴとの対決を通じて、「企図」の問題を徹底的に批判・検討する。企図とは未来に対する現在の、主体に対する対象の、目的に対する手段の従属である。この有用性を可能にする三重の従属的関係は内的体験において解体される。というのも、極限に到達するとき、時間は脱臼し、主体と対象の区別は溶解し、意識は至高者となるからである。そこでは、主体はもはや生産(有用性Ⅰ)することなく、諸対象の目的‐手段連関(有用性Ⅱ)の鎖は解かれ、従属的関係(有用性Ⅲ)は無関係へと没する。こうして、非‐知にあって有用性はそのあらゆる次元で無化されるのである。

生産の操作が極限に達するとき、〈不可能なもの〉が開示される。そこで開示される〈不可能なもの〉とは決して生産に還元されることのない消費、すなわち消尽である。「浪費の概念」におけるバタイユは浪費を〈可能なもの〉として理解していたために、目的‐手段連関の連鎖に巻き込まれ、生産の圏域へと回帰してしまった。これが「絶対的有用性のパラドクス」の正体である。また、「反キリスト教徒の手引き」や『有用なものの限界』における一致の法則でもやはり、浪費が〈可能なもの〉であるかぎり、浪費と生産はともに〈可能なもの〉の水準で生起することになる。こうして、浪費が生産に役立つ生産的消費と見分けがたくなってしまうのである。バタイユは内的体験を経て消尽を〈不可能なもの〉と捉え直すことで初めて、有用性の回路から脱出できたのである。[28]

第二の極点の論理については本章で既に何度も確認してきたので、ここで改めて繰り返す必要はないだろう。認識の操作が極限に至るならば、もはや何も操作すべき対象がない（無を対象とする）のだから、操作は反－操作へと反転し、知は非－知へ、既知のものは未知のものへと転換する。歴史が終焉するならば、もはや企図すべき未来がないのだから、時間は脱臼し、好運・瞬間・純粋記憶という時間性が開かれる。こうしたバタイユに特有の論理の根底には〈不可能なもの〉の体験がある。〈可能なもの〉の圏域の拡大が極限に達するならば、もはや何ごとも可能ではないこと、すなわち〈不可能なもの〉が暴露される。このように、〈可能なもの〉の極限において〈不可能なもの〉が開示されるのは、〈可能なもの〉の成立そのものの内に既に〈不可能なもの〉が孕まれているからである。以前、否定性という論点をめぐって、コジェーヴに比してバタイユをヘーゲルの側に位置づけた。しかし、ヘーゲルの絶対知があらゆる対立を宥和させ、そこで「精神の傷は傷痕を残すことなく癒える」[29]のだとすれば、最終的にはやはりバタイユと立場を異にすると言わざるをえない。バタイユの非－知は精神の傷を癒やすどころか、その傷口を開くものなのである。

ここで一つ注意しておくべきことがある。それはこの極点の論理が、技術や社会の発展が何らかの特異点に達するとき、新たな段階へと突入するという加速主義ではないということだ。その理由は二つある。ひとつには、極限において開示される体験はあくまでも〈不可能なもの〉であって、〈可能なもの〉の延長上にはないということである。もうひとつの理由は、内的体験が企図の反対物であると同時に、企図によって企図の外へ出ることだったことと関係する。すなわち、この体験は企図を極限まで徹底することを要件とするが、それだけでは十分ではなく、好運によって企図の外部からコミュニケーションが到来するのを受容しなければならない。そのため、〈自己〉は不安という情態性を持続させ、非‐知に身を開いておく必要がある。このように、内的体験は主体の能動性と受動性が交錯する場なのである。

第三に、エネルギーの余剰という概念に関する問題が残されていた。生態系であれ経済システムであれ、閉じた系は無際限にエネルギーを吸収することはできないのだから、飽和点に達すると余剰を浪費することになる。「天体」や『有用なものの限界』では、生態学や経済学における破局と主体における生産から浪費への転換が、ともにこうした数量的・科学的な仕方で説明されていた。これに対して、「宇宙の尺度に合ったエコノミー」では、エネルギーの超過に関して、次の三つの概念を分ける必要があるように思われる（もっとも、バタイユのテクストのつねとして厳密な用語法に従っているわけではない）。それはすなわち、何らかの尺度によって測られ、数量化された量的な差異としての「剰余」（surplus）、決して尺度によって測られず、尺度そのものに対する超過としての「過剰」（excès）、そして、尺度によって測られたものの残余としての「余剰」（excédent）である。過剰はエネルギーの無償の贈与であり、共有された尺度によっては決して還元されえないという意味で、「異質なもの」であるだろう。この過剰によって与えられたエネルギーは、何らかの尺度によって測られることで数量化され、剰余を生み出す。この剰余は生産のために利用されるが、そこにはつねに余剰が残される。それゆえ、人間は余剰を非生産的に消費せざるをえなくなるのである。

ここからまた、バタイユが『有用なものの限界』草稿において、カルノーの定理に対して抱いていた疑義の意味も明らかになるだろう。バタイユはそこで、世界が多様であるにもかかわらず、科学が等価性しか扱えないことを批判していた。カルノーの定理もまた、等価性の原理の下でのみ、すなわち数量化することによってのみ、エネルギーを考察しうる。それはたしかに科学的・客観的な認識の限界内では妥当するだろう。しかし、等価性の原理に従うことのない「不等なもの」は扱えないのだ。カルノーの定理はエネルギーの剰余しか考慮に入れず、決してその根拠たる過剰を考えることができない。この意味で、この定理に基づく物理学は限定エコノミーの領域に属しているのである。

このように、『有用なものの限界』で残されたエコノミー論の諸困難は、『無神学大全』三部作や『瞑想の方法』、『宗教の理論』等における〈不可能なもの〉の探究を経ることで、その解答を与えられ、そして『消尽』へと結実することになった。とはいえ、前章で挙げた第四の問題、すなわち、聖・俗の対立から生じる困難については未だ解決を見ていない。また、既に見たように、一致の法則は〈不可能なもの〉としての消尽という概念の導入によって、浪費と生産を統制する原理としては退けられたのだった。しかし後に、エロティシズムにおける「禁止の侵犯」の理論として再浮上してくることになる。そのとき、浪費と生産、禁止と侵犯の相補的関係はどのようにして目的－手段連関を乗り越えるのか。さらに、非－知に到達するためには、一方で知の操作を完遂することが要請されるが、他方で、好運によるコミュニケーションの到来を待たなければならないのだった。こうした極限をめぐる能動性と受動性の交錯はどのように理解するべきだろうか。また、そこで到来するというコミュニケーションとはどのようなものか。そして結局、〈不可能なもの〉とは一体何か。これらの問題系を導くものとは、おそらく贈与である。

第四章　エコノミー論の展開

I　贈与

呪われた部分

一九四九年、バタイユはついにその「一般エコノミーの試論」たる『呪われた部分』の第一巻『消尽』を完成させ、出版するに至る。ガリマール宛書簡で記された年から数えれば、ゆうに十九年（「まえがき」の証言によれば十八年）の年月をかけてようやく形をなしたことになる。「まえがき」では続刊が予告されており、『性的不安からヒロシマの不幸へ』という書名になる予定であったが、これは実現しなかった。その後、『呪われた部分』の体系は幾度かの構想の変更を経ながら、結局、第二巻『エロティシズムの歴史』、第三巻『至高性』の草稿を遺し、生前は刊行されることがなかった。本章では、前章での内的体験と〈不可能なもの〉をめぐる議論を踏まえた上で、バタイユのエコノミー論がどのように展開されていったのかを『呪われた部分』三部作を中心として跡づけていくことにする。そこで論及される主題は、〈不可能なもの〉としての贈与、禁止と侵犯の理論に基づくエロティシズム、第二章以来持ち越された〈聖なるもの〉をめぐる困難、そして至高者とコミュニケーションの問題である。

まずは、〈不可能なもの〉と贈与の問題を考えるために、『消尽』の構成を簡単に確認しておく。この書は五部からなるが、内容からして大きく二つの部分に分けられる。第一部では一般エコノミーの理論が提示され、第二部から第五部まではこの理論が具体的事例へと適用され、過去と現代の社会が余剰エネルギーの消費という観点から分析される。

第一部「理論的導入」において、これまで見てきたようにエネルギー＝富という観点から、生態系と経済システムという二つの閉鎖系がともにエコノミーの平面で論じられる。生物圏は太陽エネルギーを吸収することで、また、人間の経済活動は生物圏のエネルギー流を領有することで、系の維持と成長へと捕獲されたエネルギーを充当する。しかし、そこには有限な地表面という限界があるのだから、系は無際限に成長・拡大することはできない。それゆえ、成長の限界において余剰エネルギーは不可避的に浪費せざるをえなくなる。

生物圏の場合、この浪費は捕食・死・有性生殖という三つの形態として発現する。まず、自然はその余剰を肉食獣という種の産出によって浪費する。というのも、光合成によって太陽エネルギーを吸収する植物に比して、他の動物を捕食する肉食動物はエネルギー効率の悪い贅沢な存在だからである。次に、生物は死という奢侈に運命づけられている。死は個体からすれば純粋な損失であるが、種全体からすれば次世代の成長のための空間を作るという意味をもつ。そして、有性生殖もまた自然における浪費である。バタイユによれば、それは単に生殖活動が個体の維持や成長に寄与しないというだけでなく、瞬間的に〈可能なもの〉の極限へと達するようなエネルギーの熱狂的な蕩尽でもある。この意味で、「時間の中の性行為は空間の中の虎と同じこと」〔PM, 21/16〕なのである。

人間の経済の場合、労働と技術によって生産される莫大な余剰エネルギーは、人口増加と産業発展だけで吸収しえないとき、これを社会的に消尽せざるをえない。この富の社会的蕩尽は一方ではしばしば戦争という醜悪な形態をとるがゆえに、また他方では贅沢に対する不正の感情と結びつくがゆえに、「呪われた部分」（part maudite）と看做される。もはや浪費が社会的意味をもちえない現代にあって、余剰エネルギーは戦争という出口しか見出すことができない。二度の大戦を経験したバタイユは、余剰の浪費が不可避であるならば、戦争という悲惨な形態をとるよりも、一般エコノミーの知見をもって浪費の別の形態を求めるべきだと主張する。この別の仕方の浪費が贈与なのである。

『消尽』第二部から第五部までの「歴史的データ」および「現在のデータ」では、余剰エネルギーがどのように社会的に消費されるかに応じて社会の類型が分類される。第一に、余剰が消尽へと向けられる社会が分析される。これには奴隷の人身供犠が行われていたアステカの社会と、競争的贈与たるポトラッチの風習をもつ北西部アメリカの社会が分類される。そこで供犠がもつ意味については次節以降で検討する。

第二に分析が加えられるのは、余剰を軍事と宗教へと組織的・計画的に割り当てる社会である。聖戦の教義をもつイスラムは「征服の方法的努力に適用された規律」〔PM, 86/129〕であり、獲得された富は浪費されることなく、すべて軍事的拡張のために充当される。これに対して、非武装を選択したチベットのラマ教では、世俗の富が戦争ではなく、僧院と僧を養うために消尽される。バタイユによれば、このラマ教だけが獲得と成長という目的から逃れた経済システムであり、そこでは「直接的にそしてただちに、生がそれ自身を目的とする」〔PM, 108/169〕とされる。

第三に、「異なった二つの宗教的世界に、対立するエコノミーの類型が対応する」〔PM, 112/176〕とされ、西欧における中世と近代の社会が比較される。現世での栄光を肯定するカトリックには、余剰を非生産的に消費する中世の静的なエコノミーが対応する。そこでは、大聖堂や修道院、聖職者のための消尽が是認されていた。これに対して、既に見たように、来世での救済のために現世での栄光を否定するプロテスタンティズムには、余剰を蓄積して生産設備へと投資する近代の動的なブルジョア経済が対応する。それは「物」(chose) が自律する産業社会であり、そこでは時間と貨幣の浪費を嫌悪する「フランクリンの原理」に基づき、浪費が個人的なものへと矮小化されていったのである。

最後に検討されるのが、現代の対立する二つのエコノミー体制である社会主義と資本主義、そして各々の陣営の領袖たるソヴィエト連邦とアメリカ合衆国である。ソ連は近代化の遅れとロシア革命という歴史的経緯により、その最初期から非生産的消費を徹底的に拒否し、計画経済によって余剰の大部分を生産手段の生産のために充当する社会であった。そこには労働のみがあって、国家全体が一箇の工業機械と化す。これに対して、第二次大戦後、一人勝ちの状態となったアメリカがヨーロッパ復興のための支援策として打ち出したのが「マーシャル・プラン」である。バタイユによれば、この計画は「スターリンの計画経済の蓄積に対して余剰の組織化を対抗させる」〔PM, 162/268〕ものであって、ソ連とアメリカという二大超大国の軍事的へゲモニー争いであるよりも前に二つの異なるエコノミーの争いを意味する。バタイユは迫り来る第三次世界大戦と核の脅威を前に、マーシャル・プランの中に贈与の可能性を見ようとするのである。

勿論、こうしたバタイユによる社会類型の分析は、時代的・資料的制約のために、現代の学問水準からすれば不正確な部分を含むことは否定しえない。また、マーシャル・プランを戦争回避のための解決策とする評価は、いかに当時であっても、楽天的にすぎるように思われよう。しかし、これらの分析で重要なのは、一般エコノミーの理論を具体的事例へと適用する試みであり、特定の社会の経済制度を考察する際に、その生産体制だけでなく余剰の消費形態にも着目する視点を提供することにある。また、「浪費の概念」草稿で絶対的有用性のパラドクスに直面し、『有用なものの限界』で浪費の範型をポトラッチから自己供犠へと移し替えたバタイユが、マーシャル・プランを純粋な贈与だと素朴に信じるはずがない。では、バタイユの考える消尽としての贈与とはどのようなものか。そして、どのような点でマーシャル・プランは評価されるべきなのか。これらの問題を考えるために、『消尽』におけるポトラッチとマーシャル・プランの議論をより詳しく検討してみよう。

贈与のパラドクス

『消尽』の注において、モース『贈与論』の読書を端緒としてポトラッチについて考察したことがその思考を一般エコノミーの理論へと導いたこと、しかしなお「解決できない要素」〔PM, 71/107〕が残されたことが述べられている。この記述はおそらく、「浪費の概念」でポトラッチを非生産的消費の範型としながらも、その草稿が示唆していたように、絶対的有用性のパラドクスによって生産へと回収されてしまう消息を指しているものと考えられる。そのとき解決できなかった困難について、バタイユは次のように続ける。

> 私がこの困難を解決でき、「一般エコノミー」の原理にかなり曖昧ではあるが基礎を与えることができたのは最近のことだ。それはすなわち、エネルギーの濫費〔dilapidation〕はつねに事物〔*chose*〕の反対であるが、事物の秩序の内に挿入され、事物へと変えられることによってのみ考慮に入るということである。〔Ibid.〕

「エネルギーの濫費」は〈不可能なもの〉であるのに対して、「事物」〈人間によって対象化され所有された有用なもの〉は〈可能なもの〉である。それゆえ、エネルギーの浪費は事物の反対物だと言える。人は〈不可能なもの〉をそれ自体として思考することはできない。そのため、濫費は「事物の秩序」すなわち有用性の連関の内へと組み込まれることで初めて思考の対象となりうる。しかしそのとき、濫費はもはや一箇の事物、すなわち、あらかじめ生産的な領域の内に囚われた〈可能なもの〉へと変質している。「浪費の概念」のバタイユはまだ、浪費を単に〈可能なもの〉として捉えていたために、こうした困難の在処を正確に探り当てることができなかったのである。

ここから、ポトラッチに孕まれた矛盾もまた説明される。ポトラッチは第一義的には損失としての贈与を目指す。しかし、贈与が純粋な消尽であり〈不可能なもの〉であるかぎり、それ自体として社会の内で現象することはない。それはつねに〈可能なもの〉の圏域の中に挿入されて、すなわち他のものとの関係——競争相手たる他者であれ、道具連関をなす他の事物であれ——において現象する。こうして現象してくる贈与はもはや一箇の利用可能な事物であり、生産に役立つ手段にすぎない。それゆえ、贈与は生産のために役立つ生産的消費へと回収され、最初の損失は結果的に獲得へと折れ返ってしまうのである。しかしながら、『消尽』のバタイユはポトラッチにもう少し複雑な損失と獲得の絡み合いを見ている。順を追って確認してみよう。

　ポトラッチはまずもって損失への欲望に応えるものである。人は競争相手に自らの財産を贈与することで損失する。この損失は見かけに反して贈与者に獲得をもたらす。とはいえ、それは単に受贈者から同等以上の反対贈与が供与されるからというだけでない。仮に返礼がなされなければ、それは最初の贈与者が競争に勝利したことを意味し、勝利者に栄光あるいは「威光」(prestige)を獲得させるからである。勿論、栄光や威光は浪費の証であって物財ではない。しかし、それが他者によって承認され、あたかも所有可能な財産であるかのように扱われることで、その所有者に「地位」(rang)を獲得させる。さらに言えば、こうして獲得された地位も単なる事物ではなく、むしろ〈聖なるもの〉であって事物の反対物である。ところがまた、地位は社会的有用性の連関の中に組み込まれ、あたかも事物であるかのように利用されることで、財産を獲得するための手段として役立つことになる。このように、最初の損失への欲望は他者という迂回路を通って結果的に財産を獲得させる。しかし、このことは逆から言えば、「最終的には利益の源泉であるにせよ、地位の原理はそれでもやはり理論上は獲得しえたはずの資源を決然と濫費することによって規定される」〔PM, 75/111〕。要するに、生産もまた浪費によって裏打ちされることを俟って初めて成立するのである。

　純粋な損失たる贈与はそのものとしては現象することがない。それは他者に対して他の事物へと関連づけられて、他のものとの関係においてのみ現象する。このように他との関係においてある贈与は既に純粋な損失としてはありえず、獲得へと帰着する贈与‐交換へと変質してしまっている。しかしまた翻って、この獲得もその内に単なる生産的消費ではなく、決して現象することのない贈与を含むことによってのみ成立する。このように、ポトラッチとは損失と獲得が幾重にも輻輳する場なのである。

　人類学者のモーリス・ゴドリエは『贈与の謎』（一九九六年）において、モースがポトラッチという制度のおかれていた歴史的・社会的状況を捨象していると指摘する。ゴドリエによれば、財産の蕩尽にまで至るような競争的・狂躁的なポトラッチの形態は、アメリカ原住民の伝統的な社会が解体し、市場経済が浸潤した十九世紀末になって初めて現れたという。この指摘自体は事実であるとしても、「バタイユをポトラッチに惹きつけるこの狂気」[1]は旧大陸からもたらされた市場経済に由来するのであって、ポトラッチには本来、属さないのだと解釈するには及ばない。というのも、これまで見てきたようにポトラッチとは元々、その構造の内に損失と獲得の両側面を含んだものだからである。資本主義によって獲得への欲望が強く刺戟されれば、それだけ一層損失への欲望も過激化するというだけのことなのだ。

　贈与における獲得と損失の逆説的関係を「原始経済」の側から分析したものが『消尽』におけるポトラッチ論であるとすれば、逆にこれを資本主義の側から論じる文章をバタイユは同じ年に発表している。それは『コンバ』誌に掲載された「贈与のパラドクス」というごく短い書評記事である。「贈与のパラドクス」とは利益追求の原理に基づく資本主義がその反対物たる贈与を不可避的に要請してしまうという逆説である。ここでバタイユが眼前に据えているのは、第二次大戦後の世界の経済情勢である。二度にわたる世界大戦を経て欧州諸国が荒廃したために、突出したアメリカの生産力はその製品を供給するべき市場を失ってしまった。そこでもしアメリカが利益追求の原理を放棄して生産物を無償譲渡しなければ、根本的な経済不均衡が生じて、もはや国際貿易を維持しえなくなるだろう。その結果、アメリカ経済そのものが危機に陥り、「贈与に配分されないエネルギーの余剰は爆弾という形態の下に否応なく配分されるだろう」〔OC, XI, 433〕。このように、資本主義はその反対物たる贈与を前提としなければ自らを維持することができない。この資本主義の余剰に出口を与える贈与として評価されるのがマーシャル・プランである。

マーシャル・プランとは一九四八年から五二年にかけてアメリカによって実施された欧州復興援助計画である。これはイギリスやフランス、ドイツを始めとする十六ヵ国の西側諸国に（当初はソ連を含む東欧諸国も対象としていたが不参加）、合計百三十億ドル以上もの援助がなされ、その内の八九％が贈与であった。歴史的評価としては、西欧諸国の経済復興の基礎となると同時に、欧米の貿易不均衡を是正したが、その反面、ヨーロッパの東西分裂を決定的なものにもしたとされる。[2]

とはいえ、誤解してはならない。バタイユは決してマーシャル・プランが自国の利益を顧みない純粋な贈与であるとか、資本主義のオルタナティヴたる贈与経済であると主張しているわけではない。このことはマーシャル・プランの検討に充てられた『消尽』最終章を参照することでより明確になるだろう。

マーシャル・プランを「世界的利益のための投資」と評価する経済学者フランソワ・ペルーに対して、バタイユは世界を二分するアメリカとソ連との対立を等閑視していると批判し、この政策が世界の利益ではなくアメリカの利益に資することや、西欧諸国を反共の橋頭堡としたいアメリカの目論見を指摘する。バタイユはペルーと自らの用語のずれを巧みに用いながら、両者の立場の違いを鮮明にする。ペルーによれば、マーシャル・プランとは各国の「個別的な」(isolé)利益を超えた「普遍的な」(général)利益を目指す政策である。しかし、バタイユからすれば、この見方は二重の誤りを犯している。第一に、ペルーは普遍的利益を個別的利益から導出するという点で間違っている。普遍的利益が世界経済の成長を意味するならば、それは経済的利益の追求であるかぎり、所詮は個別的利益の総和にすぎないのだ。そして第二に、仮にエコノミーに「普遍的な」目的なるものがあるとすれば、それは生産の観点に限定され、「孤立した」(isolé)地上の経済ではなく、「一般エコノミー」(économie générale)の視点から見られた目的でなければならない。それはすなわち余剰エネルギーの消尽である。

地表が有限であるかぎり、資本は無際限に増殖することはできず、経済成長には自ずから限界がある。成長がこの限界点に達するとき、もはや生産へと充当できない余剰エネルギーは非生産的に消費せざるをえない。蕩尽が社会的意義をもちえない現代にあって、それは戦争という形をとることになる。古典派経済学を含む限定エコノミーはこの余剰の問題を考慮に入れることがないため、社会は無自覚的に戦争へと突入してしまう。この戦争の脅威に対して、人類は一般エコノミーの観点から自覚的に贈与を選択し、破滅的な戦争を回避するべきである。これがバタイユがマーシャル・プランを支持する理由なのだ。

この脅威がアメリカ合衆国をして冷静に余剰の相当部分を——見返りなしに——世界的な生活水準の向上のために割り当てさせるかぎりにおいてのみ、エコノミーの運動が生産的エネルギーの余分〔surcroît〕に対して戦争とは異なる出口を与え、人類は平和裡にその諸問題の一般的解決へと赴くだろう。〔PM, 175/292〕

もし第三次世界大戦が勃発するとすれば、その主役はアメリカとソ連となるだろう。既に見たように、ソ連は余剰をもっぱら生産手段の生産へと割り当てる社会であり、そのエコノミーの構造上、余剰を生活水準の向上へと差し向けることはできない（この点で、労働運動に取り組む西側の左翼はソ連のエコノミーに反するとバタイユは認定する）。それゆえ、今や巨大な生産力を保有し、生産過剰を抱えたアメリカだけが唯一、余剰を他国へと贈与し、「世界的な生活水準の向上」へと割り当てる可能性を有する。このように、マーシャル・プランは余剰に「戦争とは異なる出口」を与えることによって、人類を戦争の脅威から回避させると同時に、エコノミーの一般的問題（余剰エネルギーの消尽）にも解決を与えうるのである。

これまで贈与について深い洞察をしてきたバタイユの思想に照らせば、一般エコノミーの解決策がマーシャル・プランによる生活水準の向上だとは、いかにも拍子抜けさせるものではないか。生産物の再配分による生活水準の向上は結局、生産的エコノミーの勝利を意味し、贈与によって資本主義を補完することは資本主義の延命にすぎないように思われる。とはいえ、そのことはバタイユ自身が最もよく知っていた。実際、バタイユはこの解決策が「ある意味で、期待はずれで意気消沈させる」ものだと認める。しかし、それはあくまでも「自己意識の出発点であり基礎であって、完成ではない」〔PM, 177/297〕。先の引用部分で述べられている通り、マーシャル・プランは捕獲され数量化されたエネルギーの「余分」の措置に関わることであって、純粋な消尽たる「過剰」を実現する方策ではない。バタイユはここで、もし戦争を回避するならばという条件の下で、客観的・科学的認識の範囲内で現実的な状況分析を加えているにすぎない。バタイユにとって重要なのはむしろこの贈与によって覚醒される自己意識の方なのである。

純粋な贈与はそのものとしては現象せず、現象するならば生産的な領域に取り込まれて贈与－交換へと変質してしまう。他方で、生産的営為は極限においてその反対物たる贈与を要請するが、それは生産がその成立の内に贈与を含んでいるからである。贈与にはこのようなパラドクスがつきまとっている。では、なぜ贈与は贈与として現象することがありえないのだろうか。また、贈与によって覚醒される自己意識とはどのようなものか。そして、そもそも贈与とは何か。

〈可能なもの〉としての贈与－交換

贈与とは何かと問うことにはつねに困難がつきまとっている。それはあれこれの困難のうちの一つというより、困難そのものでさえある。バタイユの一般エコノミー理論の端緒となり、二〇世紀の思想に大きな影響を与えたモースの記念碑的著作『贈与論』の主題こそが、とりもなおさずこの困難を証し立てている。モースはポトラッチやクラ交換のような「未開社会」における法的・道徳的でもあり宗教的・経済的でもある包括的な制度を「全体的給付体系」(*le système des prestations totales*) と呼ぶ。それは生産と消費の特定の形態を前提とし、給付と反対給付によって家族や氏族といった集団を相互に結びつける社会制度である。『贈与論』はこの全体的給付体系についての問いから始められる。

> 未開あるいはアルカイックな類型の社会において、いかなる法的・利害関心的規則が受け取った贈り物の返礼を義務づけるのか。贈られた物に潜むどんな力が受贈者にその返礼をさせるのか。[3]

この問いについて注目するべき点が二つある。ひとつには、この贈与をめぐる問いが奇妙なことに贈与そのものを問うものではないという点である。もし仮に純粋な贈与があるとすれば、それは見返りも計算もなしに一方的に贈り物を与えるものでなければならない。たとえ贈与者が見返りを期待していなかったとしても、受贈者から何らかの返礼——物質的なものであれ、精神的なものであれ——を受け取るならば、それは事実上、交換であったことになる。あるいは、実際に反対給付が行われなかったとしても、返礼が何らかの規則や力によって義務づけられているならば、それは権利上、交換であるだろう。いずれにせよ、モースが贈与と反対贈与からなる全体的給付体系の内で贈与を問題とするかぎり、それは一方的に与える贈与ではなく反対給付を前提とする交換なのである。事実、モースはこうした取引を「贈与による交換」（échange par dons）や「交換された贈与」（dons échangés）と呼んでいる。そこで語られているのは贈与－交換であって贈与ではない。『贈与論』の主題は贈与に関する問いではあるかもしれないが、贈与そのものについては何も問うていないのである。

もうひとつには、この贈与－交換を統制するのが、当事者の意志ではなく「法的・利害関心的規則」や「物の内に潜む力」だとあらかじめ想定されている点である。人は自らの自由意志によって返礼するのではない。何らかの規則あるいは力が人々に返礼を強制するのである。さらに言えば、モースによれば、全体的給付体系にあって人は「受け取った贈り物の返礼をする義務」だけでなく、「贈り物を与える義務」および「贈り物を受け取る義務」をも負っている。贈与－交換を構成する三つの契機（贈与・受贈・返礼）はすべて自由な意志でも偶然でもなく、義務によって秩序づけられている。このように、『贈与論』を駆動する主要な問いは贈与という行為そのものよりも、それを統制する道徳規範の方にあったのである。

『贈与論』の主題は贈与ではなく贈与－交換を問うものであり、その問題の中心はそれを規制する道徳規範である。この二つの事柄はともにある一点を指し示している。それはすなわち「互酬性」（réciprocité）の原理である。レヴィ＝ストロースが簡潔に要約しているように、モースが『贈与論』で示そうとしたのは「未開社会では交換が取引の形態よりも互酬的贈与の形態として現れる」[4]ということにある。未開社会の中に全体的給付体系を識別しようとするモースにとって、贈与とは初めから「与える」と「取る」から構成される贈与−交換を意味していたのであり、この現象を基礎づける原理は相互に与え合うこと、すなわち互酬性なのである。では、互酬性の原理とはどのようなものか。

文化人類学者のマーシャル・サーリンズは『石器時代の経済学』（一九七二年）において、互酬性を「交換の全階層、諸形態の連続体」[5]と定義した上で、マリノフスキーによる交換の分類に基づいて次のように図式化している。互酬性は「一般的互酬性」と「否定的互酬性」、そして両極の中間的な段階である「均衡的互酬性」の三つに分類できる。まず、一般的互酬性とは利他的な援助の取引であって、返礼の義務を負わないわけではないが、それが緩やかであるような相互的関係である。マリノフスキーが親子や夫婦間に典型的に見られる見返りを求めない奉仕とした「純粋贈与」(pure gift) がこれに当たる。次に、均衡的互酬性とは直接的な交換であって、慣例上、受贈物と等価であると看做される返礼が定められた短期間の内になされる取引である。いわゆる贈与−交換一般がこれに該当する。最後に、否定的互酬性とは利益を目的とする功利的な取引であって、最も経済的なものとされる。これには値切り交渉から物々交換、投機、詐欺、窃盗までもが含まれる。ところで、ここでサーリンズが分類しているのは、その定義からも明らかなように、互酬性というより交換の諸形態である。交換はこのように様々な現象形態をとりながら、その基底において相互に与え合うという共通の原理によって条件づけられている。この交換という現象を規定する原理が互酬性なのである。

しかし、互酬性の原理はただ二つの当事者間——個人間であれ、集団間であれ——の直接的な相互関係を統制しているだけではない。というのも、それはより一般的に個人や集団間の全体的な関係をも規定するからである。このことは、マリノフスキー『西太平洋の遠洋航海者』（一九二二年）における「クラ交換」についてのよく知られた分析が明らかにしている。クラとはトロブリアンド諸島で行われている贈与-交換の形式であり、そこでは赤い貝の首飾り（ソウラヴァ）と白い貝の腕輪（ムワリ）という二つの贈り物が島々を結ぶ円環に沿って逆方向に回り続ける。このクラ交換は二重の機能を果たしている。クラは「第一に、クラ共同体あるいは隣接する共同体内での小さな内部的取引、第二に、海によって隔てられた二つの共同体の間で品物の交換がなされる大きな海洋遠征」[6]からなる。クラは一方で、共同体内部での直接的な互酬性によって規制されるが、他方で、共同体外部との交換をも義務づける。勿論、個別的に見るなら、後者の取引もまた当事者にとっては直接的な互酬的関係として現れる。しかし、贈り物が一定方向にしか回らないのだから、それは二者間の閉じた関係ではありえない。クラは全体として見るならば、複数の共同体を媒介して円環をなして返ってくるのである。

互酬性は——直接的な相互関係であれ、媒介された円環的関係であれ——、贈与されたものを一人あるいは複数の他者という廻り道を経て、最初の贈与者へと返ってくるように統制する。それは様々な交換の現象形態の基底で働き、富の「循環」（circulation）を可能にする規則である。この循環を通っていったん放棄された財産は再び主体の所有へと回帰していく。それゆえ、互酬性とは他者を媒介とした富の所有の原理にほかならない。このように、一方的に与える贈与は互酬性の原理によって絡め取られることで、自己の所有へと回帰する贈与－交換へと変質してしまうのである。

『贈与論』の問いは、贈与－交換において反対給付を義務づける「法的・利害関心的規則」は何であり、「物に潜むどんな力」が返礼させるのかであった。前者に対しては、互酬性の原理であると答えられる。では、後者に対する答えはどうか。これに対するモースの答えは「ハウ」である。ハウとはモースがマオリ族の言葉から抽出した概念で、物が分有する所有者の霊である。モースによれば、「受け取られ、交換される贈り物が人を義務づけるのは、受け取られた物が生命のないものではない」[7]からである。贈り物は贈与者の生命の一部であり、これを受領することは贈与者の一部を受け取ることに等しい。もし受贈者が贈り物を自分の手許に残しておくならば、その物を通じて贈り主からの呪術的な影響を被ることになり、ときには死の危険さえ招くことになる。贈り物（Gift）とはまさしく毒（Gift〔ドイツ語で「毒」の意〕）なのだ。このように、贈り物を受け取ることは相手に負い目を負うことであり、受贈者はこの負い目から逃れるために返礼せざるをえないのである。

こうしたモースの説明に対して、サーリンズはハウの原理が返礼の義務しか語っておらず、贈与－交換を構成する他の二つの契機、すなわち贈与の義務と受贈の義務を説明できないと批判する。これに対して、ゴドリエはマオリ族にとって物の中には二つの霊的原理が併存しているのであって、モースは両者を混同してしまったのだと指摘する。その二つの原理とは、物の中の所有者の霊と所有者とは独立した物に固有の霊である。贈り主が受贈者に呪術的影響を及ぼすのは前者を通じてであるが、物が所有者の下へと帰ろうとするのは後者の働きによるものだというのである。しかし、もし物の中に所有者とは異なる霊が潜在しているのならば、それが本来還帰するべきは、一時的な所有者にすぎない特定個人の下ではないのではないか。物に固有の霊はそれを本来所有する者、世界の所有者の下へと帰ろうとするのではないか。実を言えば、この疑問に対してはモース自身がその答えを与えている。

人々が契約を結ばなければならない存在、定義上、契約を結ぶために存在している存在、その第一の集団のひとつは、なによりもまず死者の霊と神々であった。実際、世界の諸物や財産の真の所有者は彼らなのである。彼らとこそ最も交換する必要があり、交換しないことはきわめて危険であった。また逆に、彼らと交換することは最も容易で最も確実でもあった。供犠の破壊はまさしく贈与することを目的とし、この贈与には必ずや返礼がある。[8]

世界のあらゆる事物の「真の所有者」は「死者の霊と神々」である。現世の人間が所有している物財は元々、この死者の霊と神々によって与えられた贈り物にほかならない。人間は物を所有するかぎり、彼らに負い目があり、もし彼らに返礼をしなければ、物の霊を通じて危険に晒されることになるだろう。それゆえ、人間はその共同体内部で物を交換するよりも前に、まずは彼らと交換して互酬的な契約を結ばなければならない。死者の霊や神々との交換が根源的な交換であり、ニーチェと同様にモースにとってもまた、供犠とは負債の返済を意味するのである。

ここから、サーリンズが疑問を呈していた贈与と受贈の義務が課される理由もまた説明される。なぜ人はそもそも他者へと贈与しなければならないのか。モースによれば、それは「自らを――自分と自分の財産を――他者に「負っている」から」である。人間の生は他者によって与えられ、他者との関係の中で営まれる。この意味で、自らの生はつねに他者――家族や社会、死者、そして神々――に対して借りがあり、負債を負っている。物財や人間、言葉、象徴といった循環の内で他者の生命が与えられ、贈与された生命はまた、この循環を通じて他者へと贈り返されなければならない。なぜ人は贈与しなければならないのか。それは最初の贈与がすでに返礼だからである。なぜ贈り物は受領されなければならないのか。それは人がつねにすでに受け取っている存在だからである。こうして、贈与‐交換の残りの二つの契機（贈与と受贈の義務）もまた、返礼の義務と同様に、他者に対する負い目によって説明されるのである。

今や、『贈与論』の主題的な問いに対する答えは明らかとなる。返礼を義務づける規則は互酬性であり、その原動力は他者に対する負い目＝負債の感情である。見返りなしに与えるはずの贈与は、互酬性の原理へと組み込まれることで、反対給付を受け取ることになる。また、所有の放棄であるはずの贈与は、負債の返済として解釈されることで、所有の形式の下で把握される。このように、非生産的な贈与は互酬性と負い目という観念の下で思考されることで、生産的な贈与‐交換へと横滑りしてしまう。贈与‐交換は一方で、富の循環によって主体による諸対象の所有を根拠づけ、他方で、個人や集団間の紐帯を確立することによって生産的な共同体を創設する。このように、贈与‐交換は生産的なエコノミーの一分肢であり、そのかぎりで〈可能なもの〉の圏域に属するのである。

『贈与論』の結論部において、合理的に自己の利益を計算して行動する「ホモ・エコノミクス」に対して「道徳と義務の人間」が対置される。モースは全体的給付体系における道徳的義務を分析することを通じて、経済原則が支配的である現代社会に対するアンチ・テーゼを提示しようと試みたのだった。しかし、この道徳規範が互酬性と負い目の観念に基づいているかぎり、その思考を枠づけているのは生産的エコノミーにほかならない。贈与について論じるモースの思考自体がこのエコノミーによって限定されているがゆえに、『贈与論』の問いは初めから贈与そのものを対象とすることができないのである。こうして、贈与–交換する「道徳と義務の人間」もまた、モースの意図に反して、エコノミーの主体、すなわちホモ・エコノミクスにすぎないのだ。

〈不可能なもの〉としての贈与

デリダがその贈与論たる『時間を与える』（一九九一年）においてモースを批判したのは、まさに贈与をエコノミーの問題圏へと回収してしまっているという点にある。デリダによれば、モースは贈与と交換の両立不可能性を十分に検討することがなく、そこで贈与は交換と同一視され、エコノミーの循環の内部へと取り込まれる。その結果、モースの『贈与論』は贈与以外のあらゆるものについて語るが、贈与そのものについては何も語っていないというのである。では、決して交換となることのない純粋な贈与、エコノミーの外部に留まる「非エコノミー的な」(anéconomique) 贈与とは一体どのようなものか。

仮に贈与なるものが何らかの意味であるとして、それが成立するための条件を考えてみよう。一般的に言って、贈与は「〈誰か〉が〈何か〉を〈他の誰か〉に与える」という定式の下でなされると考えられる。まず、贈与という行為をなすのは、何らかの財産を所有し、それを他者に与えようと意志する主体である（本人が知らずに与えることはない）。また、贈与において与えられるものは、贈与者が受贈者へと与えるに相応しいと判断した自らの所有物である（他人の所有物を与えることはできない）。そして、贈り物を与えられるのは、それを受領して自らの所有物とする他の主体である（自分で自分に与えることはない）。もし贈与者が与えようと企図しなければ、贈り物が与えるに値する性質を備えていなければ、受贈者がそれを贈与として受け取らなければ、贈与はそもそも成立しえないだろう。したがって、贈与が成立するための条件とは「〈ある主体〉が〈何らかの対象〉を〈他の主体〉に与える」という定式の下で、それが営まれることにある。

しかし、贈与のための条件はそれだけでない。贈与が交換でも贈与－交換でもなく、ただ一方的に与えるだけの純粋な贈与であるためには、それに対する返礼、反対給付、対抗贈与があってはならない。もしそこに何らかの返礼——物質的なものであれ、精神的なものであれ——が生じるならば、それは互酬性の原理に基づく交換にすぎない。既に見たように、贈与が返礼を強いるのは、それが受贈者に負い目＝負債を負わせるからだった。現に返済がなされなかったとしても、それは未済の負債を抱えているだけであって、交換であることに変わりはない。ポトラッチにおいて、返礼できなかった者が贈与者に服属させられるのは、返済できない債務を負っているからである。また、贈り物の受け取りを拒否しようとも同じことだ。というのも、それが互いに贈与として認識されるかぎり、受贈を拒否すれば、相手に引け目を感じることになるからである。したがって、贈与が無償の贈与であるためには、贈与者が見返りを求めてはならないし、受贈者が負い目を感じてもならない。すなわち、贈与者にとっても受贈者にとっても、贈与が贈与として認識されてはならないのである。贈与は贈与として認識されるとき、ただちに交換へと転化してしまう。認識すること（reconnaissance）は感謝すること（reconnaissance）なのである。こうした事情を踏まえて、デリダは純粋な贈与のための条件を次のように規定する。

> 究極的には、受贈者は贈与を贈与として認識してはならない。もしそれとして認識されれば、もし贈与がそのものとして現われるならば、もし贈り物が受贈者にとって贈り物として現前する〔présent *comme présent*〕ならば、この単純な認識は贈与を無化してしまうのである。〔……〕究極的には、贈与としての贈与は贈与として現れるべきではない。受贈者にとっても贈与者にとっても。[10]

贈与はその当事者の意識に対して贈与として現前してはならない。贈与者の意識にとってそれが贈与として現れるならば、贈与者は見返りを求めることになるだろう。なぜなら、贈与者は所有の主体であって、損失に対する補塡を望むからである。また、受贈者に対してそれが贈与として現前するならば、相手に負い目を感じずにはいられないだろう。なぜなら、受贈者は自らの所有の根拠をそこに認めるからである。こうして、贈与は贈与者にとっても受贈者にとっても現前してはならず、贈り物はそれとして現象することがないのである。贈与が贈与として現前するならば、それはもはや贈与ではないし、贈与が贈与として現前しないならば、当然ながらそこに贈与はない。このように、贈与とは決してそれ自身として現前しえないものである。すなわち、純粋な贈与とは「現前することのありえない贈与」[11]なのである。

だとすれば、最初に挙げた贈与が成立する条件たる「〈ある主体〉が〈何らかの対象〉を〈他の主体〉に与える」という定式はそのまま贈与を無化する条件でもある。というのも、この定式は主体と対象それぞれの同一性を前提とし、贈与を知と所有の形式へと還元するからである。まず、贈与者と受贈者は互いに〈誰か〉として区別され、自己同一性を有する主体である。贈与する主体は自らの企図に従って、自己の所有物を他者に与える。受贈する主体は与えられた対象を認識して、それを領有する。このように、贈与者と受贈者が知と所有の主体であるかぎり、企図や認識を通じて贈与は当事者の意識に対して現前せざるをえない。贈与者が見返りを求め、受贈者が負い目を感じるのは、それらがこうした主体だからである。次に、贈り物は〈何か〉として規定され、その同一性を保持する対象である。それは特定の性質（propriété）を備えた対象として規定されており、誰かの所有物（propriété）として他者によって承認されている。それゆえ、ある対象が与えられるとき、その贈り物は何らかの対象として意識に現象することになるのである。このように、贈与のための条件はそれが知と所有のエコノミーの内で作動し、同一性の原理に基づいているがゆえに、贈与を廃棄してしまうのである。

デリダによれば、エコノミーの主体にとって純粋な贈与とは「絶対的忘却」である。それはかつて記憶したものの忘却でもないし、精神分析における抑圧としての忘却でもない。というのも、贈与は決して現前しえないのだから、主体にとって――意識的にせよ無意識的にせよ――かつて一度も経験したことのないものだからである。絶対的忘却とは一度も記憶したことのない過去の忘却なのである。

贈与を成立させるための条件は同時にそれを無化する条件でもある。贈与が贈与であるとき、それは贈与ではない。それゆえ、贈与は不可能である。しかし、それは単に人間が利己的だから無償の贈与など理想にすぎないとか、人はそれと気づかずに他者から贈り物を受け取っているとかいった意味ではない。そうではなく、贈与とは端的に言って、それ自身であることができないものである。すなわち、贈与とは〈不可能なもの〉なのである。それでもなお、何らかの意味で純粋な贈与があるとすれば、それは生産的なエコノミーの外部、〈可能なもの〉の圏域の外に存することになるだろう。その定式はもはや知と所有の形式によっても同一性の原理によっても基礎づけられることがない。この純粋な贈与の定式とはつまり、「〈誰でもない者〉が〈何でもないもの〉を〈誰でもない他者〉に与える」というものだ。それはもはや、与えるということがない贈与、自分が所有していないものを与える贈与、誰も受け取るあてのない贈与である。

贈与から自己意識へ

贈与とは何かと問うことにはつねに困難がつきまとっている。モースは贈与を互酬性と負い目という観念を通じて把握したために、その思考は贈与－交換へと横滑りし、贈与そのものを問うことがなかった。これに対して、デリダは贈与と交換を峻別して、エコノミーの循環へと回収されることのない純粋な贈与は〈不可能なもの〉であると喝破した。人が知と所有の主体として限定エコノミーの下で思考するかぎり、純粋な贈与はつねにそこから脱落せざるをえない。贈与の問いが困難なのは、それが〈不可能なもの〉だからであり、困難《アポリア》そのものだからである。

さて、こうした議論を踏まえた上で、改めてバタイユの贈与論へと立ち戻ることにしよう。バタイユにとってもまた、消尽たる純粋な贈与は〈不可能なもの〉だと言える。例えば、『宗教の理論』においては、供犠と消尽、贈与が等置されており、生産との関係で次のように述べられている。

供犠は生産のアンチ・テーゼである。生産は未来の観点によってなされ、供犠は瞬間そのものに対してしか関心を持たない消尽である。この意味で、供犠は贈与〔don〕であり、放棄〔abandon〕であるが、贈与されたものは受贈者にとって保存の対象となりえない。捧げ物の贈与はそれをまさに急速な消尽の世界へと移行させるのである。〔TR, 310-311/63-64〕

前章で見たように、生産は未来が優位を占める歴史的時間の内で営まれる領有行為である。他方で、何も獲得することのない消尽は他の時間に従属しない至高の瞬間において生起する。それゆえ、消尽は生産の反対物である。この「生産のアンチ・テーゼ」であるという意味で、供犠は一方的な「贈与」であり、所有の「放棄」である。この引用部分については、これまで見てきた贈与をめぐる議論との関連で注目するべき点が二つある。

第一に、供犠は贈与－交換ではないという点である。ニーチェやモースの場合、供犠は死者や神々に対する負債の返済であり、それらに対する返礼を意味していた。これに対して、バタイユの場合、それはあくまでも贈与であって、交換や返礼の意味をもたない。供犠において、贈与者たる人間は死者や神々にいかなる借りも見返りもなしに、自らの所有物を放棄し、捧げ物として贈与する。そこで捧げ物は消尽されるのだから、受贈者たる死者や神々もまた、それを自らの所有物として保存することはない。このように、バタイユにとって供犠とは——少なくとも第一義的には——互酬性や負債といった所有の概念で語られるものではなく、消尽としての贈与を意味するのである。供犠についてはまた後に検討することにしよう。

第二に、贈与が「生産のアンチ・テーゼ」だということである。知と所有の主体が属する生産的なエコノミーとは〈可能なもの〉の総体であった。贈与がこの生産的なエコノミーの反対物であるとすれば、それは〈可能なもの〉の圏域の外部に位置することになる。それゆえ、バタイユにとってもやはり贈与とは〈不可能なもの〉である。ポトラッチやマーシャル・プランはその内に贈与の契機を含むとはいえ、主体によって企図され認識される行為であって、最終的には獲得へと回帰する贈与－交換にほかならない。それゆえ、それらは〈可能なもの〉の圏域に属する。だからこそ、『消尽』においてマーシャル・プランは純粋な贈与ではなく、あくまでも生産的なエコノミーの範囲内での現実的な解決策として提示されていたのである。しかし、バタイユはそこで、この解決策が「自己意識の出発点」にすぎないとも語っていた。では、自己意識とは一体どのようなものか。また、この自己意識と贈与はどのように関係するのか。そして、マーシャル・プランはどうして人類を自己意識へと覚醒させるのだろうか。

エコノミーと自己意識についての議論は『宗教の理論』と『消尽』のともに最終結論部に置かれている。このうち、『宗教の理論』における自己意識の説明については既に前章で見たので、ここでは簡単に確認するに留める。非‐知の夜において生産が極限に達するとき、歴史的時間が脱臼して瞬間という時間性が開かれ、認識と領有の操作は反‐操作へと反転する。そこでは、〈不可能なもの〉が開示され、意識は自分以外に対象をもたない至高の自己意識となるのだった。こうした瞬間における自己意識が「エコノミーの秩序の内に根本的な顚倒を導入する」〔TR, 345/135〕ことになる。この顚倒とはすなわち消尽である。今や、この極限において開示される〈不可能なもの〉が消尽たる贈与であることは明らかだろう。

次に同じことを『消尽』における自己意識の説明に基づいて辿り直してみよう。ここでもまた、生産的なエコノミーが成長の限界に達する極限が問題とされる。

> 重要なことは意識が何か〔*quelque chose*〕についての意識であることをやめる瞬間へと到達することだ。言い換えれば、成長（何かの獲得）が浪費に解消される瞬間の決定的な意味について意識することがまさに、自己意識すなわちもはや何も対象としてもたない〔*rien pour objet*〕意識なのである。〔PM, 178/298-299〕

生産する主体はつねに〈何か〉についての意識である。それは認識と領有の操作によって諸対象を〈何か〉として規定し、自らの所有物とする。この生産的営為に対応する時間性は未来が優位を占める歴史的時間である。しかし、この〈何か〉についての意識は成長の限界に達するとき、瞬間という時間性の内で反-操作へと反転する。そこでは、意識はもはやいかなる対象にも関連づけられないのだから、〈何か〉についての意識であることやめ、無＝〈何でもないもの〉(rien)を対象とする意識となる。この何も対象としてもたない意識こそが至高の自己意識である。とはいえ、この自己意識は他者を媒介として自己自身へと還帰する自己意識でも、自己の同一性に安らう充足した自己意識でもない。なぜなら、非-知の夜においては、主体と対象の区別は溶解するのだから、媒介するべき他者はおらず、そこで見出される自己とは自己分裂だからである。それゆえ、至高の自己意識とは〈誰でもない者〉であり、〈何でもないもの〉を対象とする意識なのである。こうして、至高の自己意識はまさに純粋な贈与の定式を満たすことが示される。というのも、その定式は「〈誰でもない者〉が〈何でもないもの〉を〈誰でもない他者〉に与える」ことだったからである。

自己意識と贈与の関係について、ここで立ち止まって考えることにする。デリダによれば、純粋な贈与は現前することがありえず、意識に対して現前するならば、それはただちにエコノミーの循環の内へと回収されるのだった。こうした贈与の現前化のためには、次の三つの条件が要求されるように思われる。すなわち、①主体による対象の所有、②主体による贈与の認識、③主体による贈与の企図がそれである。言い換えれば、①主体と対象が従属的関係を結び、②主体と対象が互いに区別され、③歴史的時間の内で行為されるとき、贈与は意識に対して現前するのである。これら三つの条件が共通して指し示しているのは、知と所有の主体という形式である。贈与は知と所有の主体によって営まれることで、生産的なエコノミーへと回収されてしまう。だとすれば、仮に贈与が何らかの仕方で生起するとすれば、エコノミーの主体が解体する場面であるよりほかない。それは、①主体がいかなる対象も所有せず、②主体と対象の区別が解体し、③歴史的時間が脱臼する体験、すなわち非－知の夜の体験である。

非－知の夜において、贈与が現前化する三つの条件（①所有、②認識、③企図）はどのように変容するのか。まず、③企図の契機について。非－知の夜の体験において、歴史は終焉し、現在・未来・過去という時間の従属的関係が脱臼するのだった。この脱臼した時間、すなわち瞬間・好運・純粋記憶が贈与の時間性である。瞬間という時間性にあっては、主体は企図を設定するべき未来をもたないのだから、贈与は決して企図しえない。贈与は一方で、主体の意識の外部から降り掛かってくる好運である。というのも、純粋な贈与は贈与者にとって、贈り先があらかじめ担保されていない賭けだからであり、受贈者にとって、いつどこで誰から贈られてくるか予想できない到来だからである。贈与は他方で、主体がかつて経験したことのない純粋記憶という時間性に対応する。というのも、贈与は贈与者にとっても受贈者にとっても、決して現前することのない過去だからであり、デリダの言うように、絶対的忘却だからである。このように、贈与は歴史的時間の外部で生起するのであり、主体の企図とはなりえないのだ。

次に、②認識の契機について。極限において操作は反‐操作へと反転し、既知のものは未知のものへと還元され、知は非‐知へと転換するのだった。そこでは、主体と対象それぞれの同一性が解体され、両者の区別は融解する。この極点にあって、主体の側では判明な対象についての意識をもたないのだから、贈与者にとっても受贈者にとっても、贈与は贈与として認識されることがない。また翻って対象の側でも、判然と区別された形態をもたないのだから、贈り物は規定された何らかの対象として現象することがない。このように、主体が非‐知へ、対象が未知のものへと変容する夜が、〈不可能なもの〉としての贈与が生起する場なのである。

最後に、①所有の契機について。非‐知の夜において、所有する主体と所有される対象との従属的な関係が解体され、その結果、所有関係も解除されるのだった。そのとき、諸対象は有用な物であることをやめ、主体は所有――あれこれの所有物ではなく、所有そのもの――を放棄することになる。この所有の放棄（abandon）が贈与（don）である。ところで、所有関係は単に所有される事物を所有者へと従属させるだけでなく、所有する人間をも一箇の従属的な物へと貶めるのだった。だとすれば、この所有関係が解除されるとき、その主体もまた隷属的であることをやめ、至高の存在となるだろう。この至高者がつまり自己意識である。

内的体験とは贈与の体験である。そこでは、①対象の所有、②贈与の認識、③贈与の企図が無効化され、③脱臼した時間性において、②主体と対象が非‐知と未知のものへと変容することで、①所有が放棄される。こうして、非‐知の夜の体験において、知と所有の主体は非‐知と贈与の主体たる至高の自己意識へと変容し、贈与が現前化する条件は廃棄されて、現前することとのない贈与が生起する。

バタイユによれば、人類はマーシャル・プランを出発点として至高の自己意識に覚醒するという。マーシャル・プランは純粋な贈与などでは無論ない。それはむしろ獲得と損失、資本主義と贈与が錯綜する「贈与のパラドクス」の場である。しかしながら、この贈与のパラドクスに直面することを通じて、人類は自らが単に自己保存や富の増殖への欲望をもつだけでなく、自己損失の欲望をもった存在であることに気づく。まさにこの自己の分裂したあり方を意識すること、絶対的引き裂きの内に自己を意識することこそが、至高の自己意識なのである。

2　エロティシズム

贈与としての性行為

バタイユは一般的に『眼球譚』や『マダム・エドワルダ』といったエロティックな小説の作者として知られている。たしかにエロティシズムについて語るには、哲学的な「言説」(discours)よりも詩歌や小説のような文学作品の方が相応《ふさわ》しいように思われる。それは単にテーマのいかがわしさや社会的タブーのためばかりでなく(『饗宴』の主題はまさにエロースなのだから)、哲学的言説のもつ概念的・論理的性格がエロティシズムの感情にはおよそ見合わないためでもある。

しかしながら、バタイユは『消尽』で「時間の中の性行為は空間の中の虎と同じ」であると述べ、エロティシズムもまたエコノミー論の対象たりうることを示唆していた。実際、一九五一年冬にバタイユが『呪われた部分』の第二巻として準備していたのは、エロティシズムを一般エコノミーの観点から論じる書物であった。それが『エロティシズムの歴史』である。そこでバタイユはエロティシズムとエコノミーの関係について次のように述べている。

一般エコノミーという枠組みの下でエロティシズムの決して孤立化しえない〔nullement isolable〕側面に接近するとき、一般的な活動の運動を活気づける贈与の原理が性的活動の基底に見出されたとしても、何ら驚くことはない。このことは性的活動の最も単純な形態についてさえ当てはまる。肉体的にいって、性行為は豊穣なエネルギーの贈与なのだ。〔HE, 34/51〕

一般エコノミーの主要な問題は余剰エネルギーをいかに消尽するかという点にあった。生命圏であれば、虎〔肉食動物〕という贅沢な生物種を産出することで、エネルギーは浪費される。それと同様に、人間の営みの中では、性行為が浪費の意味をもつ。というのも、それは自己の生命の保存にも成長にも何ら寄与せず、熱狂的にエネルギーを燃焼する行為だからである。このように、性行為は生産の役に立たない消尽だという意味で、「エネルギーの贈与」と呼ばれるのである。しかし、エロティシズム一般が贈与の原理に基づくとされるのは、それだけが理由ではない。後述するように、エロティシズムには贈与と交換の逆説が含まれている。婚姻の規則や近親婚のタブーといった問題もまた、一般エコノミーの観点から考察されるべきなのだ。そのとき、人はエロティシズムの「孤立化しえない側面」〔個別化・客観化できない全体的・主観的な側面〕をも考慮に入れることになるだろう。

『エロティシズムの歴史』の草稿は結局、未完のまま残され、その改稿版たる『エロティシズム』が一九五七年に出版されることになった。両者はともにエロティシズムを主題とし、基本的には同じことを論じてはいるが、前者では比較的、一般エコノミーの観点から客観的に分析されるのに対して、後者では内的体験の意識の側から主観的に記述されるという方法論的な違いがある[12]。そのため、以下では両者を補完的に扱いながら、エロティシズムとエコノミーの問題について検討していくことにする。

エロティシズムの第一段階——禁止

まず、エロティシズムの定義から確認しておく。バタイユはエロティシズムについて「死に至るまでの生の称揚」〔ER, 17/16〕とか、「不可知で認識不可能な連続性への開け」〔ER, 29/40〕といったように様々に説明するが、ここではさしあたり『エロティシズムの歴史』と『エロティシズム』の共通項をとることにする。バタイユによれば、「本質的に、エロティシズムとは動物の性的活動と対立した人間の性的活動である」〔HE, 23/30〕。エロティシズムは二重の意味で単なる動物の性的活動から区別される。それは第一に、人間の性的活動が必ずしも繁殖を目的としておらず、むしろ生殖という自然的欲求と無関係であるかぎりにおいてエロティックと看做されるということである。第二に、人間は他の動物と違って自己の意識をもつ存在であって、エロティシズムはこの意識が危険に晒される体験であるということである。バタイユはこうした動物性の否定とさらにこの否定自体を乗り越えていく運動を「禁止と侵犯」の理論によって説明する。

禁止と侵犯の理論を理解するためには、まずは第一の段階である動物性の否定、すなわち動物から人間への移行が問題となる。バタイユによれば、人間を動物から区別するのは労働であり、それとともに形成される有用性であり、それらを統御する理性である。

労働は明らかに人間と同じほど古い。〔……〕人間の労働が想定しているのは、加工された対象と労働そのものとの根本的な同一性、および、労働の材料と練り上げられた道具との差異——それは労働から帰結するのだが——が認められていることである。同様に、人間の労働は道具の有用性についての意識、労働が属する原因と結果の連鎖についての意識を含んでいる。道具は制御された操作から生じ、またそれに仕えるのだが、この操作を支配している法則は初めから理性の法則である。〔ER, 47-48/71〕

人間は労働を通じて「同一性」と「差異」を確立していく。労働とは道具の操作である。人間は道具を操作することで、所与の自然を否定して作り変え、自分のものとして領有する。この所有された対象は、今度はまたそれ自身が道具として用いられ、人間の生産活動のために奉仕することになる。このように、人は諸事物を次々と道具の連関へと組み込んでいくことで、〈自己〉

と世界との同質性を樹立する。しかしその裏面で、労働は世界に差異をも導入する。それはまず、未だ領有されていない自然と既に所有され加工された道具という区別をもたらす。また、諸対象は主体によって領有され、道具連関の内に位置づけられることで、その性質に基づいて互いに区別される。そして、諸対象が判然と区別されるにしたがって、それらを認識する主体の意識もまた明晰判明なものとなる。こうして、労働を通じて世界は明確に区別されたものとなり、世界から区別された〈自己〉が確立されるのである。

人間の労働には必ず「有用性」の意識が含まれている。というのも、道具は企図された目的のための手段として適切に配置され、使用されなければならないからである。このことを逆から言えば、道具の連関を辿っていくことで、人は企図を遂行できるのである。こうした「原因と結果の連鎖」、すなわち目的と手段の連関が有用性の世界を形作っている。この原因から結果を導出し、結果から原因を推論する能力、目的から手段を逆算し、効率的な計画を立てる能力が理性にほかならない。だとすれば、目的‐手段連関の内で道具を操作する労働はつねに「理性の法則」によって統御されていることになる。このように、労働・有用性・理性という契機によって、人間は動物から分離したのであり、〈自己〉の同一性を確保しえたのである。

労働が人間にとって外的自然に対する否定作用であるとすれば、それと相即して人間の内なる動物性へと向けられた否定が「禁止」（interdit）である。

要するに、人間は労働によって動物から区別されたのだ。それと並行して、人間は禁止という名で知られる制限を自らに課した。この禁止は、本質的に――そして間違いなく――死者に対する態度を対象としていた。おそらく禁止は同時に――あるいは同じ頃に――性的活動に関わっていただろう。〔ER, 34/48〕

禁止が排除しようとする根本的な対象は「暴力」（violence）である。とはいえ、それは通常考えられるような、単なる物理的な破壊や他者への危害を指すのではない。バタイユにとって暴力とは激しい欲望の力であって、自然の過剰さとも言い換えられるようなエネルギーの奔流である。こうした暴力は理性によっては統御することが困難であるがゆえに明晰な意識を攪乱し、エネルギーを無意味に蕩尽するがゆえに生産活動を阻害する。したがって、知と生産の領域が秩序をもって存続していくためには、暴力が禁止によって制限され、抑圧・排除されなければならないのである。

『エロティシズム』において、バタイユがこうした禁止の中でも特に根源的なものとして挙げるのが、生と死に関わる禁止である。生に関する禁止とは、生殖すなわち動物的な性的活動に対する禁止であって、例えば、近親相姦《インセスト》のタブーや経血に対する忌避が挙げられる。これに対して、死に関する禁止とは、死や屍体に対する嫌悪や恐怖であって、具体的には殺人の禁止や死者の埋葬がこれに当たる。

このように、『エロティシズム』では性的活動と死に関する禁止が中心となるのに対して、その原型たる『エロティシズムの歴史』では両者に加えて排泄物に対する禁止が挙げられている。

この汚物に関する禁止の議論はおそらく、一部は生殖器官と排泄器官との近接性のゆえに性的活動の禁止へと吸収され、また一部は腐敗物との類似性のゆえに死の禁止へと吸収されてしまったのだろう。異質学（汚物を異質なものとする）から〈聖なるもの〉（神聖と汚穢の両義性）の議論へと至るバタイユの思想にとって、汚物の禁止は重要な意義をもっているように思われる。とはいえ、ここではさしあたり『エロティシズム』の議論に倣って、生と死の禁止に限定して話を進めることにする。

死が生命を無化する暴力であり、禁止によって制限されるべきだというのは理解しやすい。しかし、性的活動が暴力として禁止されるのはなぜだろうか。生をただの生存、生の再生産と捉えるならば、たしかに生と死とは根本的に対立する領域であるように思われる。しかし、バタイユによれば、性的活動には単なる生殖以上のもの、すなわち「過剰」（excès）が含まれている。というのも、そこでは、ときに生の維持を脅かすほどに生命力が投入され、再生産に必要な分を超えてエネルギーが浪費されるからである。この意味で、性的活動と死は「あらゆる存在の特性である存続への欲求に逆らって、自然が行使する無制限の濫費」〔ER, 64/99〕であるという点で一致する。それゆえ、両者はともに禁止の対象として労働の世界から排除されるのである。

人間の世界には様々な法や規則、規範が張り巡らされており、それによって日常の秩序が保たれている。バタイユによれば、そうした個別的・具体的な道徳規範や法・規則は「特殊的な禁止」（interdit particulier）であって、その根底にある「普遍的な禁止」（interdit universel）の外的な現れである。後述するように、レヴィ゠ストロースが人類にとって最も普遍的な禁止だとする近親婚のタブーでさえ、バタイユにとっては所詮、特殊的な禁止にすぎない。特殊的禁止は各々の社会で異なった様相を示し、様々な対象との接触を禁じる。しかし、その根底にあって人間を動物から分離する普遍的禁止はつねに一つのことを禁じている。それはすなわち、暴力であり、エネルギーの浪費である。

エロティシズムの第二段階——侵犯

人間は労働と禁止によって外的・内的な自然を否定することで動物性から分離し、有用な労働の世界へと参入することになった。とはいえ、人はつねに合理的・生産的に行動し、規範を遵守しているわけではない。しばしば不合理で非生産的な振舞いをし、法や規範に背いて悪をなす。すなわち、人間とは禁止に逆らうことができる存在である。この禁止を否定して乗り越えていく運動が、禁止と侵犯の理論における第二の段階「侵犯」(transgression)である。バタイユは原始社会における際立った侵犯の例として、狂宴《オルジー》、戦争、供犠を挙げる。

狂宴、戦争、供犠の起源は同一である。それは、殺人の暴力や性の暴力の自由と対立していた禁止の存在に起因する。これらの禁止は不可避的に、侵犯の爆発的な運動を規定したのである。〔ER, 116/193〕

狂宴は通常、性的放縦によって農作物を賦活し、豊穣をもたらすための農耕儀礼であったと考えられる。同様に、戦争は暴力によって問題を解決するための政治的手段であり、供犠は生贄を殺すことで聖なる生命力を獲得するための呪術的儀礼だと看做される。要するに、狂宴、戦争、供犠はいずれもその起源において、有用性に基づく慣習であったと推測されるのだ。しかし、バタイユによれば、事情はまったく逆である。狂宴、戦争、供犠は本来、性的放縦、暴力、殺人そのものを目的としていた。それらは性や死の禁止に対する侵犯であって、有用性の原理に反するようなエネルギーの壮麗な蕩尽だったというのである。

なぜ禁止は侵犯されるのか。禁止と侵犯の関係とはどのようなものか。これらの問題については後に立ち返ることにして、ここではさしあたり侵犯の体験に留まり、そこで人間の意識はどのような状態にあるのかを見ておくことにする。

> しかし、我々は侵犯の瞬間に不安を感じる。もし不安がなければ、禁止は存在しないだろう。この不安は罪の体験である。体験は完遂された侵犯へ、成就した侵犯へと導く。こうした侵犯は、それでも禁止を維持しているのであって、禁止を享受するためにそれを維持するのである。エロティシズムの内的体験が要求するのは、禁止の違反へと駆り立てる欲望に対してと同様、禁止を基礎づけている不安に対しても多大な感受性を持っている者である。
> 〔ER, 42/62〕

人は禁じられたことを犯す際に、不安を抱く。この禁止の侵犯における不安こそが、エロティシズムの本質をなす情態性である。こうした根本的な気分が人間のエロティシズムを動物の性的活動から分かつものである。動物は不安を感じることがない。なぜなら、動物はそもそも禁止の意識をもっておらず、それゆえ、禁止を侵犯することができないからである。それと同様に、禁止されていることを知らずに踏み越える者は不安を覚えないだろうし、反対に、決して侵犯することがない者は禁止を自覚することすらないだろう。禁止がなければ侵犯しようがなく、侵犯する可能性がなければ禁止を意識することもない。したがって、侵犯とは単なる動物性への回帰や禁止の無効化を意味するのではない。それはむしろ禁止の意識を要件とするのであって、禁止を維持しつつ不安の中で成就されるのである。

ただしこの不安は道徳や法・規則に背くことや、それによって罰や制裁を受けることに対する恐怖ではない。恐怖が現前する対象についての恐れであるとすれば、不安とは現前していない対象についての感情である。あれこれの規範や制裁は意識にとって現前する特殊的禁止にすぎないのであって、それらを前にした恐れから不安が生じるのではない。逆である。「もし不安がなければ、禁止は存在しないだろう」。すなわち、禁止の方が不安から生じるのであって、不安が禁止を基礎づけているのである。では、この不安を惹起する不在の対象とは何か。それは〈自己〉自身であり、〈自己〉の不在である。

既に見たように、労働と禁止という二重の否定は、暴力を排除することで知と所有の主体を確立したのであった。ところが、侵犯の瞬間に体験されるものは、まさにこの暴力であり、生命エネルギーの無際限な燃焼である。エロティックな体験において、時間は脱臼し、恋人たちは明日の仕事も二人を取り巻く世界も何者かである我も忘れて、すべての力を使い果たす。恋人の肌を愛撫する手の感触は手によって愛撫される肌の感触と区別できない。抱擁の中でお互いの唾液と汗と体液が交換され、性交が恋人たちの性器と口唇と肛門との境界を曖昧にしていく。〈自己〉の意識は自分の外へと出ていき、恋人の意識と交じり合い、ひとつに溶け合う。性的活動の恍惚状態《エクスターズ》にあって、意識の同一性は解体され、愛する主体と愛される対象との区別は溶解してしまう。そこでは、主観と客観との区別、諸対象間の区別が不分明になるのだから、認識作用は非－知の夜へと沈んでいく。また、所有を帰すべき主体の同一性が無効になり、エネルギーが無益に消費されるのだから、その活動は非生産的なものとなる。このように、エロティシズムの「内的体験」とは知と所有の主体たる〈自己〉が失われること、すなわち「脱自」(extase) である。したがって、侵犯の瞬間に生じる不安とは〈自己〉自身を喪失することに対する不安なのである。

こうして、エロティシズムの体験において、人は二つの相反する心理状態に置かれることになる。一方には、暴力を忌避して禁止を基礎づける不安があり、他方には、禁止の侵犯へと駆り立てる欲望がある。この欲望は侵犯が主体と対象の喪失を意味するかぎり、プラトンが『饗宴』で示したような、自らに欠如した対象を所有しようとするエロースではなく、損失することへの欲望なのだ。このような二重の心理をバタイユは次のように説明する。

人々は同時に二つの運動に従っている。一方は、拒絶する恐れの運動であり、他方は、魅惑された尊敬を命じる魅力の運動である。禁止と侵犯はこれら二つの矛盾する運動に対応している。禁止は拒絶するのに対して、魅惑は侵犯を導入する。〔ER, 71/109〕

人がエロティックな対象に対して忌避と魅惑というアンビヴァレントな感情を抱くのは、禁止と侵犯の運動によって衝き動かされているからである。この両価的な情念は通俗的には「やってはいけないことをやりたくなる」とか「禁じられているからこそ犯したくなる」と表現できるかもしれない。しかし、こうした両価性はバタイユの場合――通常考えられていることに反して――、抑圧から生じる空想や権力に対する反抗に由来するのではない。言い換えれば、何らか自らの外部から課された強制に対する抵抗や逸脱ではない。そうではなく、〈自己〉の損失という暴力をめぐって、それを拒絶するために自らに課した禁止と、それに魅了され禁止を乗り越えようとする侵犯という二重の運動に起因するのである。

近親相姦のタブー

「タブーは破るために作られる」。モースが講義で語ったとされるこの言葉をバタイユなりに鋳直したものが禁止と侵犯の理論である。バタイユの友人で人類学者のアルフレッド・メトローはそのように推定しており[13]、また、バタイユ自身もそう証言している。事実、バタイユはモースの言葉をなぞるように、禁止と侵犯の関係を「禁止は違反するためにある」〔ER, 67/103〕と規定しているのである。

しかし、この「ために」(pour) という言葉は何を意味しているのだろうか。もしそれが目的を指示しているのだとすれば、侵犯と禁止の関係は目的‐手段連関として把握されることになるだろう。ところが、侵犯とはまさしく労働と禁止によって形成される有用性の秩序を超出する運動であった。侵犯を禁止の目的とすることは、それを有用性の連関へと回収することにほかならない。ここには、既に見たように、浪費と貪欲が相補的関係に置かれる「一致の法則」と同型の問題が見出される。というのも、そこでは浪費が有用性の原理に反するにもかかわらず、「浪費は貪欲のために、貪欲は浪費のために」という相互的な目的‐手段連関として捉えられる可能性が残されていたからである。もしこうした目的‐手段連関ではないとすれば、禁止と侵犯とはどのような関係にあるのだろうか。そしてまた、禁止が外部から強制されるのではなく、人間が自らに課して自ら違反するものだとすれば、なぜわざわざ禁止という遠回りをするのだろうか。こうした問題について、性に関する禁止「近親相姦のタブー」を例にとって考えてみよう。

この禁忌について、バタイユは『エロティシズムの歴史』においてレヴィ＝ストロースの『親族の基本構造』を取り上げ、その不足を補うという形で検討を加えている。レヴィ＝ストロースによれば、近親婚の禁止とは、人類にとって「最も普遍的な形式の下における禁止、おそらく他のあらゆる禁止が〔……〕等しく特殊事例として帰着する禁止」[14]であって、自然から文化への移行、言い換えれば動物から人間への移行を特徴づける規則である。レヴィ＝ストロースは近親婚の禁止を説明する三つの立場をきっぱりと退ける。それはすなわち、近親婚が遺伝的悪弊をもたらすからだとする生物学的説明、近親婚への恐れは人間の本性に由来するという生理的・心理的説明、そして近親婚の禁忌は他の社会規則からの偶然的所産だという歴史的説明である。では、これらの説明が間違いだとすると、近親婚が禁止される理由とは一体何なのか。

レヴィ＝ストロースは近親婚の禁止を「互酬性」の原理によって説明する。未開社会において、女性は経済的価値をもった稀少財であった。というのも、そうした社会で女性は種の再生産（生殖）のために必要なだけでなく、性的分業のゆえに日々の再生産（食糧の安定供給）のためにも必要だからである。結婚は「エロティックではなく経済的な重要性」[15]を有している。それゆえ、婚姻関係の体系は稀少財を配分・交換するための規則を意味しているのである。そして、それを統制する原理が互酬性である。

互酬性とは互いに与え合うこと、相手から受け取ることを条件として自分も与えることである。それは既に見たように、様々な交換の基底にあって、その様式を規制する原理である。レヴィ＝ストロースによれば、集団間で女性を交換する形式は「限定交換」（échange restreint）と「一般交換」（échange généralisé）の二種類に分類される。限定交換とは、二または二の倍数のパートナー間でのみ互酬性のメカニズムを機能させる体系であり、例えば、A集団の男がB集団の女を妻とし、B集団の男がA集団の女を妻とする関係である。ここでは、交換しあう集団の間で直接的な相互関係が成立している。これに対して、一般交換とは、任意の数のパートナー間で互酬性の関係を確立できる体系であって、例えば、A集団の男がB集団の女と結婚し、Bの男がCの女と、Cの男がDの女と、そしてDの男がAの女と結婚するといった規則である。この場合、女を与えた集団からは妻を娶ることができないので、一見すると互酬性が成立していないように思われる。しかし、全体として見れば、複数の集団を媒介として結果的に女を受け取っているのだから、互酬的関係が円環性として機能していると言える。このように、女性を交換する交換の規則は——直接的な相互関係であれ、媒介された円環性であれ——互酬性の原理に従っているのである。

こうして、レヴィ゠ストロースはあらゆる婚姻制度の様式とは交換であると結論する。実を言えば、近親婚の禁止はこの交換の規則の裏返された表現にすぎない。

近親婚の禁止は、母、姉妹あるいは娘を娶ることを禁じる規則というよりむしろ、母、姉妹あるいは娘を他人に与えることを強いる規則である。それはすぐれて贈与の規則なのだ。[16]

もし家族内の女を妻とすれば、女を他の集団へと贈ることも他の集団から受け取ることもできなくなってしまうだろう。自分が家族内の女を断念するからこそ、互酬性の原理に従って相手も同様に断念し、妻を得ることができる。このように、近親婚の禁止の正体は「贈与の規則」、より正確に言えば、互酬性に基づく贈与‐交換の規則なのである。では、なぜ女性は与えられなければならず、自分自身で娶ってはいけないのか。レヴィ゠ストロースによれば、それは交換が人間を互いに結びつける手段を提供するからである。レヴィ゠ストロースの構造人類学がその言語学から大きな影響を受けたとされるローマン・ヤコブソンは、言語行為が情報内容の伝達という機能だけでなく、伝達すること自体を目的とする「交話的機能」(phatic function) をもつとする。[17]

それと同様に、婚姻の規則もまた、単に女性という稀少財を配分するだけでなく、集団間のコミュニケーションを促す機能をも果たすというわけだ。こうした交流を通じて、集団の間に紐帯が結ばれ、生産のためのより大きな共同体が構築されるのである。

後退と跳躍の輪舞

バタイユは近親相姦のタブーの研究に関するレヴィ＝ストロースの寄与を十分に認めた上で、それでもなお欠けている側面があると指摘する。その分析から欠落している側面とはつまり、エロティシズムである。バタイユが反駁する論点は主に三つある。

第一は、婚姻の規則は経済的な重要性だけでなく、エロティックな意義をもつという点である。交換される女性は単に出産や労働力といった再生産に役立つがゆえに貴重な富であるわけではない。それは何よりもまず、激しい快楽の対象である。性的関係は「祝祭の性質を備えている」〔HE, 35/55〕。その沸騰状態にあっては、労働へと供給されるはずのエネルギーが何の計算も見返りもなしに無益に浪費されてしまう。それゆえ、女性は生産のために消費される生産手段であるより前に、有用な労働を浪費し破壊する奢侈品なのである。

ここから第二の論点が導出されてくる。それは互酬的交換によって配分されるものは何か、またそれを通じて確立される関係はどのようなものかという問題である。レヴィ＝ストロースの場合、経済的価値をもった財貨としての女性を交換し、それを通じて集団間の紐帯が構築されるのだった。こうした交換はいわば、テーブルに配された安いワインを隣の客とグラスに注ぎ合うことで相互関係が結ばれていくようなものだ。これに対して、バタイユの場合、グラスに注がれるのはシャンパンである。贈られるものは実用的ではない贅沢品であって、それを振る舞うことは一種の祝祭を催すことに等しい。こうした振舞いは「鷹揚」(générosité) を誇示しており、振る舞われた者は、今度は自分が新たな贈与者となって鷹揚を示さなければならない。そこで伝達されているのは奢侈品というより鷹揚な態度そのものである。したがって、互酬性の原理が創設するものとは、集団間の紐帯とそこから生じる生産的共同体ではなく、次から次へと鷹揚が伝播していく「一般的な鷹揚の回路」〔HE, 35/54〕なのである。

では、なぜ人は鷹揚を示し、他者に女を与えるのか。これが第三の論点である。レヴィ＝ストロースにとって、近親婚の禁止は贈与－交換のネガにすぎず、互酬性の原理に従って他者から女を獲得するために自分もまた女を断念するのだった。一方、バタイユにとって身近な女の断念とはより大きな快楽の追求を意味している。というのも、家族内の女を直接的に享受するよりも、それを鷹揚な振舞いによって他者へと贈与し、鷹揚の回路を循環してきた女を享受する方が、快楽はより大きく激しくなるからだ。

諸感覚の騒然とした運動が遂行される程度に応じて、この運動はある後退、ある断念を要求する。もしこの後退がなければ、誰もそれほど遠くまで跳躍できないだろう。しかし、後退はそれ自身、規則を要請する。この規則は輪舞を組織し、その無際限の展開を保証する。
〔HE, 35-36/55〕

遠くまで跳躍するためには後ずさりしなければならない。堰き止められた川の奔流は、一度その力が解放されると勢いを増して溢れ出す。それと同様に、性的快楽もまた、その欲望がただちに満たされるより、一旦押し留められてから満たされる方が強烈なものとなる。欲望が直接的に充足されずに遠回りするのは、その暴力性を宥《なだ》め、馴致するためではない。逆である。快楽はむしろ迂回路を経ることによって、その大きさと激しさを増すことになる。婚姻関係の規則は欲望充足の禁止とそれを乗り越えていく侵犯の運動、すなわち後退と跳躍の動きを組織し、この舞踏が次から次へと連鎖していくような「輪舞」を展開するのである。

ここから、レヴィ＝ストロースが普遍的禁止とした近親相姦のタブーを、なぜバタイユがわざわざ特殊的禁止だと修正したのか、その理由も明らかとなる。もし近親婚の禁止が普遍的禁止であるとすれば、その侵犯はたかだか近親相姦にしかならない。しかし、禁止と侵犯との普遍的な関係は——単に性的快楽のみに留まらず——、浪費への欲望の後退と跳躍を通じて快楽を増幅させる一連の運動である。近親婚の禁止はこの運動を女の直接的な享受の断念と他の女の媒介された享受という形式に置き換え、恒常的な社会制度として実現する。この意味で、近親相姦のタブーはあくまでも普遍的禁止の特殊な現象形態にすぎないのだ。

「禁止は違反するためにある」。この命題は侵犯と禁止とが目的と手段の関係にあることを意味しているのではない。それは禁止と侵犯が後退と跳躍という一つの運動を構成する二つの契機であって、両者が等根源的で相互補完的な関係にあることを示している。侵犯がなければ禁止はないし、禁止がなければ侵犯もない。それゆえ、『エロティシズム』において、両者の関係は次のようなヘーゲル的な命題として要約される。

侵犯は禁止の否定ではなく、禁止を乗り越え、それを補完する。〔ER, 66/101〕

歴史の余白に

禁止と侵犯が相補的な関係にあり、両者が等根源的な運動であるとして、ではこの相補性は何を意味しているのか。また、両者をともに駆動するものは結局何なのか。これがエロティシズム論に残された問いである。バタイユは『エロティシズムの歴史』のエピローグにおいて、エロティシズムの最終的な境地について次のように述べている。

我々は歴史の余白にエロティシズムがあることを知った。しかし、もし歴史がついに完了したならば、その完了に触れもしたならば、エロティシズムはもはや歴史の余白に〔*en marge de l'histoire*〕はないだろう。〔……〕もし諸権利と生活水準の格差が縮小したならば、私の考えによれば、歴史は終わることになるだろう。このようなことが、エロティックな活動がその表現形態であるような非歴史的な実存様態の条件であるだろう。必然的に仮説的であるこうした観点から、エロティックな真理の意識は歴史の終焉を先取りするのである。〔HE, 163/264-

265〕

エロティシズムが労働と有用性の世界を乗り越えていく運動であるかぎり、それは生産の時間性たる歴史の「余白」にしか存せず、「非歴史的」であるよりほかない。しかし、もし生産が極限に達して歴史が完了するならば、それはもはや歴史の余白にあるのではない。なぜなら、極限において歴史はある意味でエロティシズムと一致するからである。バタイユによれば、歴史は「諸権利と生活水準の格差」が縮小することで完了する。このことはまず、等質で普遍的な国家の成立というコジェーヴの「歴史の終焉」を指しているだろう。しかしまた、『消尽』で自己意識を覚醒するとされたマーシャル・プランを指すとも解釈されよう。いずれにせよ、この歴史の終焉を先取りするものが「エロティックな真理の意識」であるという。では、いかなる意味で、エロティシズムが歴史の終焉の先駆とされるのだろうか。改めて禁止と侵犯の理論的な場面へと立ち返って考えてみよう。

　禁止とは動物性（所与の自然）の否定であった。侵犯はこの否定によって確立されたものをさらに否定して乗り越えていく。ただちに明らかなように、禁止と侵犯を駆動しているのは二つの否定作用である。それは第一に、自然を否定して加工する労働として、また同時にエネルギーの浪費という暴力を否定する禁止として、有用性の世界と明晰判明な意識を形成する否定性である。しかし第二に、「エネルギーの浪費はそれ自身必然的に否定」〔HE, 153/248〕であり、それは世界と〈自己〉を破壊する侵犯として、生産的な領域を解体していく否定性でもある。とはいえ、両者はともに否定性であるという意味で等根源的である。

こうした二重の否定性については、前章でコジェーヴとの対比において検討していた。ここで簡単に振り返っておく。コジェーヴにとって否定性とは「言説」(Discours)すなわち悟性の力であって、それによって人間が労働する生産的な否定性を意味していた。これに対して、バタイユは否定性を労働と死、「活動への投入」と「疑問への投入」という二重の働きとして理解していた。前者は所与の自然を破壊して領有する生産的な否定性であるのに対して、後者は主体の行為や所有を問いに付して破壊する非生産的な否定性、つまり使い途のない否定性である。『有罪者』の補遺において、バタイユはコジェーヴに対して、歴史の終焉の後にも使い途のない否定性が残存するのではないかと疑義を呈していたのである。

なぜこのように両者の間で否定性の理解が分かれるのか。それはコジェーヴが否定性を主体の能力へと還元したのに対して、バタイユはあくまでもヘーゲルに付き従って否定性を「絶対的引き裂き」すなわち「自己分裂」(Sichentzweien)の原理として捉えていたからである。それは単に諸対象を区別し分離するだけではない。否定性は自らが分裂する差異化の運動であって、それ自身もまた区別されていく区別そのものである。それゆえ、否定性は必然的に「分裂=二重化」(Entzweien)されざるをえない。生産的な否定性が自然を領有していく度毎に、その背後で生産的ではない否定性が発生している。それは何も産み出さず、ただ解体するだけの浪費であるから、生産的なエコノミーからは排除され隠蔽されている。しかし、歴史の終焉において、否定性がもはや何もなすことがなくなるとき、それまで世界の昏い底で蠢いていた使い途のない否定性が露わになるのである。

こうして、エロティシズムにおける禁止と侵犯との相補性の意味が明らかになるだろう。禁止と労働は生産的な否定性によってなされる。それと同時に、否定性は自己分裂し、非生産的な否定性が生起する。この二重の運動が極限に達して歴史が完了するとき、非生産的な否定性が暴露され、禁止は全面的に侵犯されるのである。勿論、私達が日々経験するエロティシズムはいわゆる「大文字の」歴史の終焉ではないだろう。しかしながら、人がそこで禁止と侵犯という否定性の二重の運動を体験するかぎり、それは歴史の終焉の先駆となりうる。このように、禁止は侵犯という目的のための手段ではないし、侵犯も禁止をより強固にするための一時的な逸脱などではない。禁止と侵犯はともに自己分裂という否定性の運動に淵源するのであり、禁止が課されたならば不可避的に侵犯せざるをえないということなのだ。

哲学的言説がエロティシズムについて語りえないのは、単にそれが哲学的主題として探究に値しないとか、道徳規範が性についてあからさまに語ることを禁じているといった理由によるのではない。そうではなく、エロティシズムには本性上、「言説」(discours) に反するものが含まれているからである。バタイユは『エロティシズム』の結論部において、言葉とエロティシズムの関係について「哲学は沈黙が決してその後に続くことがないように言葉を用いる。だから、最高の瞬間は必然的に哲学的な問いを超出する」〔ER, 268/467〕と述べている。哲学が概念と言説によって思考するかぎり、それは生産的な否定性 (悟性、禁止) による営みである。しかし、生産的否定性の後には必ず非生産的な否定性 (使い途のない否定性、侵犯) が随伴する。それは言説によって産出された意味を解体する「沈黙」である。言説の後には不可避的に沈黙が続き、沈黙が続くことによって初めて言説は成立する。それにもかかわらず、哲学はあたかも沈黙が後に続かないかのように言葉を用いる。それゆえ、エロティシズムの体験は哲学を追い越していってしまうのである。

3 〈聖なるもの〉

エロティシズムと〈聖なるもの〉

『エロティシズム』において、バタイユはエロティシズムを三つの形態に分類する。それはすなわち、肉体のエロティシズム、心のエロティシズム、そして「聖なるエロティシズム」(érotisme sacré)である。肉体と心のエロティシズムは容易に想像される通り、前者が肉体的な性行為であり、後者は恋人たちの情念に関するものである。これらに比べると、聖なるエロティシズムとはいかにも馴染みのない言葉である。しかし、バタイユによれば、そもそも「エロティシズムはすべて聖」〔ER, 21/25〕であって、聖なるエロティシズムという言葉は同語反復にすぎない。とはいえ、それは性的活動が子をなすための神聖な営みだとか、性行為を通じて宗教的奥義が伝授されるといった意味ではない。そうではなく、エロティシズムは不連続な存在を連続性へと開くという意味で、〈聖なるもの〉と関わるのである。

バタイユによれば、エロティックな行為と宗教的な供犠はある意味で同じものである。エロティックな行為において、恋人たちは孤立した〈自己〉の隔壁が融解して、お互いの身体と心が溶け合うのを感じ、絶頂に至っては「小さな死」を体験する。それと同様に、宗教的供犠において、生贄は殺されることによって個体的な生という不連続なあり方をやめ、存在の連続性へと還っていく。そのとき、供犠に居合わせた者はこの生贄の死を分有し、その死が意味する連続性の意識を分かち合う。そこで「〈聖なるもの〉はまさに厳粛な儀礼において、不連続な存在の死へと注意を向ける人々に開示される存在の連続性〔continuité〕である」〔ER, 27/36〕。このように、分離された不連続な存在を連続性へと開くという点で、エロティックな行為と供犠は共通している。そして、そこで開示される連続性こそが〈聖なるもの〉と呼ばれるのである。前節の初めに挙げたエロティシズムの定義「死に至るまでの生の称揚」や「不可知で認識不可能な連続性への開け」といった言葉も、このような意味で理解されるべきなのだ。

ところで、〈聖なるもの〉という概念をめぐって、第二章以来持ち越されてきた未解決の問題が残っている。それはすなわち、異質性と同質性の関係に関する問題である。異質学において、同質性の原理が区別であるのに対して、異質性の原理が両義性であるとされた。もし同質なものと異質なものが単に区別されるならば、区別は同質性の原理なのだから、両者はともに同質な領域に送り返されてしまうだろう。このことは同質性と異質性を〈俗なるもの〉と〈聖なるもの〉とに置き換えたところで変わらない。聖社会学において、〈聖なるもの〉は最終的に存在の傷口を通じたコミュニケーションだとされた。〈俗なるもの〉が孤立した存在であるのに対して、〈聖なるもの〉は存在間のコミュニケーションである。ところが、もし聖と俗とが対立的に把握されるならば、両者はともに孤立したものとして俗なる領域で考察されることになる。この問題を解決する一つの手がかりは『有用なものの限界』草稿で与えられていた。そこでは聖・俗の対立は分離とコミュニケーションという対概念として捉え返され、両者の存在様態に対応する二種類の認識様式が提示されていた。すなわち、諸対象の分離されたあり方に対応するのが客観的認識であるのに対して、〈聖なるもの〉のような存在の連続的なあり方に対応するのが交感的認識とされたのである。このように、異質性と同質性、聖と俗の関係を考えるとき、翻ってそれを考察する者の認識様式そのものが反省的に問われなければならないのである。

このことは『エロティシズム』においても自覚的に言及されている。バタイユはキリスト教における〈聖なるもの〉の分節化とそれが社会学年報学派の聖・俗二元論に与えた影響について触れながら、次のように述べる。

学問は認識の俗なる観点から〈聖なるもの〉に関心を払う。しかし、個人的に私の態度は学問のそれではない、とついでに言っておかなければならない。形式主義に陥ることなしに、私は、私の書物は〈聖なるもの〉を聖なる観点から考察する。〔ER, 124/205-206〕

社会学のような客観的な学問は〈聖なるもの〉について考察する際、その対象を世界の全体性から分離して考えるとともに、それを考察する当の主体も対象から分離され、そこから何ら影響を受けないと想定している。しかし、それは世界を分離の相で捉える「俗なる観点から」観察する態度にほかならない。これに対して、バタイユは〈聖なるもの〉をその対象に相応しい仕方で「聖なる観点から」考察するのだという。

同様のことは前節の冒頭で『エロティシズムの歴史』から引用した部分でも述べられていた。すなわち、一般エコノミーの枠組みの下ではエロティシズムの「決して孤立化しえない側面」をも探究することで、その基底に贈与の原理が存することを見出すのだと。この孤立化しえない側面とは抽象化・客観化できず、全体的・主観的に捉えるしかない対象のあり方を指す。レヴィ゠ストロースは近親婚の禁止を科学的・客観的に分析したために、経済的な贈与‐交換としてのみ解釈し、そこに含まれるエロティックな意味、すなわち贈与を取り落としてしまったのである。

前章の終わりで確認したように、一般エコノミーは一方で客観的方法を標榜しながらも、他方で「瞬間を実感する機会を開いたままにしておく」学問であった。言い換えれば、それは諸対象を単に客観的な分離の相で捉えるだけでなく、同時にまた、それらの総体を「瞬間」にまで結びつけて考察するということである。ところで、この瞬間とはコミュニケーションの時間性だった。だとすれば、この学は世界を交感の相の下で捉える可能性を開くのだといえる。エロティシズムや〈聖なるもの〉が一般エコノミーの研究対象となるのは、それらがエネルギーの浪費に関わるという理由だけでなく、交感的な対象だからでもある。

では、この〈聖なるもの〉に相応しい認識の仕方とはどのようなものだろうか。また、それによって聖と俗との関係はどのように捉え返されるべきか。そして、そもそも〈聖なるもの〉とは一体何か。本節ではこれらの積み残した課題について、『宗教の理論』以降の著作に沿って考えていくことにする。

失われた連続性を求めて

『宗教の理論』は一九四八年、コレージュ・フィロゾフィックでの講演「宗教史概要」を基に書かれ、四九年刊行の予告が出されたものの、生前出版されることのなかった遺稿である。これは宗教の発展をその起源から現代に至るまでの意識の発展過程として叙述した書であり、内容的にも年代的にも『無神学大全』と『呪われた部分』を繋ぐ「ミッシング・リンク」に位置づけられる。これまでも労働や自己意識、贈与といった観点から幾度か触れてきたが、ここではこの書の主題たる〈聖なるもの〉と宗教という観点から、改めて『宗教の理論』を辿り直してみよう。

バタイユは『宗教の理論』をアニミズムやトーテミズムといった通常の「宗教起源論」のさらに手前、人間が動物から分離する場面から説き起こす。バタイユによれば、動物は「水の中の水のように」〔TR, 292/23〕世界に内在している。動物の世界においては、まだ対象を措定する明晰な意識が成立していないため、眼前の諸対象は互いに判然と区別されておらず、また、自己と世界とを隔てる明確な区別もない。このことは他方で、動物性にあっては従属的な関係も存在しないことを意味する。なぜなら、そもそも区別された項がなければ、諸項の間の関係そのものが成り立たないからである。そしてまた、動物は持続的な時間意識をもたないがゆえに、動物的な内在性に対応する時間性は瞬間である。バタイユはこうした動物的な未分化状態を世界との「連続性」あるいは「親密性＝内奥性」(intimité) と呼ぶ。

既に見たように、このような連続性に区別を導入し、動物から人間を分離するのが道具の使用、つまり労働である。道具の使用は一方で、世界の内の諸対象を相互に区別する。人間は道具を製作し使用することを通じて、それが何であるかを理解し、特定の属性を備えた対象として措定する。対象が明確な輪郭をもって立ち現れるのに応じて、それを認識する人間の意識もまた明晰判明なものとなっていく。道具の使用は他方で、このように区別された諸対象を相互に関係づけもする。道具はつねに何らかの目的のための手段として製作され使用されるのであって、目的と手段の関係の内に位置づけられて初めて意味を付与される。道具は二重の意味で従属的な関係の下に置かれる。それは第一に所有物として人間に従属するのであり、第二に手段として目的に従属するのである。こうした道具の使用は時間の持続を必要とするのだから、労働は過去と現在が未来に従属する歴史的時間という時間性に対応する。このように世界の連続性から引き離され、孤立させられ、有用性の連関の内に組み込まれた従属的な対象を「事物」(chose) という。こうして、世界内の諸対象が区別されると同時に関係づけられ、有用性の下で分節化されることを通じて、人間の俗なる領域が形成されていくのである。

しかし、このように人間は事物を従属させることで、かえって事物に従属させられることになる。人間は道具を用いることで世界から分離したのだが、世界との連続性を失って、自分自身もまた一箇の従属的な事物へと堕してしまったのである。バタイユによれば、この失われた連続性を人間の意識の側から捉え返したものが〈聖なるもの〉である。

連続性とは動物にとっては他のものと区別されえないことであり、即かつ対自的に唯一可能な存在様態であったが、それは人間においては俗なる道具の（不連続な対象の）貧しさと聖なる世界のあらゆる魅惑とを対立させたのである。〔TR, 302/45〕

道具は何らかの目的のために役に立って初めて価値をもつ。それはつねに他のものへと関係づけられており、それ自身においては価値をもたない。この意味で、不連続な俗なる世界は根本的な「貧しさ」を抱えている。これに対して、連続性においては、他のものから区別されないのだから、他へと関係づけられることもない。連続性は他のもののために存在するのではなく、それ自身において価値を有する。そのため、人間は連続性としての「聖なる世界」に価値を求め、そこに「魅惑」を感じるのである。とはいえ、〈聖なるもの〉は純粋な動物的親密性と同じものではない。というのも、それは既に分節化された人間の明晰な意識によって反省的に捉え返されたものにすぎないからだ。実際、バタイユ自身も動物性を一種のフィクションとして叙述している。それはあくまでも予め失われていたもののノスタルジックな追求である。バタイユによれば、この「失われた親密性の探求」〔TR, 315/74〕すなわち〈聖なるもの〉の探求こそが宗教という営みなのである。

こうした失われた連続性の探求という宗教の本質を最もよく示しているのが供犠である。ロバートソン・スミスは供犠の本源的な意味を神との生贄の共同喫食に見ていた。それは神と人間との関係を結ぶとともに、共同体の成員間の紐帯を強化することによって、共同体の利益と繁栄を目的とする儀礼である。また、ユベールとモースは供犠とは犠牲を媒介とした聖なる世界と俗なる世界との間の伝達を確立することだとする。この儀礼によって俗なる社会は聖なる生命力を獲得し、賦活される。いずれにせよ、供犠は何らかの意味で生産に役立つ機能を果たすと解釈されてきたのである。これに対して、既に見たように、バタイユは供犠とは生産のアンチ・テーゼであって、贈与であり放棄だとする。それは第一義的には何も獲得することのない消尽なのである。

供犠が連続性の探求を意味するのであれば、なぜ消尽だと言われるのだろうか。もしそれが失われた連続性を回復させるのならば、それはやはりユベールとモースとともに、聖なる力の獲得だと言わざるをえないのではないか。供犠が消尽であるのは、それが第一に破壊だからである。とはいえ、バタイユによれば、供犠が破壊しようとするのは――通常考えられているのに反して――決して犠牲の生命ではない。

供犠の原理は破壊である。たしかに供犠はしばしば完全なる破壊（全燔祭《ホロコースト》のように）にまで至ることもあるが、とはいえ、供犠が行使しようとする破壊は無化ではない。供犠が生贄の内で破壊しようと望んでいるのは事物――ただ事物だけ――である。供犠は対象の現実的な従属関係の紐帯を破壊するのであり、有用性の世界から生贄を引き剝がし、不可知な気まぐれの世界へと還してやるのである。〔TR, 307/55〕

供犠の本質は犠牲を殺すことでも、それを神や共同体の成員と共食することでもない。供犠が破壊しようとするのはただ犠牲の内の「事物」だけであって、生贄が死に至るのはあくまでもその結果にすぎない。事物とは対象が世界の連続性から分離され、有用性の連関に組み込まれた従属的な存在様態のことであった。実際、生贄に捧げられるのは多くの場合、奴隷や家畜、穀物といった特に有用で従属的なものが選ばれる。その所有者は犠牲に供することで、その財産に対する所有を放棄する。また、生贄は供犠において破壊されることで、その本来の用途には適さない無用なものとなる。このように、供犠は人間に対する従属と目的に対する従属という二重の「従属関係の紐帯」を破壊することによって、その対象を有用性の連鎖から解放し、連続性の世界へと還すのである。

しかし、供犠にあって事物の隷属状態から解き放たれるのは生贄の方ばかりではない。というのも、事物を所有し使用することで、人間もまた一箇の事物となっていたからである。犠牲が従属関係から離脱するのに応じて、それと対峙する執行者の側でも対象との従属関係が解除されるる。そこでは主体と対象とを隔てる区別が曖昧となり、それを認識する人間の意識も不分明なものとなる。さらに、こうした執行者の意識状態はコミュニケーションを通じて、儀礼に参列する他の者たちへと伝染していく。このように、供犠において犠牲と人間はともに「有用性の世界」から引き剝がされて、「不可知な気まぐれの世界」すなわち、知と企図とが無効になった連続性へと還帰するのである。

連続性（動物的な内在性）に対応する時間性は瞬間であった。そこでは持続的な時間意識が成立しえないのだから、人間は対象を未来のために保存しておくことも、企図のために操作することもない。こうして、有用性の連関から外れて連続性へと回帰することは、瞬間的な消尽へと至ることを意味する。供犠は単に生贄を破壊する暴力であるだけでなく、より根本的に言って、それによって再び見出された連続性つまり〈聖なるもの〉が「無条件の消尽という暴力」〔TR, 310/63〕だという意味で消尽なのである。したがって、供犠が失われた連続性の回復だとしても、それは何らかの獲得を意味しているのではない。それはむしろ損失することへの回帰なのである。

たしかにロバートソン・スミスやユベールとモースの指摘するように、供犠は結果的に生産的共同体のために奉仕することもあるだろう。バタイユが『消尽』の注で述べていた通り、エネルギーの浪費はつねにその反対物たる事物の秩序の内に挿入され、事物へと変えられて現象せざるをえない。事物の秩序の内へと繰り込まれることで、参列者たちの間で生起した感情のコミュニケーションは共同体の成員間の紐帯へと転化され、瞬間的な生命力の焼尽は聖なる生命力へと変換される。こうして、生産のアンチ・テーゼであるはずの供犠は生産的共同体のために役立つ一箇の事物へと変えられてしまうのである。

最高度に明るい闇夜

このような失われた連続性＝〈聖なるもの〉の探求としての宗教という理解から出発して、

『宗教の理論』は未開宗教、民族宗教、キリスト教、そして近代へと至る宗教の発展を辿っていくことになる。その歴史は俗なる世界が複雑化・合理化していくのに対応して、人間によって把握される〈聖なるもの〉の領域も段々と分節化していく過程である。そして、〈聖なるもの〉の両義性もまた、こうした分節化の過程の内に位置づけられることになる。

まず、原初的な意識にとっては、〈聖なるもの〉の世界の内部で清浄で吉なる要素と不浄で不吉な要素が対立的に併存しており、両者はともに俗なる世界から隔てられていた。そこでは、「内在的な〈聖なるもの〉が人間と世界との動物的な親密性から与えられるのに対して、俗なる世界は対象の超越の内に与えられている」〔TR, 325/93〕。言い換えれば、〈聖なるもの〉の原理が「動物的な親密性」すなわち未分化な連続性であるのに対して、俗なる世界の原理は外在的で区別された「対象の超越」なのである。

次に、ローマ帝国のような軍事的秩序が成立し、人間の反省的・合理的な思考が発達してくると、それに応じて、浄と不浄、吉と不吉との両義性は分割されて把握されるようになる。というのも、反省的思考にとって、相反する属性が一箇の基体に帰属することは単なる論理的矛盾として支持できなくなるからである。浄と不浄は二元論的に区別されて、前者が〈聖なるもの〉と、後者が〈俗なるもの〉と結びつけられる。こうして、「神的なもの〔le divin〕は合理的で道徳的になり、不吉な〈聖なるもの〉を俗なる方へ締め出す」〔TR, 326/94〕ことになったのである。

しかし、このように〈聖なるもの〉の両義性が分割され、区別へともたらされると、浄や善の側と結託した神的なものはその本来の聖性を失ってしまう。なぜなら、善なる神が事物の秩序を維持する者であるかぎり、〈聖なるもの〉だったはずの秩序破壊的な力を排除してしまうからである。この問題に対して、キリスト教はキリストという「媒介」(médiation)を導入することで解決しようとした。キリストとは受肉した神であり、事物の秩序の内に組み込まれた神的なものである。十字架上の死にあって、神は供犠の犠牲となることで、自ら暴力を引き受け、肉という事物を破壊されることで、連続性を回復するというわけだ。ところが、この神の供犠も救済の教義に取り込まれ、結局は事物の秩序に奉仕することになる。というのも、キリスト教における救済は連続性への回帰ではなく、魂の不死という個別的で持続的な事物の状態を約束するからである。

こうした宗教の発展の歴史は初めからその内に根本的なアポリアを孕んでいる。なぜなら、宗教とは失われた連続性の探求であるが、この連続性を明晰な意識をもって探求すればするほど、それだけいっそう〈聖なるもの〉の世界は分節化されていき、不連続になるからである。とりわけ近代とは「親密性の秩序と事物の秩序の完全なる分裂」〔TR, 338/119〕の時代であり、聖と俗とが完全に分断された時代である。

では、人間はどのようにして〈聖なるもの〉を回復できるのだろうか。バタイユによれば、それは単なる動物性への回帰ではなく、むしろ逆に最高度の明晰な意識においてである。

この意識は夜においてのみ親密性を再び見出すだろう。そのために意識は最高度の明晰判明さに到達しているだろう。しかし、意識は人間あるいは存在の可能性をすっかり完了させて

いるので、世界と親密な動物の夜を判明な仕方で再び見出すだろう。〔TR, 343/131〕

非‐知の夜についてはもう何度も見てきたので、ここでは簡単な確認に留めておく。意識の側からすれば、最高度の明晰判明さに達するとは、世界の総体を分節化し、領有することである。そのとき、意識は自らが世界そのものとなるのであり、世界の総体が自己自身であると意識する。そこでは主体と対象との間の区別が廃棄されるのだから、自己と世界との親密性が回復される。とはいえ、それは未分化な動物性への回帰ではない。というのも、この自己意識はその内に諸区別を保持しているからである。それゆえ、連続性は「判明な仕方で」再び見出されるのである。

他方、事物の側からすれば、意識による分節化が極致に至るとは、世界の総体が事物へと還元されることである。そのとき、世界の総体が有用性の連関の内に組み込まれているのだから、その外部にはいかなる目的もありえず、世界は何にも従属することのない無用なものとなる。この無用なものこそ、それ自身において価値をもつ連続性である。だとすれば、非‐知の夜において、世界の総体が〈聖なるもの〉となり、したがって、それを自己自身だと意識する自己意識もまた〈聖なるもの〉となるのである。

こうして、最も明晰判明な意識によって初めて動物的な親密性の夜が見出される。この最高度に明るい闇夜において、明晰さと連続性、〈俗なるもの〉と〈聖なるもの〉は一致する。そこでは、世界の総体を意識する主体が一方で最高度に区別された〈俗なるもの〉であると同時に、他方で連続的な〈聖なるもの〉となる。すなわち、極限において、自己意識自身が聖と俗との両義的な性格を担うのである。

聖と俗との両義性

カイヨワが『人間と聖なるもの』初版を出版したのは、社会学研究会が瓦解した一九三九年のことであった。その十一年後、この著作の第二版が出版される。翌五一年、バタイユは『人間と聖なるもの』第二版のために書評を発表する。それが『クリティック』誌に掲載された「戦争と聖なるものの哲学」である。バタイユはしかしそこで、かつて社会学研究会を共同で主宰していた盟友の〈聖なるもの〉理解に対して批判的な見解を示している。そこにはおそらく、バタイユとカイヨワの間の思想的相違だけでなく、過去の自分の思想に対する反省も含まれている。では、バタイユの〈聖なるもの〉の理論は聖社会学から『宗教の理論』を経て、どのように変化したのだろうか。

第二章で見たように、カイヨワにとって〈聖なるもの〉とは何よりもまず、禁止という否定性を意味していた。それは根源的な禁止によって世界に区別を導入し、秩序を維持する力である。第二章では、聖社会学におけるカイヨワとバタイユの〈聖なるもの〉の違いを区別と両義性として特徴づけておいた。『宗教の理論』での議論を踏まえて、今や両者の相違点は次のようにも言い換えられるだろう。すなわち、カイヨワが〈聖なるもの〉を区別の原理だとするのに対して、バタイユはこれを区別されない連続性として捉えていると。バタイユが見るところでは、問題はまさにそこにある。カイヨワは区別の原理に基づいて〈聖なるもの〉を考察するがゆえに、その親密性の次元を決定的に取り逃してしまっているのだ。

なぜカイヨワは親密性の審級を捉えそこねたのか。バタイユによれば、それは『人間と聖なるもの』が社会学的な方法に準拠しており、社会学を含む科学一般が「つねに自らが研究する対象を世界の全体性〔*totalité*〕から抽象する」〔OC, XII, 47〕からである。科学とは具体的・全体的な経験から諸事物を分離して、それを抽象的・個別的な対象として研究する営みである。しかし、こうした科学的方法は〈聖なるもの〉を研究するのには適していない。というのも、〈聖なるもの〉が世界との親密性、連続性であるのに対して、世界から分離され区別された諸対象は俗なる領域に属するからである。〈聖なるもの〉を科学的に研究するとは、それを「ただ俗なるものという視角の下でのみ」〔OC, XII, 49〕見ることであって、その対象と方法との間に根本的な矛盾を孕んでいる。したがって、カイヨワが〈聖なるもの〉に社会学的方法で接近するかぎり、その実相を捉えることは決してできないのだ。

個別的に分離された諸対象が俗なる領域に属するとすれば、〈聖なるもの〉とは抽象的な諸対象と対立するもの、すなわち、世界の全体性である。しかし、もし〈聖なるもの〉と〈俗なるもの〉との関係が区別であるとすれば、それが排他的な対立物をもつかぎり、〈聖なるもの〉もまた部分であって全体たりえないのではないか。実際、バタイユは〈聖なるもの〉を俗なる領域の外部と捉えるカイヨワの議論を単純化だとして批判する。それは同時に、聖・俗二元論に基づく過去の自らの思想に対する自己批判でもあるだろう。では、聖と俗との関係はどのように考えられるべきか。バタイユは次のように説明する。

具体的な全体性が孤立して考察された諸対象に対する関係は、〈聖なるもの〉が〈俗なるもの〉に対する関係と同じでありうる。全体性はそれ自身、諸対象との対立において規定される。しかし、俗なる対象は本質的には〈聖なるもの〉と異なる対象ではない。どちらの場合も視角の違いしか存在しない。〔OC, XII, 49〕

個別的な諸対象は区別されたものであるがゆえに〈俗なるもの〉である。これに対して、世界の全体性は連続的なものであるがゆえに〈聖なるもの〉である。だから、〈聖なるもの〉と〈俗なるもの〉との関係は世界の全体性とその内の諸対象との関係に等しい。ところで、全体性と諸対象は一方で、たしかに全体と部分の対立として理解されるだろう。しかし他方で、部分は全体から抽象されたものにすぎず、諸対象は世界の全体性の内に含まれるのだから、両者は元々同じものだとも言える。したがって、〈聖なるもの〉と〈俗なるもの〉は「異なる対象ではない」のであって、世界を全体的に捉えるならば〈聖なるもの〉となり、それを個々の対象に分離して把握するならば〈俗なるもの〉となる。この意味で、聖と俗との差異は世界を把握する主体のあり方から生じるのであり、そこには「視角の違い」しかないのである。

こうして、これまで持ち越されてきた問題に対する解答が与えられるだろう。異質性と同質性が区別されるならば、区別は同質性の原理なのだから、異質性は同質なものへと還元されてしまう。同様に、聖と俗とが区別されるならば、〈聖なるもの〉は俗なる観点から眺められることになる。しかし、今や次のように答えることができる。聖と俗とは二元論的に区別されるのではない。それらは世界という同一の対象に対する主体の態度に応じた二つの様相にすぎない。そこでは、世界という一箇同一の基体に聖と俗という相対立する二つの極が属している。それはすなわち、〈聖なるもの〉と〈俗なるもの〉との両義性である。しかしながら、聖と俗とは区別はされないにもかかわらず、同じものではない。なぜなら、両義性は異質性の原理なのだから、聖と俗との間には異質性という絶対的な差異が存するのである。

バタイユは『宗教の理論』における非‐知の両義性を経ることで、「戦争と聖なるものの哲学」へと至って〈聖なるもの〉を探求する主体のあり方自体を反省的に問い直し、聖・俗二元論を超克する視座を確保しえたのだった。〈聖なるもの〉は主体に「親密な仕方で」(intimement)〔OC, XII, 49〕与えられるのであって、それを客観的に捉えようとするカイヨワの手からは零《こぼ》れ落ちてしまう。〈聖なるもの〉に近づくためには、その主体の意識自身が聖でなければならない。バタイユが『エロティシズム』で述べていた「〈聖なるもの〉を聖なる観点から考察する」とは、このような意味で理解されるべきなのである。

〈聖なるもの〉が世界の全体性を意味するのであれば、それは特別に隔離された聖域にだけ顕現するのではないだろう。人間の生きる世界にはつねに〈聖なるもの〉が染み込んでいるのであり、それに触れる経験は狭義の宗教的領域に限定されることもない。それゆえ、バタイユは「宗教は我々にとってまったく必要ではない」〔OC, XII, 49〕とさえ語る。

4　至高性

権力と奇跡

一九五三年の春から五四年の夏頃にかけて、バタイユは『呪われた部分』の第三巻にあたる『至高性』の執筆に取り組む。しかし、それは完成することなく放棄され、生前は出版されなかった。その草稿は同じく遺稿となった『エロティシズムの歴史』や『宗教の理論』に比べても、一冊の書物としての完成度や統一感に欠けるものとなっている。とはいえ、そこでは消尽と蓄積、禁止と侵犯、聖と俗といった既出の一般エコノミーの諸論点が包括されており、また、これまでの著作ではつねに結論部に置かれていた「至高の自己意識」がむしろ議論の基点となっている。バタイユは『至高性』において、一般エコノミーの理論をまた別の視角から語り直し、さらに議論を一歩先に進めようとしていたように思われる。したがって、本節では未決となっていた問題をこの草稿に基づいて考えていくことにする。それはすなわち、非-知のコミュニケーションとは何か、極限をめぐる能動性と受動性の交錯は何を意味するのか、そして、〈不可能なもの〉としての贈与とはどのようなものか、といった問題である。

バタイユはこの書の冒頭、理論的導入において、「至高性」(souveraineté) とは「国際法が規定する国家主権〔souveraineté〕」とはほとんど関係がなく、「人間の生における隷属的あるいは従属的な様相と対立した様相」〔LS, 247/8〕であると定義する。要するに、至高性とはいかなる他のものにも従属せず、それ自身を目的とするあり方のことである。それは他の目的に従属する有用性の反対物であって、人間の生における消尽や栄光の側面を意味する。それでもやはり、そこで論じられるのは「権力」(pouvoir)をめぐる問題である。一般エコノミーがいかに消尽を社会の内に位置づけるかを課題とし、『消尽』が余剰エネルギーの消費形態による社会の分類、『エロティシズムの歴史』が禁止と侵犯の運動に駆動される意識の歴史、『宗教の理論』が〈聖なるもの〉の探求としての宗教の展開をそれぞれ跡づけたものだとすれば、『至高性』もまた、消尽の観点から権力の構造変化を論じた書だと言える。その歴史的変化をいま簡単に要約しておけば、以下の通りである。

まず、原初的な社会において、至高性は一人の至高者(王)によって体現されていた。至高者とは唯一、生活のための労働を免れている者である。人民が生きるために日々労働に従事するのに対して、王は人民の労働によって蓄積された富を祝祭の場で壮麗に蕩尽してみせる。しかし、それは何も王の贅沢や恣意のためではない。王が祝祭において富を浪費するのは、あくまでも「人民の渇望」〔LS, 280/67〕に応えるためである。人民は蕩尽する王の中に至高性を認めることで、自分自身にもそれが分有されていることを意識し、また、自らの労働に栄光という意味が与えられる。こうした原始的な王権は未分化であって、宗教的権威を有すると同時に、軍事的指揮権とも密接に結びついていたとされる。

次に、封建制において、至高性は制度化され、社会の内に王を頂点とするヒエラルキーが形成される。封建的な主従関係は至高性を二重の意味で変質させる。それは一方で、家臣をその職務に応じて序列化し、主君からの距離に比例してその栄光を分有させる。すなわち、主君への隷属が家臣自身の至高性へと反転するのである。主従関係は他方で、主君による家臣への奉仕をも義務づけている。すなわち、至高者は隷属的な存在へと転落してしまうのである。やがて家臣に与えられる職務は封土へと移行し、貴族階級が形成されていくが、バタイユによれば、この貴族の威光は土地や農奴の所有ではなく、第一義的には富の浪費に基づく。王や貴族はその地位に応じて豪奢な生活を送り、絢爛たる宮殿や教会を建築することで、余剰を非生産的に消費しなければならない。封建制とは蓄積よりも浪費が優位を占める社会であり、権力は浪費の度合いによって「たえず階層化され、分割され、順序づけられ、分解される」〔LS, 329/150〕のである。

近代のブルジョワ社会と共産主義はこの封建制の至高性と序列化に対する憎悪という点で軌を一にする。両者はともに至高者に抗して革命を起こし、浪費よりも蓄積を優位に置く社会へと変革したのである。ブルジョワジーは時間と貨幣の浪費を否認し、蓄積を善とする道徳を採用した。とはいえ、そこでは蓄積した資本を事業のために生産的に投資するか、それとも愚かなことに非生産的に消尽するかは、あくまでも個人の自由に委ねられていた。勿論、ブルジョワ社会においても、貴族と同様に、浪費や贈与によって自らの地位を誇示するという習慣は残っている。しかし、それは所詮、「節度」(mesure)を保ったものであり、卑小で個人的な浪費にすぎない。ブルジョワ的浪費は「節度を破ることができない」〔LS, 383/232〕という点で、貴族的蕩尽とは異なっているのである。

これに対して、共産主義、わけてもスターリニズムは生産手段の私的所有を否定し、集団的に蓄積することで、余剰を体系的に生産手段の生産へと差し向ける体制である。共産主義はたしかに人間自身を至高な目的とし、人間の序列化の廃棄（あらゆる人間の等価性）を目指す。しかし、スターリニズムはあらゆる人間を等しく至高者とする代わりに、それを全体的な事物へと変えてしまった。というのも、そこで目的とされる人間とは生存の欲求に還元された存在だからであり、また、人間の生は全面的に生産へと従事させられるからである。したがって、スターリニズムにおいて人間が至高な目的となるのは、「この至高性を自己自身のために断念したという条件の下」〔LS, 360/199〕においてのみなのである。

単なる生存欲求へと還元されない消尽する人間の至高の生を、バタイユは「奇跡」（miracle）と呼ぶ。奇跡的なものは具体的には「幸福な涙」（larmes heureuses）という現象によって説明される。例えば、人は予期せぬ吉報に触れた際に思わず涙することがある。それはありえないと思っていたことが思いもよらず実現し、全く期待せずにいたことが不意に到来することである。それゆえ、奇跡は次のように定式化される。

> 奇跡の性格は「不可能であるにもかかわらずそこにある」〔*impossible et pourtant là*〕という定式によって正確に言い表される。これはかつて〈聖なるもの〉という意味を担いうる唯一の定式のように思われたものである。〔LS, 256/23〕

奇跡とは「不可能であるにもかかわらずそこにある」こと、すなわち、ありそうにないことが起こることであり、予期せぬ到来である。それは企図された行為によっては成し遂げられない。なぜなら、奇跡はそれが奇跡であるかぎり、実現不可能なものとして通常の意識の埒外に置かれ、目的‐手段連関からは外れているからである。奇跡的な事柄はそもそも企図されることがないのだ。したがって、それは歴史的時間の内で営まれえず、瞬間という時間性において実現するよりほかない。それは意識の外から降り掛かってくる好運であり、未だかつて経験されたことのない純粋記憶である。

この奇跡という概念の導入によって、〈聖なるもの〉、神的なものは奇跡的なものの一様相として位置づけ直される。既に見たように、〈聖なるもの〉の特徴はその両義的な性格にある。両義性とは一箇同一の基体に同時に相対立する性質が帰属することであった。それは通常の論理からすれば、矛盾律に反しており、存在しえないものである。〈聖なるもの〉は単に世俗的な感覚に反するだけでなくそれ自身に反するのだから、〈不可能なもの〉である。もしそれが何らかの意味で現出するならば、それは不可能であるにもかかわらず現に存在することになるだろう。この意味で、〈聖なるもの〉は奇跡的なものの一種なのである。

バタイユによれば、ありえない事態の予期せぬ到来という観点からすれば、死は幸福な涙の裏返しであって、ネガティブな奇跡である。というのも、死とは人間の意識にとって〈不可能なもの〉であり、存在しえないはずの未知のものが突然襲いかかってくる体験だからである。ところで、人間を動物から分離した禁止とは根源的には死に関する禁止であり、人間を死から遠ざけるものだった。それはエネルギーの過剰な消尽という暴力を排除し、持続的な時間性を保証することで、諸事物の同一性と生産的な世界を創設する。だとすれば、この死の禁止が侵犯されるのは、奇跡的な瞬間においてだろう。死の恐怖を乗り越えて禁止を侵犯すること、すなわち、〈自己〉の同一性を破壊して脱自に至ることは人間にとって一つの奇跡なのである。

このように、バタイユは奇跡という概念を用いて、消尽と蓄積、禁止と侵犯、聖と俗といった問題系を語り直そうとする。そして、奇跡的なものが『至高性』という書物を総括する観念だとすら言われるのである。とはいえ、この奇跡と至高性は一体どのように関係するのだろうか。また、権力の構造変化で見たように、消尽であるはずの至高性は制度化され、事物の秩序へと組み込まれることで、結局は生産に奉仕してしまう。では、バタイユの考える純粋な至高性とはどのようなものか。そして、この至高性を体現する至高者とは何者か。

矛盾の場としての至高者

まずは至高者という人間のあり方から考えることにする。「至高者」(le souverain) とは通常、王や支配者、君主を指す言葉である。しかし、バタイユはこの語を特に人間一般に見られる「主体」(sujet) の本質を要約し体現するものと規定する。それは主体の具現化であるかぎり、内的な様相と外的な様相を呈し、両者の間で矛盾が生じるのだという。どういうことか。

至高者とは初めから次のような矛盾の場である。それはすなわち、主体〔sujet〕を体現することで、その外的な様相を呈するということである。しかし、それはまったくもって正しい

> わけではない。本質的に、至高性は内的な仕方で〔intérieurement〕与えられるのであり、内的なコミュニケーションだけが真にその現前を顕示するのである。〔……〕しかし、至高者はそれでもやはり至高性の作用によって客観的に〔objectivement〕規定される。〔LS, 290/86〕

至高性は至高者にとって第一に「内的な仕方で」与えられる。なぜなら、至高者とは他の何ものにも従属しない存在だからである。至高性は他者とは無関係に至高者の意識の内に現れるのであり、自己に対して主観的にのみ与えられる。ところが、至高者はまた身体をもって社会の内に地位を占める存在でもある。至高性は他者との関係において外的な仕方で眺められるのであり、他者から「客観的に」認められることで初めて至高者となる。こうした至高者の二重の様相は「主体は内部から〔*de l'intérieur*〕自己自身に現れるような存在であるが、主体はまた外部から〔du dehors〕も我々に現れうる」〔LS, 283/72〕とも言い換えられる。主体が自己意識であるかぎり、自己が主体であることは意識の内部から自己自身に対して現れる。これに対して、それが外部から認識されるかぎり、主体は「対象」〔objet〕として措定され、他者に対して現象するのである。このように、至高者（とそれが体現する主体）は内的な様相と外的な様相、主観性と客観性とが交錯する矛盾的な場なのである。

こうした至高者の矛盾から派生する事態はいくつかの観点から説明されている。順を追って確認しよう。まず認識の観点から。既に何度も見てきたように、至高性（至高の自己意識）は非－知の夜における極限の体験で開示されるのだった。そこではもはや認識するべき対象が存在しないのだから、それは対象が不在の体験であり、逆から言えば、「**無＝何でもないもの**」（RIEN）を対象とする体験である。だとすれば、非‐知において開示される「至高性とは何でもないものである」〔LS, 456/337〕ことになる。この何でもないものは当然ながら何らか規定された対象として意識に現前することはないのだから、至高性は決して事物とはなりえないものである。他方で、もし至高者が孤立するならば、その壮麗さを社会の内で光り輝かせ、放射することはないだろう。至高者は人民や家臣といった他者によって承認されなければ、社会の内でその地位を得ることもない。しかしながら、このように他者によって承認されるとは、他者の意識によって客観的に認識されることをも意味する。そのとき、至高者は一つの対象として措定され、既知のものの連関の内に配置される。こうして、事物の秩序へと組み込まれた至高者は利用可能な一箇の事物と化し、その周囲に客観的な制度が構築されることになるのだ。

　次にエコノミーの観点から。至高者の態度を特徴づけるのは「富を消尽すること」〔LS, 248/9〕である。労働が目的や未来への隷属性を意味するならば、至高者とはそうした労働や有用性から自由な存在である。至高者は自己の生命の保存に配慮することなく、労働の産物を瞬間的に消尽する。至高者の威光は富の所有ではなく、むしろその損失から発するのである。これに対して、客観的制度としての至高者は他者を隷属させる存在である。そこでは主体が対象に対して振る舞うがごとく、至高者は他者に対して振る舞う。すなわち、主体が対象を所有し使用するように、至高者は人民や家臣を服従させ使役する。人民は至高者のために労働するかぎり、「至高者や〔それが代表する〕他者達の対象」〔LS, 289/84-85〕となるのである。ところが、このように至高者が人民や家臣と主従関係を結ぶことは、他者を隷属状態とするだけでなく、至高者自身もまた従属的な存在へと失墜させる。なぜなら、主体と対象の所有関係が人間を一箇の事物へと変えたのと同様に、至高者と他者とが従属関係に置かれるならば、至高者はかえって他者へと奉仕することになるからである。

最後に禁止と侵犯の観点から。至高性が従属性の反対物であるかぎり、至高者はその本性上、いかなる規則、限界、尺度にも従わない者である。至高者は日常的な生活の安寧と労働を保証する規則には従わず、節度を超えて富を消尽する。それだけでなく、それは根本的な禁止を侵犯する存在でもある。禁止は〈自己〉と諸事物の持続的な同一性を保証し、その裏面で同一性を暴力的に破壊する死を忌避させる。至高者とはこの同一性と死という「どちらの限界をも侵犯すること」〔LS, 270/49〕なのである。しかしながら、もし至高者が際限なく富を消尽するならば、社会の持続は困難となるだろう。そのため、客観的制度としての至高者は一方でその効力を発揮するために、禁止を規則的に侵犯しなければならない。しかし他方で、一定の制限を加えるために、その侵犯も規則によって禁止される必要がある。こうして、至高者は「規則の根本的な侵犯から生じる規則」〔LS, 376/221〕に従属するようになる。そこでは侵犯の本来の意味である暴力が制限され、生産にとって有用な権力へと変容してしまうのである。

至高性とは従属性あるいは有用性の反対物であり、それ自身を目的とすることである。しかし、それを体現する至高者が身体をもった一人の人間として社会の内に住まうかぎり、それは不可避的に外的な様相を呈することになる。それは他者によって承認され、他者との関係の内に置かれることで、客観的な制度と化し、一箇の有用な事物に成り下がる。たしかにバタイユの至高者とヘーゲルの「主人」（Herrschaft）は死の恐怖から免れているという点で共通している。しかし、主人は奴隷にその生を依存しているばかりでなく、他者の承認を必要として奴隷を服従させ、他のものと関係するがゆえに、至高者の外的様相しか示していない。このように、至高者はそれ自身においてあることと他のものとの関係においてあることとの矛盾の場なのである。

至高者たちのコミュニケーション

ブルジョワジーと共産主義者の革命によって封建制が打倒された現代にあって、客観的制度としての至高者はもはや存立しえない。とはいえ、バタイユはこの過去の制度は欺瞞だったと断じる。というのも、至高性は本来、何でもないものであって決して事物たりえないが、過去の諸制度はそれをあたかも一箇の事物であるかのように扱ってきたからだ。バタイユによれば、至高性とは「決して真に客観的ではありえず、反対に深い主観性〔la subjectivité profonde〕を意味する」〔LS, 283/71〕。だからこそ、至高性は国家主権と同じではないのである。では、バタイユの考える客観化されえない真の至高性とはどのようなものか。また、それが指し示す深い主観性とは何か。

至高性は外的な様相の下に現前し、他者にとって客観的に認識されるならば、頽落してしまう。だとすれば、もし何らかの意味で至高性があるとすれば、それは外的・客観的でない仕方で現れるのでなければならない。ここで、至高性が本質的には内的に呈示されると述べる、先の引用部を改めて見てみよう。そこでは「内的な仕方で与えられる」が「内的なコミュニケーションだけが真にその現前を顕示する」と言い換えられている。すなわち、至高性が外的・客観的でない仕方で現れるとすれば、それは内的なコミュニケーションを通じてよりほかにない。バタイユはこの至高性のコミュニケーションについて次のように説明する。

その〔至高者の〕振舞い、その精神状態は伝達可能であり、至高性は一つの制度である。というのも、大衆はそれと異質でないからであり、至高者の、主体〔*sujet*〕の精神状態は彼を至高者とする人々に主観的な仕方で自らを伝達する〔*subjectivement se communique*〕からである。主観性〔*subjectivité*〕は間接的な仕方でなければ言説的な認識の対象とならない。しかし、それは情動の感覚的な接触によって主体から主体へと自らを伝達する〔*se communique de sujet à sujet*〕のである。〔LS, 287-288/81〕

通常、コミュニケーションは客観的な方法でなされると考えられる。というのも、発信者は自らの意識内容を客観的な言語を媒介として他者に伝達し、受信者はこの言語を対象として認識し理解することによって、コミュニケーションは成立するからである。これに対して、バタイユの考える至高者のコミュニケーションはそうした客観的な伝達ではない。第一に、その伝達方法に関して言えば、このコミュニケーションは「主観的な仕方で」伝達される。この主観的な仕方とはすなわち、客観的な言語を媒介とせず、情動が「主体から主体へと」直接的に伝達されることを意味する。第二に、その伝達内容に関して言えば、至高者はコミュニケーションを通じて「自らを」伝達する。そこで伝達される内容は何らか発信者と区別された対象ではなく、至高者自身の「振舞い」や「精神状態」であって、その「主観性」である。それは至高者であるということ、つまり至高性そのものである。ところで、至高性とは消尽する主体の態勢のことだった。だとすれば、至高者によるコミュニケーションとは至高性を主体から主体へと主観的な仕方で伝達することだと言える。

コミュニケーションが至高者の主観性を伝達するものだとすれば、それを伝達された主体もまた至高者となるだろう。そこで至高者は自らを伝達する者なのだから、この伝達された主体が至高者となるとき、その者もまた別の主体へと主観性を伝達せざるをえない。さらにまた、それを受け取った者はまた別の者へと伝達するよう強いられる。このように、至高者のコミュニケーションとは次から次へと主観性を伝達していき、主体を至高者へと顚覆させていく運動である。そのとき、主体は客観的な方法や外部の対象を通じて、あるいは他者によって承認されることで至高者となるのではない。至高性はあくまでも主観的に自己自身の内部から現前するのであり、その者は自己自身において至高者となる。この意味で、それは「内的なコミュニケーション」と呼ばれるのである。

たしかにこの伝達は他者へと作用し、他者を強制するのだから、「一つの制度」ではある。しかし、それはいかなる規則にも尺度にも従わないのだから、至高性の伝達が予め担保されているような客観的制度ではない。バタイユによれば、「主観性はそれが存在するかぎり至高なものであり、それが伝達されるかぎり存在する」〔LS, 443/318〕。逆から言えば、もしそれが伝達されないならば主観性は存在せず、それが存在しないならば至高ではない。要するに、主観性は伝達されることで初めて至高だったことになる。まず至高者があって、次にその至高性が他者に伝達されるのではない。逆である。もし至高性が他者に伝達されたならば、そのときそれは至高者のコミュニケーションであったことになり、結果として伝達した者が至高者であることが暴露されるのだ。それゆえ、至高者とは伝達が行われるかぎり生起する主観性であり、この至高者としての主観性こそが「深い主観性」である。

こうした深い主観性は知と所有の主体でも主語や基体でも自律的な人格でもない。なぜ知と所有の主体ではないかと言えば、それが非-知と消尽の主体だからである。それはいかなる対象も措定せず、いかなる事物も所有することがない。一見すると、この深い主観性は瞬間という時間性において生起するレヴィナスの主体のように思われる。しかし、そこで生起する主観性は実存を所有する実存者ではなく、所有を放棄する至高者にほかならない(なお、バタイユは神が至高性のイポスターズだとする)。また、なぜ述語が帰属する「主語」(subjectum)でも属性を担う「基体」(subjectum)でもないかと言えば、それは何でもないものであって、決して規定しえないからである。この主体にはいかなる述語も属性も帰属することがないのだ。さらに、なぜ自律的な人格ではないかといえば、それは非合理的であって、道徳法則を自ら立法することも従属することもないからである。深い主観性は――カントが言うような――経験的な意識の基底で〈自己〉の同一性を確保する超越論的統覚ではなく、脱自であり絶対的引き裂きなのである。

この至高者のコミュニケーションをもって、あの内的体験が孕む困難に解答を与えることができる。内的体験の困難とはその原理が企図によって企図の外へ出ることである一方で、それが企図の反対物とされることだった。内的体験に達するためには企図を極限まで徹底する必要があるが、それだけでなく、好運によってコミュニケーションが到来するのを受容しなければならない。内的体験においてはこのように主体の能動性と受動性とが交錯する。今やその理由は明らかだろう。企図によって極限に到達することはできない。なぜなら、もし非‐知が企図されるならば、それは未来に設定され、目的‐手段連関の内に組み込まれるからである。他方、至高者のコミュニケーションは外から主体の下へと到来し、深い主観性を伝達する。もしそれが伝達されたならば、知と所有の主体は非‐知と消尽の主体へと反転せざるをえない。というのも、そこで伝達される深い主観性とは非‐知だからである。主体は自らの意志で企図に従って内的体験に至るのではない。そうではなく、内的体験はコミュニケーションによって降り掛かってきて、せざるをえないという仕方で主体は非‐知へと転換するのである。

バタイユによれば、至高な主観性へと到達するには、封建制のような客観的制度では十分ではない。主体は「共通の伝達可能な内的体験」〔LS, 299/103〕によって初めて、十全な至高性へと到達しうる。内的体験が「内的」であるのは、それが外部の客観的な対象についての経験ではなく、内的コミュニケーションを通じて伝達される主観的な体験だからなのである。

至高性と奇跡の関係をめぐる問いが最後に残されている。バタイユによれば、奇跡とは「至高の生」（vie souveraine）であり、その定式は「不可能であるにもかかわらずそこにある」と表現されていた。しかし、通常の語感からしても両者の結びつきは明らかでなく、また、客観的制度としての至高者は恒常的に存在するのだから、奇跡的だとは言い難い。また、仮に奇跡としての至高性は客観的なそれではないとしよう。客観的制度は至高者が外的様相を呈し、他のものとの関係に置かれることから生じるのだった。しかしながら、至高者のコミュニケーションは他者への／からの伝達なのだから、他者との関係を意味するのではないか。では、なぜ至高性は奇跡と呼ばれるのか。これらの問題を一般エコノミーの理論、すなわち余剰の消尽という観点に差し戻して考えることにする。

バタイユによれば、至高者とは余剰エネルギーを消尽する者であり、その消尽が生起する時間性が「奇跡的な瞬間」と呼ばれる。

> 至高者は人々が来るべき時の優位に従うかぎりにおいて獲得される生産物の余剰部分を現在時の優位へと返す。至高者は主体の本質を要約するのだが、その者によって、そしてその者にとって、瞬間が、奇跡的な瞬間が労働という諸々の支流が消えゆく海となるような者である。至高者は祝祭において、皆の労働が積み上げたものを自分自身にとっても他者にとっても無関心に浪費する。〔LS,286/78〕

至高者は例えば祝祭の場において富を壮麗に浪費してみせる。そこで浪費される富は人々の労働によって蓄積された生産物であり、その生産は「来るべき時の優位」において営まれる。人々は生産的な活動に従事するかぎり、現在が未来に従属する企図の時間性の内にあり、自らも有用性の連関へと取り込まれる。この意味で、労働する人間は一箇の事物であり対象である。これに対して、至高者は「主体の本質」を要約する存在である。その者は生産的活動に従事せず、かえって人々の生産物を非生産的に浪費する。そのため、至高者は有用性の連関から離脱しており、決して対象とならない。この浪費は未来を思い煩うことがない「現在時の優位」、すなわち瞬間においてなされる。そこでは企図を設定すべき未来をもたないのだから、いかなる期待も無に帰すだろう。このように、「期待が**何でもないもの**へと解消される」〔LS, 254/19〕がゆえに、至高者が消尽する時間性は「奇跡的な瞬間」と呼ばれるのである。

たしかに祝祭における至高者の蕩尽は人々に蓄積された富を振る舞うことで、それを再配分し、また、その威光を示すことで、富を獲得させる地位を改めて承認させるという機能をもつ。それゆえ、客観的制度としての至高者は生産的なエコノミーの内に位置づけられる。しかし、至高者による内的なコミュニケーションが他者へと与えるのは、そうした生産物という客観的な対象ではない。至高者が伝達するのはむしろ消尽するという振舞いそのものであり、その主観性である。そのとき、伝達する者の主観性は〈自己〉を損失する脱自となっているのだから、至高者は〈誰でもない者〉である。また逆に、もしこの主観性が伝達されたならば、それを伝達された者もまた非－知となるのだから、それを受け取った者も〈誰でもない者〉である。さらに、そこで伝達されるのは至高者の主観性、すなわち至高性なのだから、その伝達内容は〈何でもないもの〉である。このように、至高者のコミュニケーションが〈誰でもない者〉と〈誰でもない者〉との間で生起するのだとすれば、そこにはいかなる関係も成立しえない。なぜなら、〈誰でもない者〉は何らか規定され、互いに区別された項ではないからである。区別された諸項が不在であれば、その間に結ばれる関係も成り立たない。したがって、至高者の伝達は無－関係なコミュニケーションだと言える。

このコミュニケーションは至高な瞬間という時間性において生起するのだった。それは過去・現在・未来が互いに従属し合う歴史的時間の内では営まれない。目的を設定するべき未来などないのだから、人はそれを企図しえない。

> 至高であるものは恣意から、好運からしか到来しえない。それによって人間が至高になることができる手段など存在するはずがない。その人は至高であるというのが適当である。〔LS, 273/53〕

至高者のコミュニケーションは企図しえず、至高者になるための「手段」など存在しない。それゆえ、このコミュニケーションの到来は好運によって到来するよりほかない。伝達する側からすれば、それは伝達が予め担保されていない賭けである。なぜなら、この伝達は客観的方法に拠らず、宛先を指定できないからである。また、仮に受け取った者がいたとしても、その者がまた至高者とならないのであれば、初めから伝達は存在しなかったことになるからである。また、伝達される側からすれば、それは主体の意識に突然降り掛かってくる到来である。なぜなら、この伝達は内的なものであって、どこからともなく送られてくるからである。また、それが伝達されたならば、予期せず主体を至高者へと変える僥倖だからである。このように、人は企図に従って至高者となるのではなく、ただコミュニケーションが人間を至高者とする。だとすれば、この伝達は至高者にとってある意味で自らの起源であり、過去である。しかし、伝達されて初めて至高になるのだから、至高者自身はコミュニケーションを企図したのでも経験したのでもない。それは一度も経験したことがない記憶であり、決して現前しえない過去である。したがって、至高者のコミュニケーションは純粋記憶なのである。

このように、一般エコノミーの観点からすれば、至高性とは消尽することであり、至高者は非‐知の主体であり、至高者のコミュニケーションは企図されえない。それゆえ、至高な生は知と所有の主体による生産的なエコノミーの外部に存する。この生産的エコノミーが〈可能なもの〉の圏域なのだから、至高の生はその外部、つまり〈不可能なもの〉である。もし何らかの意味で至高性があるとすれば、それは「不可能であるにもかかわらずそこにある」ことになるだろう。この意味で、至高性とはひとつの奇跡なのである。

このように至高性が〈不可能なもの〉だとすれば、最後にもう一つ重要な問いの答えがここから導出される。至高者のコミュニケーションは瞬間・好運・純粋記憶という脱臼した時間性において生起する。そこでは至高者となった者は非‐知へと変容し、自らの所有を放棄して消尽する。この消尽を通じて、至高者は他者に自らを与える。そこで与える者は〈誰でもない者〉であり、与えられる者は〈誰でもない他者〉であり、与えられるものは〈何でもないもの〉である。それはまさしく「〈誰でもない者〉が〈何でもないもの〉を〈誰でもない他者〉に与える」という贈与の定式を満たしている。実を言えば、〈不可能なもの〉としての贈与とは至高者のコミュニケーションだったのである。

終章　バタイユの贈与論

バタイユはなぜ書くのか。内的体験は言語によって語り尽くせず、消尽する者の意識は客観的に伝達できないのだとすれば、それらについて書くことは「言表しえない体験の伝達」の危険を犯すことになるのではないか。バタイユはそうした体験に関して、レヴィナスに対しては言説によって対象化していると批判し、翻ってサルトルからはこれを実体化していると批判されたのだった。また、コジェーヴが言うように、「言説」とは労働であり、生産的な否定性であるとすれば、この体験について語ることは未知の体験を既知の体系へと還元することになるのではないか。ハイデガーの「死へと関わる存在」が死を自らの能力として所有したように。さらに言えば、書くことがひとつの行為であるかぎり──たとえブルトンのように自動筆記という方法を採るにしても──、それは企図にすぎないのではないか。実際、バタイユが『呪われた部分』の構想を幾度も練り直し、草稿を推敲していたことを私たちは知っている。こうした困難が内的体験や消尽について書くことには孕まれている。それにもかかわらず、なぜバタイユは書いたのだろうか。

バタイユは『エロティシズム』において、「哲学は沈黙が決してその後に続くことがないように言葉を用いる」がゆえに、極限の体験は哲学的言説を超出するのだと述べていた。逆から言えば、この体験について語るためには、沈黙が後に続くように言葉を用いなければならない。実際、バタイユは『瞑想の方法』において、自らの用いる言葉について、次のように語る。

私は分節化された言語が中断する至高の沈黙を──ある点において──再び導入するよう

な、そうした語〔mots〕を見出したいのだ。〔MM, 210/401〕

「ある点」とは内的体験の極点であり、そこで「至高の沈黙」が再び導入されることで、言説は中断される。とはいえ、バタイユはここで、内的体験について沈黙しなければならないと言っているのではない。なぜなら、この沈黙を導入するのは「語」だからである。バタイユの言う沈黙とは何か。それを明らかにするためには、沈黙が言語の内で占めている特異な位置を考慮する必要がある。

人は沈黙について語りうるし、また沈黙することもできる。しかしながら、沈黙について語ることによっては沈黙できず、沈黙することで沈黙を呈示することはできない（押し黙ることは往々にして雄弁なのだから）。「沈黙」という語は自らの意味を裏切ることによってしか語られえない。それゆえ、言語における沈黙は生産的な領域における贈与と同じ位置を占めていることになる。なぜなら、沈黙は言語の領域の内でそれ自身であることができないという意味で、〈不可能なもの〉だからである。沈黙そのものは沈黙という語でも沈黙する行為でもない。だからこそ、バタイユは単なる語の欠如としての沈黙ではなく、沈黙を導入する語を探求するのである。

沈黙が言語における〈不可能なもの〉だとすれば、それは言表不可能であり、したがって伝達不可能なものだろう。しかし、ブランショがそのバタイユ論『明かしえぬ共同体』で指摘するように、「伝達不可能なものの伝達だけが伝達するに値する」[1]。もし伝達内容が伝達可能だとすれば、それは何らかの仕方で（例えば、共有されたコードの下で）当事者にとって共約可能なものである。共約可能なものはある意味で既に知られたものでしかなく、既知のものをわざわざ伝達する必要はない。逆に、もし伝達に値する内容があるとすれば、それは未知のものでなければならない。しかし、真に未知であるようなものは共約不可能である。したがって、伝達不可能な内容だけが伝達するに値するのである。

では、この伝達不可能な沈黙を伝達することは何を意味するのか。前章で見たように、言説が生産的な否定性、悟性であるのに対して、沈黙とは非生産的な否定性、使い途のない否定性、すなわち「疑問への投入」だった。否定性が自己分裂の運動であるかぎり、生産的否定性が産出されるの裏面ではつねに非生産的否定性が随伴する。それゆえ、言説は沈黙によって裏打ちされることで初めて成立する。ところが、哲学はあたかも沈黙が後に続かないかのように言葉を用い、哲学的言説はそれ自身の内で自足している。しかし、沈黙が伝達されるとき、〈不可能なもの〉が呈示され、言説の内に「未完了の傷口」が開く。それは自足した言説を疑問へと投入し、異議を提起する。とはいえ、この異議は哲学的言説が不当にも自足していると指弾するものではない。そうではなく、それはそもそも自足しえないことを暴露する。なぜなら、言説の成立の内には初めから沈黙という傷口が含まれているからである。だからこそ、バタイユが探求するのは沈黙を再び導入する語なのである。

このように沈黙を言説の内へと再び導入する言葉、言い換えれば、内的体験の表現は通常の言説とどう違うのか。また、それはどのようなものであるべきか。バタイユによれば、それは次のようなものである。

内的体験の表現〔*expression*〕は何らかの仕方でその運動に呼応しなければならない。〔EI, 18/28〕

内的体験は一方で、知の操作を徹底して極限へと至ることを要求する。しかし、この極限への到達はつねに「もし〜ならば」という条件節に導かれ、自らの企図によってのみでは成就しえない。体験のためには他方で、好運によって外部からコミュニケーションが到来する必要がある。このコミュニケーションは主体に深い主観性（至高性）を伝達して、自足した〈自己〉に異議提起を突きつけ、その内に未完了の傷口を開く。こうして、知は非‐知へと反転し、〈自己〉は極限において脱自へと至る。さらに、伝達された者はまたコミュニケーションを通じて他者へと脱自を伝達していく。この意味で、内的体験において「非‐知は脱自を伝達する」のである。内的体験の表現はこうした次から次へと脱自を伝達していくコミュニケーションの運動に呼応するはずである。

表現にはコミュニケーションの運動に呼応するものとしないものがある。後者は共約可能な既知のものしか伝達せず、伝達不可能な未知のもの、すなわち沈黙を含むことのない再生産にすぎない。それは〈自己〉の自足を揺るがすことなく、伝達された者を表現へと促すことがない。これに対して、前者は沈黙たる〈不可能なもの〉を伝達する表現である。それはたしかにひとつの言説ではあるが、その後に沈黙が続くように用いられ、言説の内に沈黙を再び導入する。それを受け取った者は〈自己〉の傷口を開き、表現することを強いられる。さらにまた、それが表現であるならば、今度は次なる表現を強いる。こうした表現は主体の企図に従った行為ではない。なぜなら、それは表現せざるをえないという仕方でなされるからである。このように、至高者のコミュニケーションとしての「表現」（expression）とは自己を「外へと押し出す」（ex-presser）ことであり、「脱自」（ex-tase）なのである。

ところで、至高者のコミュニケーションとは〈不可能なもの〉としての贈与であった。だとすれば、その運動に相応しい表現もまた贈与であることになる。バタイユが自らの書くものを「最も狂った、最もよく聾者に宛てられた呼びかけ」〔EI, 63/123〕だと形容するとき、それが贈与を指していることは明らかだろう。聾者に宛てられた呼びかけとは返答のあてのない呼びかけであり、応答の可能性を予め考慮されることのない発話である。それは返礼のない一方的な贈与であり、生産へと決して回収されない消尽なのである。

とはいえ、沈黙を含む表現と再生産的な表現を客観的な基準の下で明確に判別することなどできない。もし両者が区別されるならば、それらは互いに生産的な領域へと繰り込まれてしまうだろう。ポエジーはたしかに言表不可能なものを表現しようとする試みだと言えるかもしれない。しかし、表現可能なものを限界まで踏破していなければ、それは単なる慰めへと堕してしまう。そのとき、ポエジーはもうひとつ別の言説として通常の言説に対立するだけであって、一方の手が与えるものを他方の手が引き止めるにすぎない。また逆に、論証的言説だからといって、沈黙を含みえないわけでもない。なぜなら、いかなる表現であろうと、それが〈可能なもの〉であるかぎり、その内に既に〈不可能なもの〉を抱え込んでしまっているからである。それゆえ、何らかの形式にしたがって二つの表現を予め区別することはできないのだ。もし両者を分ける唯一のメルクマールがあるとすれば、それは結局、コミュニケーションの運動に呼応しているか否かということでしかない。すなわち、ある表現が別の表現を促し、その表現がまた別の表現を強いたという事実によって、事後的にそれが贈与だったことになるのである。

なぜバタイユは書いたのか。それは書かざるをえなかったからである。そして、バタイユの書いたものを読んだ者が書くことへと促されるとき、あるいは、書かざるをえなくなるとき、バタイユの表現は初めて贈与となるのである。

補　論　エコノミー概念小史

エコノミーと経済

エコノミーとは何か。今日、「エコノミー」(economy, économie) という語は通常、「経済」という意味で理解される。それは時間や貨幣、エネルギーといった稀少財の節約や効率的な使用を、あるいは利益と損失を計算する合理的判断を、そしてまた商品の生産・分配・交換・消費を分肢とする諸活動の総体を意味する。とはいえ、そうした経済の捉え方はあくまでも現代の経済体制に即した理解にすぎない。例えば、経済史家のカール・ポランニーが言うように、歴史的に現れた様々な経済システムを互酬性・再分配・家政・交換という四つの原理へと分類し、市場経済が支配的になるまでの間、これらのシステムは社会的諸関係の内に「埋め込まれていた」(embedded)[1] と考えることもできる。

しかし、このように現代的な経済観念を析出しても、あるいは歴史的な経済現象を通覧しても、エコノミーとは何かという問いに答えたことにはならない。なぜなら、エコノミーは経済ではないからである。少なくとも、現代の私たちが想起する「経済」は「エコノミー」という概念が指し示す意味内容の一部でしかない。エコノミーを現代的に利益の合理的追求として規定することは、その一面的な理解にすぎず、また、過去の経済的事象を取り集めることは、既に特定の経済観念が暗黙裡に前提とされている。むしろ問題とするべきは、そうした経済観念や現象の根底にあって、私たちの生と思考を枠づけるエコノミーという概念そのものの方なのである。

西洋の思想史において、エコノミーという概念はきわめて多様で多元的な意味を担わされてきた。それはギリシア語からラテン語へ、ラテン語から近代諸語へと翻訳される過程で、他の周辺的な諸概念と離合集散しながら、その意味と布置を変えてきた。その概念史を網羅的に検討することはもとよりかなわない。また、この概念の意味を汎通的・一義的に規定することは極めて困難だろう。それゆえ、補論では「目的への秩序づけ」という視座から、エコノミー概念の歴史をごく簡単に振り返っておく。

クセノフォン　オイコノミアの始原

エコノミーの営為そのものはおそらく人類の歴史と同じほど古く、その始原を跡づけることはできない。しかしながら、「エコノミー」という語は古代ギリシアの「オイコノミア」にまで遡ることができる。ギリシア語の「オイコノミア」（οἰκονομία）は「オイコス」（οἶκος 家）と「ノモス」（νόμος 法）の合成語であり、主人による家の管理運営、つまり「家政」を意味する。もっとも、ここで言う「家」は今日イメージされるような一家族からなる小さな家ではない。ヘシオドス（前八世紀頃）が『仕事と日』において、農業で身を立てる者に「何よりもまず、家と女と耕作のための牛[2]」を手に入れよと忠告するように、家とは家族だけでなく、奴隷、家畜、そして農作業用具の一切を含む、大きな家族による生産的共同体だったのである。

　オイコノミアを主題とする、現存する最古の著作はソクラテスの弟子クセノフォン（前四三〇頃—前三五四年頃）による『家政論』である。クセノフォンによれば、「よい家政家〔οἰκόνομος〕の務めとは自分自身の家財をよく管理すること」[3]である。家と財産をよく管理する技術、つまりよきオイコノミアの目的は家を富ませることにある。所有物は有用であることで初めて、家の財産となりうる。有用性とは目的のために適切に秩序づけられることである。だとすれば、主人は家の道具を無秩序に置くのではなく、秩序に従って配置することで、所有物を有益に使用する必要がある。

　この有用性を原理とするオイコノミアは翻って、それを運営する主人の資質を問うことにもなる。家政の主人は何よりもまず、自分自身の主人でなければならない。というのも、主人が欲望の奴隷となるならば、財産は浪費されてしまうからである。また、主人は奴隷を使役するのだから、集団を統率する能力を備えていなければならない。クセノフォンはしばしば家の主人を船の船長や軍隊の指揮官に準《なぞら》えている。船長が装備や船員を適切に配置して目的地へと到達するように、あるいは指揮官が兵士たちを鼓舞して勝利を獲得するように、優れた主人は家全体を配慮して、富という目的へと導く。この意味で、主人は国家全体を配慮して共通善へと導く王にも比せられる存在なのである。

　クセノフォンはまた、オイコノミアにまつわる言葉をもう一つ別の場面でも用いる。それは『ソクラテスの思い出』における神の実在を論じた一節に見出される。

〔神は〕思考より速く、過つことなく奉仕し、神の大いなる業が生じるのは見えるが、神が運営する〔οἰκονομεῖν〕のは我々には見えない。[4]

宇宙は神によって運営されている。天体の運行、季節の変化、動植物の存在、そして人間の知性、これら宇宙の万物は人間に役立つようみごとに配置され、全体が秩序をもって管理運営されている。たしかに、人間はこのように宇宙を運営する神の姿そのものを目にすることはない。しかし、その働きの結果たる自然を見ることはできる。それゆえ、人は自然の内に秩序を見出すことで、遡ってそれを運営する神の実在を確信するのである。

主人による家政、王による国政、神による宇宙運営、これら三つの水準に通底するオイコノミアとは自らの所有物を何らかの目的（善）に向けて秩序づけることである。そのため、優れた家政家は単に財産を殖やす有能な者であるだけでなく、理想的な人物像ともされるのである。ローマの弁論家キケロ（前一〇六―前四三年）が『義務について』の中で若い頃に翻訳したと告白するこの『家政論』は、やがて古典的教養の一つとなり、西洋思想にエコノミーの範型を与えることになる。

アリストテレス　家と自己の支配

家政を国政から明確に区別したのはアリストテレス（前三八四―前三二二年）である。その

『政治学』によれば、家とは生活の必要のために自然本性によって形成された最初の共同体であり、究極目的としての国家を構成する最小単位である。とはいえ、家は小さな国家ではない。両者はその支配の仕方に応じて区別される。

　政治術〔πολιτική〕は自然による自由人を対象とするが、主人の支配は自然による奴隷を対象とする。また家政術〔οἰκονομική〕は単独支配である〔……〕それに対して政治術は自由で互いに平等な人々による支配である。[5]

国家の統治は複数の自由で対等な市民による相互支配である。これに対して、家政は一人の家長によってなされる単独支配である。家の主人は家族に対しては指導者であり、奴隷に対しては支配者でなければならない。奴隷はその自然本性によって支配される者であり、主人によって所有される財産の一部である。

　アリストテレスもまた、家政術を操舵術と類比的に捉えている。「舵取り」〔κυβερνήτης〕は船内に配置された船員たちに指令を出しつつ、自ら舵を取って船を進める。それと同様に、家長は様々な道具と「生きた道具」たる奴隷たちを使用して、家を運営する。このように、家に属する財産を管理・用益することによって家族の生を維持していくことがオイコノミアである。

　財産の運用がオイコノミアであるとすれば、当の財産を獲得することもまた、そこに含まれる。ただし、アリストテレスによれば、財産を獲得する術には二つある。ひとつには、生活に必要な物資を蓄積するという自然本性に適った獲得術であり、これは家政術の一部と言える。もうひとつには、自然本性に反する獲得術があり、それは商取引を通じて貨幣から貨幣を生み出す技術、つまり「貨殖術」（χρηματιστική）である。貨殖術が自然本性に反するのは、生活に必要な財産を得るという獲得術本来の目的に反するからであり、殖財を目的とするため、無際限に富を追求するからである。共同体の自足性を理想とするアリストテレスにとって、交換はあくまでも不足を補うためにのみ、国家間の交易として正当化されるにすぎない。

さらに家政はもう一つ別のものとも対比される。それが神による宇宙の統治である。アリストテレスは『形而上学』第一二巻において、宇宙と神の関係を軍隊と指揮官の関係に譬える。軍隊の秩序がそれを指揮する者に依存するように、宇宙の「秩序」（τάξις）もまた、それを秩序づける神の善に依存している。これに対して、家政の場合、家を管理する主人はあくまでも家の一員であって、共通の善のために秩序づけられる存在にすぎない。つまり、神は宇宙の秩序にとって外在的であるのに対して、主人は家の秩序に内在的である。こうして、クセノフォンにあって類比的に捉えられていた家・国・宇宙の統治は、アリストテレスによって種別化されたのである。

では、アリストテレスにとって、理想的な家政の主人とはどのような資質を備えた者だろうか。主人と奴隷は支配する者と支配される者として自然本性的に異なっている。だとすれば、主人の徳と奴隷の徳も、その自然本性からして同じではない。よく知られているように、アリストテレスは徳を人間の理知的な部分に関わる「知性的徳」と性格的な部分に関わる「習性的〔倫理的〕徳」とに区分した。主人と奴隷の徳はそのどちらに関しても性質を異にしている。奴隷は仕事を怠らない程度の徳を備えていればよい。しかし、主人は知性的徳に関して、特に実践に関わる「思慮」をもたなければならず、また、習性的徳に関して、節制・勇気・正義といった徳を完全に有していなければならない。

とはいえ、人は生まれながらに習性的徳を身に付けているわけではない。アリストテレスによれば、そうした徳は思慮に導かれて中庸を選び、これを繰り返し実践すること、つまり習慣づけによる魂の「状態」（ἕξις）を通じて初めて獲得される。

> しかし別の意味では、配置されるものがそれによって、それ自体において、あるいは、他のものとの関係において、善くまたは悪く置かれる、そうした態勢〔διάθεσις〕が状態と言われる。[6]

態勢とは諸部分の「配置」（τάξις）である。この態勢によって精神や身体の各部分は善くまたは悪く配置される。善い態勢であれば各部分は秩序づけられ、悪い態勢であれば各部分は混乱をきたす。すなわち、魂の善い状態とは善い態勢を身に付けることで自己を秩序づけることを意味する。主人が完全な習性的徳を備えた人物だとすれば、習慣を通じて自らを完全に秩序づけた者こそ、主人に相応しいことになるだろう。

アリストテレスにおいて、家政・国政・宇宙統治はその支配形態に応じて分類され、オイコノミアはその目的に従って貨殖術から区別される。オイコノミアの主人は家を支配する者であると同時に、自己自身を支配する者である。言い換えれば、主人とは家の各所に道具を配置するように、自己を秩序正しく配置する存在なのである。

ストア派　神による宇宙の統治

オイコノミアを再び宇宙規模にまで拡張したのは、ストア派の哲学者たちだった。ストア派にとって、宇宙とは単一の神的理性《ロゴス》によって合法則的に秩序づけられた自然の総体である。この宇宙を秩序づける根源的な働きがオイコノミアと呼ばれる。

彼ら〔ストア派、特にクリュシッポス〕の主張では、ほかならぬ宿命や自然や万有がそれに従って統御されているロゴスは神であり、あらゆる存在と生成のうちにあって、そのことによって、すべての存在の固有の本性を万有の統御〔οἰκονομία〕のために役立てているのである。[7]

宇宙の内にある万物は神の理性によって適切に配置されており、あらゆる出来事は秩序正しく配列されている。とはいえ、神のオイコノミアは人間の家政のように、個別の事物や出来事にそのつど介入しながら、宇宙を管理運営しているわけではない。神は最高の理性なのだから、宇宙の内で起こる出来事の全系列は神によって予め見通され、配慮されている。この神の永遠的な「摂理」(πρόνοια)によって、宇宙は全体として最善であるように設計され、建設されたのである。

　こうした宇宙観からストア派の倫理学としてよく知られる「宿命」論が生じることになる。あらゆる出来事は神の摂理によって決定されており、必然的な因果法則に従って進行している。人間の個別的な意志や行為もまた、宿命から逃れることはできない。それゆえ、人間はただ運命を愛することが望ましいのだと。

　しかし他方で、人間は神のオイコノミアに参与することが許されている唯一の存在でもある。キケロは『神々の本性について』において、ストア派の哲学者の口を借りて、神の宇宙統御の目的を次のように語らせる。


　第一に、宇宙はそれ自体が神々と人間のために生み出されたのであり、宇宙にあるものはすべて、人間の喜びのために用意され、考案されたのである。なぜなら、宇宙はいわば神々と人間の共通の家あるいは国家のようなものだからである。[8]

　宇宙とは神々と人間がともに住まう家あるいは国家のようなものである。神々は共通の理性に基づいて大きな家としての宇宙を運営し、人間はその富を享受する。大地とそこに繁茂する動植物は神々と人間の共通財産であり、人間がそれらを利用するために整備されている。なぜ宇宙はかくも人間のために配慮されているのか。それは人間（とりわけ賢者）が神々と同じ理性を分有しているからである。人間は理性的存在であるかぎり、秩序づけられた宇宙の偉大さ、美しさを感得できる。すなわち、人間だけが神のオイコノミアを認識する能力を有する。だからこそ、人間は自然を享受し、そこに秩序を見出すことで、神の業を明らかにする任務を負っているのである。

アリストテレスが峻別した家・国家・宇宙の統治をストア派は改めて統合する。アリストテレスにあって、神はそれ自身秩序づけられることなく宇宙を秩序づける存在だったのに対して、ストア派では、神は宇宙に内在する秩序そのものとされた。宇宙はロゴスを共有する者たちの共同体であり、万物は神の摂理によって人間の有用性のために配置されている。そのオイコノミアとは神が宇宙《コスモス》＝国家《ポリス》＝家《オイコス》を運営するコスモポリティカル・エコノミーなのである。

パウロ、擬パウロ　人類救済計画と実行

神の宇宙統治としてのオイコノミアはキリスト教神学へと移入されると、その中心的教義に関わる重要な意味を担うようになる。新約聖書において、この語を神学的な意味で最初に用いたのは、原始キリスト教最大の理論家パウロ（紀元後頃—六〇年頃）とその模倣者たる擬パウロとされる。例えば、パウロは自らの使命を次のように説く。

> もしも私が福音を宣べ伝えないようなことがあれば、私に禍いあれ。何故なら、もしも私がみずから進んでそのことをなしているのであれば、報酬を受けるであろう。だが、みずから進んでではないとすれば、それはオイコノミアを託されているということである。[9]

ここでパウロが用いる「オイコノミア」という言葉には、二通りの解釈がありうる。この語を「職務」と理解するならば、パウロは神によって託された職務を預かっているということである。他方、これを「摂理」と取るならば、神による宇宙の管理のために、パウロが派遣されたことを意味する。いずれの解釈にせよ、パウロが自らの個人的な意志ではなく、神によって使命を託されて福音を告知しているという点では変わらない。パウロは神に対しては使者であるが、民衆に対しては主人の威光を背負った者なのだ。

こうしたパウロの地位は「キリストの従者、神の秘義の管財人[10]〔οἰκονόμος〕」という経営にまつわる語彙によって、より明確に示される。パウロはキリストの従者であるかぎり、神によって仕事を命じられる使用人にすぎない。しかしまた、秘義の管財人であるかぎり、神から富を預かって管理する経営者でもある。パウロはここで、自分が地上における神の代理人だと宣言するのである。

パウロの言葉の両義的な解釈は、オイコノミアが神による天上の永遠的な摂理であるか、それともパウロによる地上の歴史的な職務であるかという問題である。これに対して、この言葉に一歩踏み込んだ意味を与えるのが、擬パウロ書簡である。例えば、エフェソ書では、改めてパウロの使命が次のように語り直されている。

〔与えられた責務とは〕一切を創造し給うた神の中に世のはじめ以来ずっと隠されてきた秘義

のオイコノミア〔ἡ οἰκονομία τοῦ μυστηρίου〕がどういうものであるかを、すべての者に対して明らかにする、という（責務である）[11]。

神は世界を創造する以前から、摂理によって予め秘義を計画していた。この隠されてきた秘義がいまや実行に移されるときである。その秘義とはすなわち、人類の救済である。まず、キリストが地上に現れ、その教えが世界中へと広められる。次に、天上のものも地上のものも宇宙の万物がキリストという頭の下に統括される。そして、統括された全宇宙がキリストの身体、つまり教会となることによって、救済は成就する。このように、神は摂理によって企図した目的をキリストを通して実現していく。ここで言われているオイコノミアとは「時を満たすというオイコノミア」[12]であって、神による永遠的な計画の歴史的な遂行である。

擬パウロ書簡においては、オイコノミアとは神による人類救済計画の実行である。そこでパウロに託された職務は人類の救済が確かに実現しつつあると告知することであり、また、それによって神の仕事を地上で代理執行することである。

ギリシア教父　神学と救済史

神のオイコノミアはやがて、正統な教義をめぐる論争の中で、ギリシア教父たちによって三位一体論と結びつけられるようになる。対立教皇ローマのヒッポリュトス（一七〇頃―二三五年）は『ノエトス駁論』において、父受難説を論駁するためにこの概念を持ち出す。父受難説とは父なる神自身が十字架にかけられたとする立場である。もし父なる神が地上に姿を現したのならば、創造主としての超越性が脅かされる。しかし他方、人であるキリストが世界の支配者・救世主だと認めるためには、何らかの意味で神でもなければならない。この困難を解くために、ヒッポリュトスは「神のロゴス」という概念を用いて、父なる神と子なるキリストの関係を説明する。

> すなわち、「あなたの内に神はおられる」という発言はオイコノミアの秘義〔μυστήριον οἰκονομίας〕を明らかにしている。ロゴスが肉となり人となったとき、子は人々の内にあったが、父は子の内におり、子は父の内にいたのである。[13]

> 神のロゴスは神から生まれたかぎりにおいて、父とは区別される子であるが、神に由来するかぎりにおいて、神自身でもある。聖霊もまた、神から発出したかぎりで父ではないが、その霊であるかぎりで神である。ロゴスの職務は世界を支配することであり、聖霊の職務は神の意志を預言者に伝達すること、および教会の中にあって聖化することである。こうして、父なる神は地上に直接姿を現すことなく、派遣された子と聖霊を通して世界を運営する。このような父・子・聖霊の関係がつまり、三位一体である。

　ヒッポリュトスは「力に即して見るかぎり、神は唯一である。オイコノミアに即して見るかぎり、〔……〕三様の現出がある」[14]とする。すなわち、オイコノミアとは唯一の力が三様の現れ方をする歴史的構造を指している。ここでさらに注目するべきは、先のエフェソ書からの引用部で見た「秘義のオイコノミア」という表現が「オイコノミアの秘義」へと転倒させられている点である。このことは――アガンベンによれば[15]――オイコノミアがもはや人類救済という秘義の実行でなく、それ自体が三位一体の「神秘」（μυστήριον）となったことを意味する。

とはいえ、ヒッポリュトスの教説は父から派生した子が低次の存在として神に従属するという従属説の色合いを未だ濃く残すものであった。この三位一体論を精緻に理論化し、ひとつの完成へともたらしたのは、カッパドキアの三教父（バシレイオス、ナジアンゾスのグレゴリオス、ニュッサのグレゴリオス）である。

三位一体論の狙いのひとつは異教徒に対して「一神教」（μοναρχία）すなわち神による世界の単独支配を主張しながら、同時に、異端に対して教会の立場から神の三つの位格を確保することにあった。ギリシア教父の三位一体論は「一つの実体・三つの位格」と定式化される。父・子・聖霊はお互いに対する関係によって区別され、それぞれ不出生性・出生性・発出性という固有性が帰せられる。しかし、この三つの位格は本質において捉えられるならば、その内には神性という同一本性が見出される。子と聖霊は出生する神、発出する神として父なる神と同一の実体である。その固有性は三つの位格の永遠的な関係という神の内部構造として理解されなければならない。

このように、永遠の真理たる神の本質として三位一体を観想することが「神学〔神秘思想〕」（θεολογία）である。これに対して、三位一体の神秘を歴史的な事実として把握することはオイコノミアの範疇に属するとされる。それは具体的に言えば、神による世界の創造と維持、キリストの受肉、聖霊の派遣、そして人類の救済である。ニュッサのグレゴリオス（三三〇頃―三九四年）は『教理大講話』において、次のように説く。

そこで、私たちが全宇宙を鳥瞰し、この世界のオイコノミアおよび私達の生命に与えられる神からの恩恵を調べるならば、私たちは生まれてくるものを造り出し、存在するものを保持するなんらかの力が存在していることを把握できよう。[16]

三位一体の神秘が永遠的なものであるかぎり、時間的存在たる人間にとってそれは不可視であり、ただ観想するよりほかない。しかし、神がオイコノミアによって世界を運営した、その結果を歴史的事実として確認することならできる。なぜなら、現に世界は創造され、秩序正しく運営され、そして、キリストと聖霊が派遣されたからである。

神学が神の永遠的な本質を観想することであるのに対して、オイコノミアとは神による世界の終末＝目的へと向けた歴史的な実現、すなわち救済史である。世界を運営する神の姿を見ることはできないが、その業において神の実在が証し立てられる。ここに、クセノフォンの遠い残響を聴きとることができるだろう。

ラテン教父　配置と配剤

ギリシア語の「オイコノミア」はラテン語では「配置・布置・配列」を意味するdispositio、あるいは「配分・配剤」を意味するdispensatioへと翻訳された（勿論、そのまま音写したoeconomia〔家政〕という語もある）。キリスト教神学に限って言えば、ギリシア語の「オイコノミア」とラテン語の「配置」「配剤」との関係を明示的に規定したのは最初期のラテン教父テルトゥリアヌス（一五五頃―二二〇年頃）だとされる。その『プラクセアス反論』では、ヒッポリュトスに先駆けて父受難説が論駁されている。三位一体の教義は神の単独支配を危険に晒すものだとする父受難説に対して、テルトゥリアヌスはヒッポリュトスと同様に、「オイコノミアの秘義」（oeconomiae sacramentum）という概念を用いて対抗する。

テルトゥリアヌスはオイコノミアをラテン語で「配剤」と呼ぶと断った上で、配剤とは実体として単一である神が三つの形相へと配列されること、そして、キリストと聖霊が地上へと派遣されたことだとする。

そういうわけで、むしろあなたこそ、神が望み給うただけの数の名において構成されている単独支配の配置〔dispositio〕と配剤〔dispensatio〕を覆しているのだから、単独支配を破壊しないように注意するべきである。[17]

父が子をもつからといって、その単独支配が破壊されることはない。父・子・聖霊が実体として分割されることなく、三という数へと配列されるのは、神の配剤によるものである。この秘義によって、神の単独支配と三一性は両立する。それゆえ、父なる神自身が十字架にかけられたとする信仰はむしろオイコノミアの秘義に逆らうものなのだ。

これに対して、テルトゥリアヌスのいう「配置」とは「三位一体の数と配置」[18]と言われるように、神という同一の実体内部における位格の秩序を指すと考えられる。したがって、「オイコノミア」に対応する二つの言葉を対比的に捉えるならば、神の内的・永遠的秩序を意味するのが配置であるのに対して、神と歴史的世界との関係を示すのが配剤だと言えるだろう。

トマス（一）　配置・統宰・配剤

中世のキリスト教神学において、オイコノミアに関連する三つの概念を用いて神による世界統治の様態を説明したのが、スコラ哲学最大の神学者トマス・アクィナス（一二二五頃—七四年）である。トマスは『神学大全』において、摂理は神に適合するか、言い換えれば、神は摂理によって世界を統治しているか、という問題に対して次のように答える。

二つのことが摂理の配慮には属している。すなわち、ひとつには、秩序〔ordo〕の理念であり、摂理や配置〔dispositio〕と呼ばれる。もうひとつは、秩序の実行であり、統宰〔gubernatio〕と呼ばれる。前者は永遠的なものであり、後者は時間的なものである。[19]

神が世界を秩序づける働きにはその理念と実行の二つがある。神による世界統治の第一の様態は秩序の理念であり、「摂理」あるいは「配置」と呼ばれる。配置とは世界の秩序を予め配慮し、計画することである。それは世界の創造以前に立てられた計画なのだから、永遠的なものである。また、神の知性は無限なのだから、神はどんなに些細なことでも世界の一切を自ら直接的に配慮する。

では、世界の総体は摂理によって一体何へと向けて秩序づけられているのか。トマスによれば、配置には全体における諸部分の秩序と諸事物の目的への秩序という二つの意味がある。神は世界の内部において自然の諸事物を互いに連関するように配置する。しかし、それと同時に、諸事物は世界の外部にある究極目的へと向けて配置されてもいる。この究極目的とはすなわち、神の善性そのものである。

これに対して、神による世界統治の第二の様態は秩序の実行であり、「統宰」と呼ばれる。神の統宰とは摂理によって計画された世界を実際に運営し、その究極目的へと導いていくことである。とはいえ、神は自らの手で世界を統宰するわけではない。なぜなら、神は世界の外部にいる永遠的な存在であるかぎり、神自身が時間的な世界の内部へと直接介入することは通常ありえないからである。したがって、神はあるものを他のものの媒介を通じて統宰する。他のものの媒介とは、上位の天使が下位の天使を統率するように、存在の序列に従って、上位のものが下位のものを管理運営するという仕方である。

神が世界を秩序づける様態には、神自身による永遠的な計画としての配置とヒエラルキーを通じた歴史的な運営としての統宰の二つがある。しかし実を言えば、神の世界統治には第三の様態がある。それは神が世界の秩序に直接的に介入する仕方であり、この秩序から逸脱するような例外状態を作り出すことである。それが神の「配剤」、つまり奇蹟である。

しかし、物体的な事物においては、神の配剤〔dispensatio〕によって、より高次の秩序のために、恩寵の顕示のために役立つかぎりにおいて、時としてこうした秩序からの離反が行われる。例えば、生まれつきの盲人が光を与えられるとか、ラザロが蘇生するといったことは、諸天体の働きなしに、神によって直接なされたのである。[20]

自然の秩序を覆すことができるのは、それを配置した神自身のみである。奇蹟は天使を媒介とすることなく、神自身が世界へと直接介入することによって起きる。とはいえ、この秩序の例外状態は決して無秩序を意味するのではない。それはあくまでも「より高次の秩序のために」役立つかぎりで生じるにすぎない。奇蹟はたしかに部分的に見るならば、通常の秩序からの逸脱ではあるが、結果的に見るならば、究極目的のために秩序づけられているのである。[21]

このように、トマスにおける神の世界統治は秩序の計画・実行・逸脱という三つの様態として捉えられる。神は配置によって永遠的秩序を計画し、ときに配剤によって秩序へと介入しながら、統宰によって世界を歴史的に運営していく。

トマス（二）　態勢・統治・経営

トマスにあって、神による世界統治の三様態を表す概念は、実を言えば、人間の実践的場面でも用いられている。それらは人間の三つの支配形態をそれぞれ意味する。支配の第一の形態はいわゆる自然法論の中に見出される。トマスによれば、人間は神の似姿であり、本性的に理性的存在である。そのため、神から地上の被造物を管理するという職務を委託されている。人間には地上の事物について自然本性的な支配権が賦与されているのである。

この支配権には二つの権能が属する。ひとつは事物の使用という権能である。とはいえ、それは個人的所有ではなく、必要に応じて他者と分かち合うべき共有財産についての権利である。そして、もうひとつが「管理および経営する権能」[22]（potestas procurandi et dispensandi）である。この権能については事物の個人的所有が正当であるばかりでなく、必要でさえあると言われる。というのも、人は共有財産よりも自分に固有の財産の方により大きな配慮を払うのであって、それゆえ、適切に管理・経営できるからである。このように、「経営」（dispensatio）は人間の実践において、自分の所有物に対する支配権を意味する。自らの財産を支配する経営とはつまり、家政である。

人間による支配の第二の形態は国家の「統治」である。トマスは『君主の統治について』において、王による国の統治は神による世界の統宰を模範とするべきだと主張する。

都市や王国の創設がこの世の創造を模範としているように、その統治〔gubernatio〕の理法も神の統宰〔gubernatio〕から学ばなければならない。[23]

既に見たように、神の統宰とは存在のヒエラルキーを通じて、世界を究極目的たる神へと導いていくことだった。王は人々を支配するという職務を神から委託された地上の代理人である。それゆえ、王の統治は神の統宰を模範とするべきであり、統治機構を通じて国家をその目的へと指導しなければならない。国家の目的とは人々にとっての共通善、すなわち平和である。

トマスはこうした王の国家運営を「操舵」(gubernatio　語源はギリシア語の κυβερνῆσαι)に譬えている。舵取りが船を正しい航路で無事に港へと導くように、王もまた、国家の組織を保全し、共通善を実現しなければならない。アリストテレスが国政から家政を截然と区別し、後者のモデルとした操舵術はトマスにあって統治のモデルとなった。ここに、操舵術の比喩をめぐる錯綜した関係を看て取ることができるだろう。

第三の支配形態は人間による自己自身の統治、すなわち倫理の場面に求められる。トマスはアリストテレスの習性的(倫理的)徳の議論を承けて、人間の徳は習慣によって獲得されるとした。トマスによれば、「習慣」(habitus)とは事物の自然本性へと秩序づけられる基体の様態・規定である。習慣の目的は自然本性であり、それと適合するか否かに応じて、良い習慣(徳)あるいは悪い習慣(悪徳)と呼ばれる。

習慣は事物の自然本性、さらにその作用あるいは目的に関連する何らかの態勢を含意する。

この態勢に基づいて、あるものはそれらへと善くあるいは悪く配置される。[24]

人間の徳とは自らに備わる自然本性を十全に開花させること、つまり人間性の完成である。人は習慣づけを通じて、自然本性という目的に対して自己の精神や身体の各部分を秩序づけ、配置する。この諸部分の配置が「態勢」（dispositio）である（アリストテレスがδιάθεσιςと呼んでいたもの）。善い習慣とは自己自身を統治して秩序づけ、本性的な能力を発揮できるようにする態勢なのである。

習慣は単なる動作の機械的反復や身振りの固定化ではない。トマスにとって、何よりもまず習慣づけられるべきは人間に固有の自然本性、すなわち理性である。人は生まれながらに正しく推論したり、正しく選択できたりするわけではない。正しく推論する習慣を身に付けることで「学知」という徳が備わり、正しい選択ができるような態勢を獲得することで「思慮」の徳が備わる。このように、人間の理性が習慣を通じて秩序づけられることによって初めて、知性的徳は実現する。

さらに、人間の非理性的な部分たる情念や欲求は善い行為を可能にする思慮に導かれて、秩序づけられる。非理性的部分もまた、思慮の統制の下で習慣づけられ、節制・勇気・正義といった倫理的徳となる。しかしながら、トマスによれば、人間性の完成のためには、こうした習慣による知性的徳・倫理的徳の獲得だけでは未だ十分ではない。なぜなら、人間にとっての究極目的とは「至福」であるが、これは人間の自然本性を超越しているからである。それゆえ、人間が真の究極目的へと秩序づけられるためには、単に人間的徳を成就するだけでなく、神によって注入される徳（信仰・希望・愛）が必要なのである。

アリストテレスにとって、習慣とはあくまでも一人の個人としての完成を目指すものだった（勿論、個人の完成がひいては家や国家に貢献することに繋がる）。これに対して、トマスの習慣は決して個人内部の秩序づけでは完結せず、より高次の目的へと秩序づけられる必要がある。個人は世界の究極目的へと向けて、目的－手段連関の内に組み込まれている。人間は神によって配置（dispositio）された自然本性を通じて自己の態勢（dispositio）を秩序づけ、神によって注入された愛を通じて至福へと還帰する。この意味で、トマスの習慣論は「救済史」[25]の側面をもつのである。

こうして、人間の実践における「態勢」「経営」「統治」という三つの支配形態を確認することができる。態勢とは自己自身の支配であり、経営とは主人による財産の支配であり、統治とは王による人民の支配である。言い換えれば、それらは個人・家・国家の支配を各々意味する。そして、この三つの形態は実践哲学における三つの領域に対応している。それはすなわち、倫理学・家政学・政治学である。この実践哲学の三分類はルネサンス、啓蒙思想に至るまで継承されていくことになる。

カルヴァン　摂理と救済

古代ギリシアの「オイコノミア」は中世を通じてラテン語の dispositio や dispensatio に置き換えられていった。しかし、ルネサンスの運動の中で、それらは再び「エコノミー」へと変貌することになる。ラテン語から近代西洋諸語へと再翻訳された経路は複数考えられるが、ここでは特に神学と生物学、経済学の潮流に注目する。

フランスの宗教改革者カルヴァン（一五〇九―六四年）は『キリスト教綱要』最終版において、あのテルトゥリアヌスと対峙する。そこでは、父なる神だけが神の本質であるとする反三一論者が批判され、テルトゥリアヌスの三位一体論が次のように援用される。

神は唯一であるが、配剤〔dispensatio〕あるいはエコノミー〔oeconomia〕によって、その御言葉と共にある。神は実体の単一性によって一つであるが、この単一性は配剤の秘義によって三位一体へと配列される。[26]

また別の箇所では、「神における何らかの配置〔dispositio〕あるいはエコノミーは本質の単一性について何も変化を及ぼさない」[27]とも述べられている。ここで注目するべきは、カルヴァンがエコノミーを間に挟んで配置と配剤を等置していることだ。テルトゥリアヌスにとって、配置は神の永遠的な秩序であり、配剤は神と世界との歴史的関係だった。だとすれば、配置と配剤を同一視するとは、永遠的なものと歴史的なもの、選びの摂理と救済の歴史を重ね合わせることを意味する。

このことは摂理論の観点からも確認できる。カルヴァンによれば、神の摂理とは神が天上で世界を眺めることではなく、「船長が舵を取るように、全ての出来事が運営されている」[28]ことである。神は一般的摂理によって世界を予め秩序づけるだけでなく、個別的摂理によって世界の万物をつねに直接統御してもいる。とはいえ、それはストア的な宿命論とは異なる。ストア派の摂理は自然に内在する必然的な因果関係にすぎず、そこに神の意志は関与していない。これに対して、カルヴァンの神は自然を機械的に操作するのではなく、自らの意志によって万物に配慮している。このように、カルヴァンの摂理論において、神による永遠的な配置と時間的な統宰は一致するのである。

テルトゥリアヌスによって配置と配剤へと分割されたオイコノミアは、カルヴァンによって再び統合された。中世のラテン語世界を通じて、配置・配剤・統宰へと枝分かれした意味が一つに合流し、神の下で永遠と歴史、秩序と運営が合致する。いよいよ時が満ちて、新たな意味を纏った「エコノミー」が近代に姿を顕すことになる。

重農主義と百科全書派　有機体の秩序

十八世紀に初めて「エコノミスト」と呼ばれる一群の人々が登場した。それが「重農主義」(physiocratie) である。彼らにとって「エコノミー」が重要な概念だったことは、その代表的人物ケネー（一六九四―一七七四年）に捧げられた弔辞によく表れている。弟子のミラボー（一七一五―一七八九年）はケネーが「医学において動物のエコノミーを、形而上学において道徳のエコノミーを、農業において政治のエコノミーを発見」し、これによって「自然的秩序の偉大な法[29]」の下に万物を包括したと讃える。ここで「エコノミー」とは様々な学問領域における有機的な秩序を意味している。そして、とりわけ農業の分野で考究されるべき「政治のエコノミー」(économie politique) がつまり、「経済」なのである。

ケネーによれば、自然的秩序の法(自然法)は物理的法と道徳的法の二つに分類される。物理的法が自然的秩序における物理的出来事の規則であるのに対して、道徳的法とは物理的秩序に適合するような道徳的秩序における人間的行為の規則である。人間の行為を規制する道徳的法は物理的秩序に適合しなければならず、この秩序を統制する物理的法は自然的秩序の過程である。だとすれば、人間の行為が物理的秩序に従うことで、自然的秩序が実現されることになるだろう。

ケネーは『中国の専制政治』において、人間の欲求に必要な財産の連続的な再生産と分配のために、自然法は創造主によって創設されたのだとする。自然は人間が自らの生命と財産を再生産し、富を分配するという目的の下に秩序づけられている。この目的のために行為を規制するのが道徳的法であり、これに基づいて統治されるとき、社会は自然的秩序と適合する。したがって、「社会の秩序の自然法とは人間の生存・維持・利便性に必要な財の永続的な再生産の物理的法そのもの[30]」である。道徳的法が従属するべき物理的法は人間の生と富を再生産する自然的秩序である。それはすなわち『経済表』によって示された再生産過程である。

統治が準拠するべき道徳的法が物理的法によって規定されているかぎり、統治の役割はただ人民を再生産過程へと従属させることに限られる。ケネーにとって富の唯一の源泉は土地であり、農業こそが生産的部門だった。だとすれば、統治の仕事とは農業によって生産される富を最大限に運用するべく、社会を管理運営することだろう。事実、「農業王国のエコノミー的統治の一般諸準則」の第八準則は次のようなものである。

　エコノミー的統治〔*gouvernement économique*〕は生産的支出と自国の農産物の取引を育成することだけに従事し、不生産的支出は放任する。[31]

　富の再生産過程は統治によって自然的秩序に適合させられる。この富の社会的循環がつまり「経済」である。それゆえ、政治体のエコノミーが経済だと言える。このように、政治体の統治を自然的秩序へと従属させるケネーの思想はまさしく「自然の支配」(physiocratie)だったのである。

　先述の弔辞において、ミラボーはケネーが医学の分野で「動物のエコノミー」(économie animale)を発見したのだと述べていた。実を言えば、医師でもあったケネーは『経済表』のような経済学的研究に先立って、医学・生理学に関する諸著作を発表している。その内の一つに『動物のエコノミーについての自然学的試論』がある。そこでは、動物のエコノミーの働きが「道具的原因、すなわち諸部分の構造と活動に従属する」[32]と説明される。諸器官は有機的組織を形成し、生命の原理に従って機械的に運動する。ケネーによれば、動物のエコノミーの自然学、つまり「生理学」(physiologie)に大きな光明をもたらしたのが、血液の「循環という発見」[33]だった。

　この動物のエコノミーについて、より明確に規定しているのが『百科全書』の「動物のエコノミー」の項である。執筆者の医師メヌレ・ド・シャンボー（一七三九―一八一六年）はこれを

「動物の生命を維持する諸機能・諸運動の秩序やメカニズム、調和」[34]と定義する。それは何らかの法則に基づく動物の身体組織の秩序である。諸器官が総体として機能することが生物の健康であり、その調和が乱れるならば病気となり、その完全な停止が死である。このように、動物のエコノミーは各器官が有機的に連関する自律的システムと捉えられている。

こうしたエコノミーの理解は同じく『百科全書』の「エコノミー」の項でも確認できる。この項目を執筆したルソー(一七一二―七八年)はエコノミーを家に関わる「私経済」(économie particulière)と国家に関わる「公経済」(économie publique)とに分類した上で、後者の役割を生命体に準えて説明する。

政治体は個別的に捉えれば、有機的組織を備えた生きた身体として、人間の身体として考えられる。主権は頭部を表す。〔……〕公財政は血液であって、賢明なエコノミーが心臓の役目を果たすことで血液を送り、全身に栄養と生命を配分する。[35]

生命体にあって頭部が身体を統括し、心臓が全身に血液を運ぶのと同様に、政治体においては主権がこれを指揮し、エコノミーがその財政を循環させ、組織全体に富を配分する。ルソーによれば、主権とは人民全体の意志、つまり一般意志であって、立法権を有する。それは政治体全体とその諸部分の保存と幸福を目指し、法の源泉となる。これに対して、公的なエコノミーはその具体的な執行機関であって、「政府」(gouvernement)と呼ばれる。したがって、エコノミーの第一原理は一般意志である。それは法に即した行政を行うことを通じて、共通善という目的のために奉仕しなければならない。
このように、初期近代においてエコノミーは一般的に有機的な秩序を意味していた。それは有機的組織全体の調和と維持を目的とし、そのために法の下で秩序づけられた自律的なシステムである。そこでは、政治体のエコノミーが生命体のエコノミーと類比的に捉えられたため、循環の形象が経済に付与されたのである。

生物学　自然のエコノミーからエコロジーへ

動物のエコノミーが一箇の生物個体内に限定された秩序だとすれば、これを自然界全体にまで拡張したのが「自然のエコノミー」である。二名法で知られる植物学者リンネ（一七〇七―一七八年）は『自然のエコノミー』において、神学と生物学の交差する地点にエコノミーを見出す。

自然のエコノミー〔Oeconomia naturae〕とは創造主による自然の事物に関する全知の配置〔dispositio〕のことである。この配置によって、事物は共通の目的と相互的な便益をもたらすように適応させられている。[36]

自然の万物は神によって究極目的へと秩序づけられると同時に、諸事物同士の間でも相互の利益のために秩序づけられている。こうした神の摂理による配置が自然のエコノミーである。そこでは、あらゆる生命が各々に与えられた職務を果たしている。様々な種は相互に補塡し合うことで全ての種を保存し、ある事物の破壊は他のものの再構築のために役立つ。このように、鉱物・植物・動物の三界にある万物は互いに有機的に連関し合い、秩序づけられた総体を構成している。

では、自然界が共通して秩序づけられている目的とは何か。それはすなわち「最終的に人間のために[37]」である。自然の富はすべて——直接的にであれ、間接的にであれ——、人間の有用性のために配置されている。人間はそれらを用益することで、自然のエコノミーの内に神の摂理を見出し、神の栄光を讃えるという職務を担っている。リンネの分類学とは、こうした神の永遠的秩序を自然の中に発見するための方法だったのである。

リンネの自然のエコノミーはダーウィン（一八〇九—八二年）の生物相互の依存関係という発想に影響を与えた。実際、ダーウィンの「場所」（現在で言う「生態学的地位《ニッチ》」）はリンネの各生物の職務という概念を翻案したものである。ダーウィンは『種の起源』において、全ての生物は「自然のエコノミー〔economy of nature〕の中で各々の場所を獲得するために[38]」闘争していると述べる。もし自然界での場所をめぐる闘争を通じて生存に適した変化ができなければ、その種は滅びてしまうだろう。これが進化論の重要な要素をなす自然淘汰の理論である。このように、リンネが自然のエコノミーを永遠的で不変なものと想定していたのに対して、ダーウィンはそれを進化論によって歴史的過程として捉え直したのである。

進化論の熱心な信奉者だった動物学者ヘッケル（一八三四—一九一九年）はこの自然のエコノ

ミーという概念から、現代の思想で大きなテーマとなる一つの言葉を作り出した。ヘッケルは『有機体の一般形態学』において、生物を個体としてのみ研究する生理学を批判して、それを周囲の環境全体との関係において考察する学問を提唱する。それが「エコロジー」(Oecologie)である。

エコロジーとは有機体とそれを取り巻く外界との関係についての総合的な学問である。この外界には広義におけるあらゆる「生存条件」が含まれうる。〔……〕これに対して、生理学は有機体と外界との関係、すなわち各有機体が自然の家政〔Naturhaushalt〕の中で占めている位置、自然全体のエコノミー〔Oeconomie des Natur-Ganzen〕の中で占めている位置をほとんど無視してきた。[39]

生理学はこれまで、個体内部における諸器官相互の関係や個体全体の秩序のみを対象としてきた。しかし、それは生物をきわめて一面的にしか捉えていない。これに対して、ヘッケルの提唱する生態学《エコロジー》は生物を周囲の外界との関係、すなわち「生存条件」との相互作用の中で考察する。この生存条件には無機的自然と有機的自然がともに含まれる。無機的自然とは生息地の物理的・化学的諸特性や気候、無機的栄養、水や土壌等を意味する。他方、有機的自然はある生物が接触する他のあらゆる生物との関係の総体であり、他の生物との生存競争や捕食関係、寄生関係等がこのカテゴリーに属する。このように、エコロジーとは自然のエコノミーの内での生物の位置を考慮に入れる学問なのである。

とはいえ、このヘッケルの提唱した新語はただちに学界に受け容れられたわけではなかった。エコロジーは十九世紀末になってようやく自然のエコノミーに取って代わっていった。こうした生態学《エコロジー》に新たな潮流を生み出したのが、植物学者のアーサー・ジョージ・タンズレー（一八七一―一九五五年）である。タンズレーは自然界を把握するために、それまでの有機体論的なモデルに代えて、「生態系」（ecosystem）という物理学的なシステムを提案する。それは無機的なものと有機的なものとの相互作用を含み、「宇宙全体から原子へと至る宇宙の無数の物理的な系の内で一カテゴリーをなす」[40]とされる。この生態系という概念を通じて、生命圏はエネルギー流の系として捉えられるようになる。それは太陽エネルギーを吸収し変換していく効率的なシステムである。

エコロジーとエコシステムは自然のエコノミーから派生した概念である。それは初期近代から現代へと受け継がれるにしたがって、神の摂理による永遠的な配置から自然法則の下での歴史的な関係の総体へと、目的論的・有機体論的な秩序から物理的なシステムへと変奏されていったのである。

スミス　神の見える手から見えざる手へ

エコロジーと同様に、初期近代のエコノミー概念から分岐して、現代の思想や社会に多大な影響を与えている支流がもう一つある。それが「経済学」（political economy）である。ドイツ歴史学派の先駆者フリードリヒ・リスト（一七八九―一八四六年）は『経済学の国民的体系』において、アダム・スミス（一七二三―九〇年）の思想が自由貿易によって達成される世界共和国を標榜しながら、その実、先進工業国に対する後進国の世界的隷属に加担するものだと批判する。リストによれば、スミスは国民国家の概念を把握しそこねたために、私経済と国家経済を取り違え、世界共和国という夢想を信じてしまった。そうした経済思想をリストは「コスモポリティカル・エコノミー」（kosmopolitische Ökonomie）と呼び、自らの「国民経済学」と対置する。[41] はたして、スミスの経済学は本当にリストが批判するような、家・国家・世界を一直線に結ぶようなエコノミーなのだろうか。

十八世紀のスコットランド啓蒙思想はカルヴァン主義の予定説をめぐる論争を背景として、キリスト教とストア派との接合を図るものであった。この伝統に連なるスミスもまた、『道徳感情論』に見られるように、ストア派的な神の観念に強く影響されていることは確かである。しかし他方で、スミスは次のように言うことで、宇宙と家・国家との間に一本の切断線を引く。

> しかしながら、宇宙の偉大な体系の管理運営、すべての理性的で感性的な存在の普遍的幸福についての配慮は神の仕事であって人間の仕事ではない。[42]

既に見たように、ストア派にとって宇宙とは神と人間とが共に住まう大きな家だった。そこで人間に課された職務は自然が神の摂理によって運営されているのを観想すること、いわば神の

「見える手」を観ることである。スミスにとって、人間の仕事はこうした神の宇宙運営に直接参与することではない。そうではなく、自分自身や家族、友人、国家の幸福について配慮することである。それはすなわち、自己の生と財産の運営であり、自己利益の追求である。

　人間には「利己心」という自然本性が与えられている。人は自己の欲求を充足させるために諸手段を配置するが、しばしば手段が適切に配置されていること自体に快楽を覚え、あたかも有用性そのものに価値があるかのように倒錯視する。スミスはこのことを「エコノミー」という語の伝統的用法をなぞるように説明する。すなわち、人は「邸宅と家政《エコノミー》を支配する便宜の美しさ」に魅了され、本当の充足とそれを生み出す「システムや機械、配列《エコノミー》」[43]の秩序や調和とを取り違えるのだと。しかし、スミスによれば、自然がこのように人間を欺くことはいいことである。なぜなら、この自然の欺瞞こそが人間の勤勉さを喚起して、科学や技術を発展させ、生活を豊かにしたからである。貪欲な地主は利己心に従って邸宅を装飾する。しかし、そのために農民を雇うことによって、図らずも自らの富を農民へと分配することになる。

> 彼らは見えざる手に導かれて、生活必需品の分配を行う。この分配は、もし大地がすべての住人の間で平等な部分に分割されていたら、なされていただろう分配とほとんど同じである。こうして彼らはそれを意図することも知ることもなしに、社会の利益を推進し、種の増殖のための手段を提供する。[44]

人間は理性や正義に基づいて富を分配するのではない。人はあくまでも利己心に従って行動しているにすぎない。しかし、その行動は「意図することも知ることもなしに」結果的に、社会的利益や種の繁栄といった自然の目的を実現する。自然的秩序は人間の自由な行為を通して初めて実現されるのであり、「自然」（nature）の目的は利己心という人間の「本性」（nature）を媒介として成就する。このように、諸事物を自然の目的のために秩序づけ、人間に手段自体を欲求する本性を与えるメカニズムを、スミスは「自然のエコノミー」（oeconomy of nature）と呼ぶ。

リストが批判したスミスの自由貿易論はこの自然のエコノミーによって立証されるものである。スミスは『国富論』において、「ポリティカル・エコノミー」の目的とは人民と主権の双方を富ますことだとする。重商主義と重農主義はこの観点から批判されるべきである。もし政府が保護政策によって輸入を制限すれば、国内市場に独占が生じる。しかし、このことは国内の資本にとって必ずしも有利には働かない。むしろ逆に、政府の介入なしに資本家個人の利己心に基づいて資本が投資されるならば、「見えざる手」に導かれて――意図せずして結果的に――国内の資本を増殖することになるだろう。したがって、政府は重商主義が主張する保護政策を採るべきではないのだ。

他方で、重農主義のように、社会を自然的秩序へと従属させ、再生産過程を促進するべきでもない。スミスは「動物のエコノミー」と「政治のエコノミー」の類比を逆手に取って、ケネーを批判する。医師ケネーは完全な自由と正義という厳密な養生法によって政治体が繁栄すると考えているが、それは間違いである。人間は多少の不摂生をしても、有機的秩序が均衡を保つことで健康を維持できる。それと同様に、政治体もまた、多少の不正があったとしても、自然の英知が用意した機能によって繁栄が保たれる。その機能とはつまり利己心である。

　政府の役割は重商主義のように市場を抑圧することでも、重農主義のように再生産過程を優先することでもない。「すべてのシステム——優先のであれ抑圧のであれ——がこうして完全に除去されるならば、明白で単純な自然的自由のシステムが自ずと確立される」[45]。この自由の体系を保証するための三つの義務（国防、司法、公共事業）だけが統治に与えられた職務なのである。

　今やエコノミーの主体は宇宙を摂理によって管理運営する神でも、国家を統治する主権でもなく、自己の利益を自由に追求する諸個人である。それは諸個人の交換という時間的契機を通じて実現される。しかし、本当に自然のエコノミーはただ利己心のみに駆り立てられた個人の行為に委ねられたのだろうか。そして、神はそこから退場してしまったのだろうか。

　この問題を考えるために、再び『道徳感情論』へと立ち戻ろう。スミスによれば、自然によって与えられた本性は利己心ばかりではない。実を言えば、もう一つ別の原理が存する。それはつまり、「共感」（sympathy）である。共感とは感情移入や同情のことではなく、相手の状況を観察し、想像によって相手と立場を交換することで生じる感情である。人間は他人から共感を得て是認（称賛）されることに快楽を感じ、否認（非難）されることを嫌悪する。そのため、人は他人から是認されるように行為しようとする。自分の行為が他人から共感を得られるか否かを判断するには、自分の行為を他人の視点から観察しなければならない。こうして、利害関心から離れた公平な観察者が個人の内に内面化されるようになる。

創造主は、こう言ってよければ、人間を人類の直接の裁判官にしたのであり、他の多くの点と同様にこの点で、人間を自らの似姿として創造し、その同胞の振舞いを監督するために、人間を地上における自らの代理人に任命したのである。[46]

人間は共感に基づいて胸中に一つの法廷を持つようになる。この法廷は神の天上の法廷に対する地上の代理であり、胸中の公平な観察者は神によって職務を命じられた代理人である。その職務とは人間社会の公正さを判断する裁判官となることである。

人は利己心という自然本性に従って自由に行動することで、自然的秩序を実現する。しかし、それは単に際限なき私欲を肯定することではない。なぜなら、人は他方で、共感という本性に従って判断することで、神の代理人として地上の正義を実現するからである。このように、スミスの構想したエコノミーは人間に与えられた本性を媒介として自然の目的を実現するものである。逆から言えば、各人の利己心と共感が十全に発揮されるならば、そのとき初めて、自然のエコノミーは実現されるのである。

このように、スミスの思想にはストア派やキリスト教神学、重農主義といった過去の様々なエコノミーの概念が流れ込んでおり、それらを批判的に継承することによって初めて、スミスの経済学は形成されたのである。ケネーやスミスらを端緒とする「ポリティカル・エコノミー」は十九世紀末に「エコノミクス」へと名称を変え、やがて現代の経済学へと発展していく。

エコノミーの範型としての有用性

本補論ではこれまで、西洋思想における「エコノミー」の概念史をごく概略的に辿ってきた。それは古代ギリシアの家政に始まり、ストア派における神の宇宙統治、キリスト教神学における摂理と運営を経て、初期近代の有機的秩序、近代におけるエコロジーと経済学の分化へと至る歴史である。勿論、こうした多元的・多層的なエコノミー概念の意味を一義的に確定することは控えるべきだろう。とはいえ、その底流をなすエコノミーの範型を抽出することは可能である。それはすなわち、目的へと秩序づけることである。この目的への秩序づけには二つの側面が含まれる。

第一の側面は永遠的なものである。エコノミーとはまず何らかの目的のために諸事物を配置することである。それは単に所有物を並べて置くことではなく、目的が確実かつ効率的に達成されるべく、手段を適切に配置することを意味する。そのため、諸事物は一定の法則と秩序に従って、順序正しく配列されなければならない。家政《オイコノミア》において、家の生を維持するという目的のために、主人は道具と奴隷を適切な場所に配備する。宇宙統御《オイコノミア》において、人間の便益という目的のために、神は摂理によって万物を自然の内に配置する。さらにまた、諸事物はその総体が究極目的へと秩序づけられるだけでなく、事物同士も相互に関係づけられる必要がある。この相互関係において事物は互いにとって有益であり、調和するように配列される。キリスト教神学における神の世界統治の場合、究極目的は神自身であって、世界内に配置《ディスポシティオ》された諸事物の総体の外部に位置づけられる。これに対して、有機的組織のエコノミーの場合、究極目的は諸要素の総体それ自体であって、各器官が有機的に結合することで一箇の個体を形成する。このように、エコノミーは目的のために手段を秩序づけることなのである。

第二の側面は歴史的なものである。目的は企図されるだけでは十分ではなく、実際に遂行されなければ意味がない。それゆえ、エコノミーは手段を用いて目的を実行することでもある。その主体は現に起きている事象に配慮し、不具合が生じれば適宜対処しながら、目的を円滑に遂行しなければならない。家政において、主人は思慮に従って奴隷や家族を指揮することで、家を管理運営する。キリスト教において、神はオイコノミアによって世界の創造、キリストの受肉、人類の救済を歴史的に実現し、世界の終末＝目的を成就する。重農主義のエコノミー的統治の場合、政府は再生産過程を自然的秩序へと適合させることで、富の循環を保証する。とはいえ、この遂行は必ずしも目的に向かって直線的に進行していくとは限らない。神はときに応じて奇蹟という配剤《ディスペンサティオ》によって通常の秩序を覆すことがあるが、それは結果的にはより高次の秩序の役に立つ。また、自然の欺瞞のように、一見すると公共善に反するように見える利己心が結果的に目的を実現する。目的はつねに未来に設定され、過去を手段として現在、実行されるのだから、エコノミーは過去・現在・未来という歴史的時間において運営される。

このように、エコノミーの範型は目的への秩序づけである。そこには永遠的な側面と歴史的な側面、摂理と運営、目的のための手段の配置と手段を用いた目的の遂行が含まれる。こうした目的－手段連関の下での行為が指示するものとはつまり、有用性である。有用性とは第二章で詳述したように、目的のための手段である。それはより一般的に言い換えれば、他のものへと関係づけられることを意味する。それ自身を目的とし、他者へと従属することのない至高者は決して有用となることがない。仮に神がそれだけで存在し、世界という他者がなければ、オイコノミアは必要とされなかっただろう。したがって、エコノミーとは究極的には他者への従属的関係を意味するのである。

注

序章

1 以下、バタイユの伝記的事項については、M. Surya, *Georges Bataille : la mort à l'œuvre*, Gallimard, 1992. シュリヤ『G・バタイユ伝』上・下巻、西谷修・中沢信一・川竹英克訳、河出書房新社、一九九一年に基づく。

2 J. Derrida, De l'économie restreinte à l'économie générale, *L'écriture et la différence*, Éditions du Seuil, 1967, p. 399. デリダ『エクリチュールと差異』合田正人・谷口博史訳、法政大学出版局、二〇一三年、五五一頁。

3 Ibid., p. 393. 同上、五四三頁。

4 J. Habermas, *Der philosophische Diskurs der Moderne*, Suhrkamp, 1998, S. 278. ハーバーマス『近代の哲学的ディスクルス』第二巻、三島憲一・轡田収・木前利秋・大貫敦子訳、岩波書店、一九九九年、四一七頁。

第一章

1 R. Descartes, *Les passions de l'âme*, *Œuvres de Descartes*, t. 11, publiées par Ch. Adam & P. Tannery, J. Vrin, 1986, p. 352. デカルト『情念論』花田圭介訳、『デカルト著作集』第三巻、白水社、一九九三年、一八二頁。

2 S. Freud, *Über Triebumsetzungen, insbesondere der Analerotik*, *Gesammelte Werke*, Bd. 10, Imago Publishing, 1946, S. 406. フロイト「欲動変転、特に肛門性愛の欲動変転について」本間直樹訳『フロイト全集』第一四巻、岩波書店、二〇一〇年、三三九頁。

3 Platon, *Parmenides*, 130C. プラトン『パルメニデス』田中美知太郎訳、『プラトン全集』第四巻、岩波書店、一九七五年、一四頁。

4 S. Reinach, *Cultes, mythes et religions*, t. 3, Ernest Leroux, 1908, p. 85.

5 シモーヌ・ペトルマン『詳伝シモーヌ・ヴェイユ』I、杉山毅訳、勁草書房、二〇〇二年、三三〇頁。

6 Aristoteles, *Ethica Nicomachea*, 1155b. アリストテレス『ニコマコス倫理学』加藤信朗訳、『アリストテレス全集』第一三巻、岩波書店、一九七三年、二五二頁。

7 J. Bentham, *An introduction to the principles of morals and legislation*, University of London, 1970, p. 12. ベンサム『道徳および立法の諸原理序説』山下重一訳、〈世界の名著〉38、中央公論社、一九六七年、八三頁。

8　G. W. F. Hegel, *Phänomenologie des Geistes*, Suhrkamp, 1986, S. 429.　ヘーゲル『精神現象学』下巻、熊野純彦訳、ちくま学芸文庫、二〇一八年、二三八頁。

9　*Marx/Engels Gesamtausgabe [MEGA]*, Abt. II, Bd. 8, S.73.　マルクス『資本論』第一巻、向坂逸郎訳、岩波文庫、一九六九年、七七頁。

10　K. Barth, *Die Lehre von Gott*, Bd.2, *Die kirchliche Dogmatik*, Evangelischer Verlag, 1948, S. 723.　バルト『神の現実』『教会教義学』第二巻、第一分冊下、吉永正義訳、新教出版社、一九七九年、三八〇頁。

11　E. Kant, *Kritik der Urtheilskraft*, V, 248.　カント『判断力批判』熊野純彦訳、作品社、二〇一五年、一八四頁。

12　D. Hollier, *La prise de la Concorde*, Gallimard, 1993, p. 161.　オリエ『ジョルジュ・バタイユの反建築』岩野卓司・神田浩一・福島勲・丸山真幸・長井文・石川学・大西雅一郎訳、水声社、二〇一五年、一五九頁。

13　M. Mauss, Essai sur le don, *Sociologie et anthropologie*, PUF, 1968, p. 153.　モース『贈与論』吉田禎吾・江川純一訳、ちくま学芸文庫、二〇〇九年、一九頁。

14　A. Smith, *An Inquiry into the Nature and Causes of the Wealth of Nations*, I, Oxford University Press, 1976, I. ii. 28.　アダム・スミス『国富論』第一巻、水田洋監訳・杉山忠平訳、岩波文庫、二〇〇〇年、四〇頁。

15　Th. Veblen, *The Theory of the Leisure Class*, Macmillan, 1912 [1899], p. 101.　ヴェブレン『有閑階級の理論』小原敬士訳、岩波文庫、一九六一年、一〇〇頁。

16　S. Freud, *Formulierungen über die zwei Prinzipien des psychischen Geschehens*, *Gesammelte Werke*, Bd. 8, Imago Publishing, 1945, S. 235f.　フロイト「心的生起の二原理に関する定式」高田珠樹訳、『フロイト全集』第一一巻、岩波書店、二〇〇九年、二六四頁。

第二章

1　H. Hubert/M. Mauss, Essai sur la nature et la fonction du sacrifice, M. Mauss, *Œuvres*, 1, Éd. Minuit, 1968, p. 302.　ユベール／モース『供犠』小関藤一郎訳、法政大学出版局、一九八三年、一〇四頁。

2　Ibid., p. 303.　同上、一〇五頁。

3　H. Hubert/M. Mauss, Esquisse d'une théorie générale de la magie, *Sociologie et anthropologie*, PUF, 1950, p.105.　モース『社会学と人類学 I』有地亨・伊藤昌司・山口俊夫訳、弘文堂、一九七三年、一七三頁。

4　H. Hubert, Introduction à la traduction française, in: Chantepie de la Saussaye, *Manuel d'histoire des religions*, Librairie Armand Colin, 1904, xlvii.

5　É. Durkheim, *Les formes élémentaires de la vie religieuse*, PUF, 1960, p. 65.　デュルケーム『宗教生活の基本形態』上巻、山﨑亮訳、ちくま

学芸文庫、二〇一四年、九五頁。

6 Ibid., p. 53. 同上、上巻、八一頁。

7 Ibid., p. 591. 同上、下巻、三七二頁。

8 Ibid. 同上。

9 火の十字団のファシズム・イメージとその実態については、剣持久木『記憶の中のファシズム』講談社、二〇〇八年参照。

10 R. Caillois, *L'homme et le sacré*, Gallimard, 1950, p. 19. カイヨワ『人間と聖なるもの』塚本史・吉本素子・小幡一雄・中村典子・守永直幹訳、せりか書房、一九九四年、二〇頁。

11 Ibid., p. 133. 同上、一五〇頁。

12 Ibid., p. 134f. 同上、一五二頁。

13 É. Durkheim/M. Mauss, De quelques forms primitives de classification, *L'Année sociologique*, vol. 6, 1903, p. 70. デュルケーム『分類の未開形態』小関藤一郎訳、法政大学出版局、一九八〇年、九三頁。

14 R. Caillois, op. cit. p. 97. カイヨワ『人間と聖なるもの』一〇八頁。

15 Ibid., p. 119. 同上、一三六―一三七頁。

16 Ibid., p. 135. 同上、一五三頁。

17 R. Hertz, La prééminence de la main droite, *Revue philosophique*, LXVIII, 1909, p. 559. エルツ『右手の優越』吉田禎吾・内藤莞爾・板橋作美訳、ちくま学芸文庫、二〇〇一年、一五一頁。

18 F. Nietzsche, *Zur Genealogie der Moral, Nietzsche Werke : Kritische Gesamtausgabe*, Abt. 6, Bd. 2, Walter de Gruyter, 1968, S. 347. ニーチェ『道徳の系譜』木場深定訳、岩波文庫、一九四〇年、一〇九頁。

19 M. Weber, *Die protestantische Ethik und der Geist des Kapitalismus, Max Weber Gesamtausgabe*, I/18, J. C. B. Mohr, 2016, S. 461. ウェーバー『プロテスタンティズムの倫理と資本主義の精神』大塚久雄訳、岩波文庫、一九八九年、三三九頁。

20 A. Loisy, *Essai historique sur le sacrifice*, Paris, 1920, p. 115.

21 *Ephesians*, 1:22. 田川建三訳著『新約聖書　訳と註』第四巻、作品社、二〇〇九年、六二頁。

22 R. Caillois, *Approches de l'imaginaire*, p. 59.

23 正確に言えば、カルノーの定理をエントロピーと結びつけて熱力学第二法則として表現したのは、R・クラウジウスである。詳しくは山本義隆『熱学思想の史的展開3』ちくま学芸文庫、二〇〇九年、一七七頁以降参照。

24 バタイユの「エネルギー」概念によるエコノミーとエコロジーの統一的把握という論点については、特に以下を参照。

C. Mong-Hy, *Bataille Cosmique*, Nouvelles Éditions Lignes, pp. 31-55.
25 G. Ambrosino/G. Bataille, *L'Expérience à l'épreuve*, Éditions les Cahiers, 2018, p. 89.
26 K. Hamano, *Georges Bataille : La perte, le don et l'écriture*, Éditions Universitaires de Dijon, 2004, p. 153f.
27 Hubert/Mauss, Essai sur la nature et la fonction du sacrifice, p. 305. ユベール／モース『供犠』一〇八頁。

第三章

1 J.-P. Sartre, Un nouveau mystique, in : *Situations*, I, Gallimard, 1947, p. 170. サルトル「新しい神秘家」清水徹訳、『シチュアシオンI』『サルトル全集』第一一巻、人文書院、一九六五年、一五三頁。
2 M. Blanchot, *Thomas l'obscur*, Gallimard, 2005 [1941], p. 33. ブランショ『謎の男トマ　一九四一年初版』門間広明訳、月曜社、二〇一四年、一一頁。
3 E. Levinas, *De l'existence à l'existant*, J. Vrin, 1998, p. 75. レヴィナス『実存から実存者へ』西谷修訳、ちくま学芸文庫、二〇〇五年、九六―九七頁。
4 Ibid., p. 154. 同上、八八頁。
5 Ibid., p. 93f. 同上、一二二頁。
6 M. Heidegger, *Sein und Zeit*, Max Niemeyer Verlag, 2001. S. 327. ハイデガー『存在と時間』第三巻、熊野純彦訳、岩波文庫、二〇一三年、四六一頁。〔　〕内は引用者による。
7 Levinas, op. cit., p. 138. レヴィナス『実存から実存者へ』一七二頁。
8 Hegel, *Phänomenologie des Geistes*, S. 584. ヘーゲル『精神現象学』下巻、熊野純彦訳、ちくま学芸文庫、二〇一八年、五七六頁。
9 Kojève, *Introduction à la lecture de Hegel*, Gallimard, 1947, p. 377. コジェーヴ『ヘーゲル読解入門』上妻精・今野雅方訳、国文社、一九八七年、二一一頁。
10 Ibid. 同上、二一〇頁。
11 Ibid., p. 368. 同上、二〇三頁。
12 コジェーヴによる「主人と奴隷の弁証法」解釈がマルクス主義と結びつけられながら、後のフランス思想へと多大なる影響を与えていった経緯については、岡本裕一朗『ヘーゲルと現代思想の臨界——ポストモダンのフクロウたち』ナカニシヤ出版、二〇〇九年、四七―六五頁参照。
13 Kojève, op. cit., p. 550. コジェーヴ『ヘーゲル読解入門』三八七頁。

14 R. Queneau, Premières confrontations avec Hegel, in : *Critique*, no. 195-196, 1963, p. 700.
15 Hegel, op. cit. S. 36. ヘーゲル『精神現象学』上巻、六〇頁。
16 Kojève, op. cit., p. 172. コジェーヴ『ヘーゲル読解入門』五八頁。
17 Hegel, op. cit., S. 36. ヘーゲル『精神現象学』上巻、五九頁。〔 〕内は引用者による。
18 Ibid., S. 583. 同上、下巻、五七二—五七三頁。〔 〕内は引用者による。
19 Kojève, op. cit., p. 184. コジェーヴ『ヘーゲル読解入門』七五頁。
20 Augustinus, *Confessiones*, II, 20. アウグスティヌス『告白』下巻、服部英次郎訳、岩波文庫、一九七六年、一二三頁。
21 F. Nietzsche, *Also sprach Zarathustra, Nietzsche Werke : Kritische Gesamtausgabe*, Abt. 6, Bd. 1, Walter de Gruyter, 1968, S. 27. ニーチェ『ツァラトゥストラはこう言った』上巻、氷上英廣訳、岩波文庫、一九六七年、四〇頁。
22 M. Proust, *Le Temps retrouvé*, GF Flammarion, 1986, p. 263. プルースト『失われた時を求めて』（10）井上究一郎訳、ちくま文庫、一九九三年、三二五頁。
23 Kojève, op. cit., p. 565. コジェーヴ『ヘーゲル読解入門』四〇九頁。
24 Heidegger, op. cit., S. 250. ハイデガー『存在と時間』三巻、一三五頁。
25 M. Blanchot, *L'espace littéraire*, Gallimard, 1955, p. 321f. ブランショ『文学空間』粟津則雄・出口裕弘訳、現代思潮社、一九七六年、三四〇頁。
26 E. Levinas, *Le temps et l'autre*, PUF, 1948, p. 57. レヴィナス『時間と他者』原田佳彦訳、法政大学出版局、一九八六年、五八頁。
27 *MEGA*, Abt. II, Bd. 1.1, S. 25. マルクス『経済学批判要綱』第一分冊、高木幸二郎監訳、大月書店、一九五八年、一〇頁。
28 浪費の〈可能なもの〉から〈不可能なもの〉への転換については、特に次を参照。K. Hamano, *Georges Bataille : La perte, le don et l'écriture*, Éditions Universitaires de Dijon, 2004, p. 113.
29 Hegel, op. cit., S. 492. ヘーゲル『精神現象学』下巻、三七四頁。

第四章

1 M. Godelier, *L'énigme du don*, Fayard, 1996, p. 108. ゴドリエ『贈与の謎』山内昶訳、法政大学出版局、二〇〇〇年、一一三頁。
2 ベン・スティル『マーシャル・プラン　新世界秩序の誕生』小坂恵理訳、二〇二〇年、四三五、四七一頁参照。
3 M. Mauss, Essai sur le don, *Sociologie et anthropologie*, PUF, 1968, p. 148. モース『贈与論』吉田禎吾・江川純一訳、ちくま学芸文庫、二〇〇九年、一四頁。

4 C. Lévi-Strauss, *Les structures élémentaires de la parenté*, Mouton de Gruyter, 2002, p. 61. レヴィ＝ストロース『親族の基本構造』上巻、馬渕東一・田島節夫監訳、番町書房、一九七七年、一三二頁。

5 M. Sahlins, *Stone Age Economics*, Aldine de Gruyter, 1972, p. 191. サーリンズ『石器時代の経済学』山内昶訳、法政大学出版局、一九八四年、二二九頁。

6 B. Malinowski, *Argonauts of the Western Pacific: An account of native enterprise and adventure in the Archipelagoes of Melanesian New Guinea*, Routledge and Sons, Ltd., 1932 [1922], p. 103. マリノフスキー『西太平洋の遠洋航海者』寺田和夫・増田義郎訳〈世界の名著〉71、中央公論社、一九八〇年、一六八頁。

7 Mauss, op. cit., p. 159. モース『贈与論』三五—三六頁。

8 Ibid., p. 167. 同上、四二—四三頁。

9 Ibid., p. 227. 同上、一一四頁。

10 J. Derrida, *Donner le temps 1. La fausse monnaie*, Galilée, 1991, p. 26.

11 Ibid., p. 46.

12 岩野卓司『ジョルジュ・バタイユ——神秘経験をめぐる思想の限界と新たな可能性』水声社、二〇一〇年、一四二頁。

13 A. Métraux, Rencontre avec les ethnologues, *Critique*, no. 195-196, 1963, p. 682f.

14 Lévi-Strauss, op. cit., p. 565. レヴィ＝ストロース『親族の基本構造』下巻、八五〇頁。

15 Ibid., p. 45. 同上、上巻、一〇九頁。

16 Ibid., p. 552. 同上、下巻、八三二頁。

17 ロマーン・ヤーコブソン『一般言語学』川本茂雄監修・田村すゞ子・村崎恭子・長嶋善郎・中野直子訳、みすず書房、一九七三年、一九一頁。

終章

1 M. Blanchot, *La communauté inavouable*, Minuit, 1983, p. 35. ブランショ『明かしえぬ共同体』西谷修訳、ちくま学芸文庫、一九九七年、四五頁。

補論

1 K. Polanyi, *The Great Transformation*, Beacon Press, 2001 [1944], p. 60. ポラニー『[新訳] 大転換』野口建彦・栖原学訳、東洋経済

新報社、二〇〇九年、一〇〇頁。

2　ヘシオドス『仕事と日』松平千秋訳、岩波文庫、一九八六年、五九頁。

3　Xenophon, *Oeconomicus*, I.2.　クセノフォン『オイコノミコス』越前谷悦子訳、リーベル出版、二〇一〇年、一四頁。

4　Xenophon, *Memorabilia*, IV. iii. 13-14.　クセノフォン『ソークラテースの思い出』佐々木理訳、岩波文庫、一九七四年、二〇〇頁。

5　Aristotles, *Politica*, 1255b.　アリストテレス『政治学』牛田徳子訳、京都大学学術出版会、二〇〇一年、二三頁。

6　Aristotles, *Metaphysica*, 1222b.　アリストテレス『形而上学』上巻、出隆訳、一九五九年、岩波文庫、一九九頁。

7　Arnim, H. von, *Stoicorum Veterum Fragmenta*, vol. 2, Stuttgart, 1903, 945.　『初期ストア派断片集』第三巻、山口義久訳、京都大学学術出版会、二〇〇二年、二五二頁。

8　Cicero, *De natura deorum*, II. lxii. 154.　キケロー『神々の本性について』山下太郎訳、『キケロー選集』第一一巻、岩波書店、二〇〇〇年、一八八頁。

9　*I Corinthians*, 9:16-17.　田川建三訳著『新約聖書　訳と註』第三巻、作品社、二〇〇七年、四三頁。

10　*I Corinthians*, 4:1.　同上、三二頁。

11　*Ephesians*, 3:9.　田川建三訳著『新約聖書　訳と註』第四巻、作品社、二〇〇九年、六五頁。

12　*Ephesians*, 1:10.　同上、六二頁。

13　J.-P. Migne (ed.), *Patrologia Graeca* [PG], Paris, 1857, t. 10, p. 809.　ローマのヒッポリュトス『ノエトス駁論』小高毅訳、『中世思想原典集成』第一巻、平凡社、一九九五年、四八〇―四八一頁。

14　Ibid. p. 815.　同上、四八五頁。

15　G. Agamben, *Il regno e la gloria*, Bollati Boringhieri, 2009, p. 52f.　アガンベン『王国と栄光』高桑和巳訳、青土社、二〇一〇年、八六―八七頁。

16　*PG*, t. 45, p. 44.　ニュッサのグレゴリオス『教理大講話』篠崎榮訳、『中世思想原典集成』第二巻、平凡社、一九九二年、五四四頁。

17　J.-P. Migne (ed.), *Patrologia Latina*, Paris, 1844, t. 2, p. 159.　『テルトゥリアヌス1』、土岐正策訳『キリスト教教父著作集』第一三巻、一九八七年、二四頁。

18　Ibid., p. 158.　同上、二二頁。

19　Thomas, *Summa Theologiae*, I, q. 22, a. 1, ad. 2.　トマス『神学大全』第二冊、高田三郎訳、創文社、一九六七年、二三二頁。以

下、『神学大全』の邦訳は冊数・頁数のみ記す。
20　Ibid., I, q. 112, a. 2 co.　トマス『神学大全』第八冊、一八九頁。
21　以上の議論については、三重野清顕「トマス・アクィナスにおける神のエコノミー——自然と歴史をめぐって——」（麻生博之編『エコノミー概念の倫理思想史的研究』二〇〇七年度〜二〇〇九年度　科学研究費補助金（基盤研究（B））「エコノミー概念の倫理思想史的研究」研究成果報告書・補足論集、二〇一〇年、三四—四三頁）参照。
22　Ibid., II-II, q. 66, a. 2 co.　トマス『神学大全』第一八冊、二〇六頁。
23　Thomas, *De regno*, 1, 15.　トマス『君主の統治について』柴田平三郎訳、岩波文庫、二〇〇九年、八四頁。
24　Thomas, *Summa Theologiae*, II-I, q. 49, a. 4 co.　トマス『神学大全』第一一冊、一七頁。
25　稲垣良典『習慣の哲学』創文社、一九八一年、六一頁。
26　J. Calvin, *Institutio Christianae Religionis*, *Corpus Reformatorum*, Brunsvigae : C.A. Schwetschke, 1863, 30, p. 115.　カルヴァン『キリスト教綱要改訳版』第一篇・第二篇、渡辺信夫訳、新教出版社、二〇〇七年、一七二頁。
27　Ibid., p. 94.　同上、一三九頁。
28　Ibid., p. 147.　同上、二三三頁。
29　*Œuvres économiques et philosophiques de F. Quesnay*, Francfort, 1888, p. 9.
30　Ibid., p. 642.
31　Ibid., p. 333.
32　F. Quesnay, *Essai physique sur l'oeconomie animale*, Paris, 1747, t. 1, p. 7.
33　Ibid., t. 3, 418.
34　*Encyclopédie ou dictionnaire raisonné des sciences, des arts et des métiers*, publiée par Diderot et d'Alembert, t. 11, Paris, 1765, p. 360.
35　Ibid. t. 5, p. 338.　ルソー『政治経済論』河野健二訳、岩波文庫、一九五一年、一三頁。
36　C. Linnaeus, *Oeconomia naturae*, Uppsala, 1749, p. 1.
37　Ibid., p. 46.
38　Ch. Darwin, *On the Origin of Species*, London, 1859, p. 102.　ダーウィン『種の起源』上巻、渡辺政隆訳、光文社古典新訳文庫、二〇〇九年、一八六頁。
39　E. Haeckel, *Generelle Morphologie der Organismen*, Bd. 2, Verlag von Georg Reimer, 1866, S. 286f.
40　A. G. Tansley, The Use and Abuse of Vegetational Concepts and Terms, *Ecology*, Vol. 16, No. 3, 1935, p. 299.

41　F. List, *Schriften, Reden, Briefe*, Reimahr Hobbing, 1930, Bd. 6, S. 167.　リスト『経済学の国民的体系』小林昇訳、岩波書店、一九七〇年、一八六頁。

42　A. Smith, *The Theory of Moral Sentiments*, Oxford University Press, 1976, VI. ii. 3. 6.　アダム・スミス『道徳感情論』下巻、水田洋訳、岩波文庫、二〇〇三年、一五一頁。

43　Ibid., IV. 1. 9.　同上、二一―二二頁。

44　Ibid., IV. 1. 10.　同上、二四頁。

45　A. Smith, *An Inquiry into the Nature and Causes of the Wealth of Nations*, Oxford University Press, 1976, IV. ix. 51.　アダム・スミス『国富論』第三巻、水田洋監訳・杉山忠平訳、岩波文庫、二〇〇一年、三三九頁。

46　A. Smith, *The Theory of Moral Sentiments*, III. 2. 32.　アダム・スミス『道徳感情論』上巻、四〇五―四〇六頁。

あとがき

小林秀雄に『感想』というベルグソン論がある。これは雑誌『新潮』に昭和三三年から三八年にかけて連載されていたもので、連載は中断されたまま放棄され、本人の遺志により単行本化も全集類への収録も厳禁された（現在では、『小林秀雄全作品』別巻1・2に収録されている）。この連載を小林は母親の死にまつわる不思議な体験から書き起こしている。

終戦の翌年、母親の死んだその数日後、小林が仏壇にあげる蠟燭を買いに家の門を出ると、そこには大きな蛍が飛んでいた。それを見て、小林は母が今は蛍になっていると直感する。小林によれば、この経験を正直に書けば、門を出ると「おっかさんという蛍」が飛んでいたとするよりほかない、という。そして、次のように述べる。

当時の私はと言えば、確かに自分のものであり、自分に切実だった経験を、事後、どの様にも解釈できず、何事にも応用出来ず、又、意識の何処にも、その生ま生ましい姿で、保存して置く事も出来ず、ただ、どうしようもない経験の反響の裡《うち》にいた。それは、言わば、あの経験が私に対して過ぎ去って再び還らないのなら、私の一生という私の経験の総和は何に対して過ぎ去るのだろうとでも言っている声の様であった。

自分にとっていかに切実な経験であろうと、それを適切に処理できないままに、やがて記憶は薄れて、過ぎ去っていってしまう。しかし、そうした経験がただ過ぎ去っていくだけで、いかなる場所も与えられないのなら、自分の一生の経験の意味とは一体何なのか。おそらく、人は過ぎ去っていく経験を記憶にとどめるために、あるいは、その意味を理解するために、あるいは、それを他人に伝えるために、書くのだろう。その意味では、「私の経験の総和」は、読んで書くという人々の営みの総体に対して過ぎ去るのだ。さしあたり、そう答えられよう。しかし、さらに問うこともできる。人類はやがて滅びる。人から人へと経験を伝えてきた言葉が、もはや伝える相手をもたないとき、あの私の切実な経験を含む、人類の一切の経験は何に対して過ぎ去るのか。そのとき、人間の営みなど、一炊の夢でしかなかったことになるのだろうか。

ちょうど今から二〇年前、私が大学院に進学した年、菅野覚明先生と熊野純彦先生の合同ゼミ（通称「菅熊ゼミ」）で取り上げられたのが、この『感想』であった。菅熊ゼミは、和辻以来の倫理学研究室の伝統を踏襲し、日本思想と西洋哲学の両立を標榜したゼミである。紫煙の立ち込める演習室で、両先生から視線を向けられると、すべてを見透かされているようで、身がすくんだ。私は毎週、死地に赴くつもりで、このゼミに臨んだものだった。

私は十三から十七の芸術論を担当したはずである。『感想』の主題は「表現」である。画家とは見る努力をする者のことであり、その努力の表現が作品となる。作品を鑑賞しようとする者は作者の見る努力を模倣し、作品は鑑賞者に努力を促す。努力が表現であるとすれば、その作品を真に見た者もまた、作品を作らざるをえないだろう。このことはまた、『感想』という作品自体にも当てはまる。だからこそ、小林は「私の感想文が、ベルグソンを読んだ事のない読者に、ベルグソンを読んでみようという気を起させないで終ったら、これは殆ど意味のないものだろう」というのである。すなわち、『感想』を読んだ者がベルグソンを読み、表現へと促されたとき、初めて『感想』は「表現」たりうるのだ。たしか、そのような発表をしたと記憶している。

この表現の連鎖反応とでもいうべきものは、言うまでもなく本書のライトモチーフである。後から考えれば、こうした「表現」(と「自覚」)の問題は、近代日本における自我の一典型にすぎないともいえる。両先生がそのとき、どう思われたのかは知らない。いずれにせよ、本書の原点はここにあり、爾来、二〇年の間、私はこの問題の周りをめぐっていたことになる。

本書は二〇一二年三月に東京大学大学院人文社会系研究科に提出した博士論文『バタイユにおけるエコノミーと贈与』を大幅に加筆修正したものである。博士論文の審査には、麻生博之、菅野覚明、熊野純彦、関根清三、中地義和の各先生(五十音順)にあたって頂いた。審査の席上では貴重なご意見を賜り、本書にも反映されている。心より感謝申し上げる。特に、熊野先生は、制度上の指導教官であるより前に、何よりもまず学問上の師である。先生から受けた学恩の大きさに比べれば、とるにたらないものではあるが、本書がわずかでもの恩返しになれば、幸甚である。

また、一般書という性格のために、注を大幅に削らざるをえず、いちいち挙げることはかなわなかったが、国内外のバタイユ研究の蓄積と翻訳がなければ、本書がなりえなかったことは言うまでもない。とりわけ、この国のバタイユ研究を切り拓いてきた、酒井健、西谷修、湯浅博雄各氏の研究には、私もまたバタイユ研究を志して以来、陰に陽に多くを負っている。くわえて、第一章の草稿は哲学／倫理学セミナーで発表し、検討して頂いた。研究とは事柄の性質上、孤独な作業ではあるが、発表や論文に意見や批判をくれる仲間の存在に励まされた。あわせて、感謝申し上げる。

本書は博士論文をもとにしているが、ほとんど全面的に書き改めており、特に第二章、第四章と補論については、博士論文提出後の研究も反映させている。そのため、もとより一対一対応するものでもないが、各章の原型となった文章の初出はおおよそ以下の通りである。

第二章

「バタイユにおける聖と俗の対立の問題」『倫理学年報』六七巻、日本倫理学会、二〇一八年、二〇三―二一七頁。

「堕天使と悪魔の諍い――カイヨワとバタイユとの〈聖なるもの〉の差異」『ニュクス』五号、堀之内出版、二〇一八年、七八―九三頁。

第三章

「バタイユにおける「エコノミー」の問題」『フランス哲学・思想研究』一七号、日仏哲学会、二〇一二年、一二四―一三二頁。

第四章

「交換と贈与──エコノミーにおける主体の概念」『理想』六八五号、理想社、二〇一〇年、四七─五八頁。

「タブーは破られるためにある──エロティシズムにおける禁止と侵犯」『ニュクス』二号、堀之内出版、二〇一五年、二九四─三一一頁。

終章

「バタイユによる純粋な贈与論」『倫理学紀要』一二輯、東京大学大学院人文社会系研究科倫理学研究室、二〇〇三年、一四〇─一五九頁。

補論

「〈エコノミー〉の概念史概説──自己と世界の配置のために」『ニュクス』一号、堀之内出版、二〇一五年、一〇─三五頁。

また、本書には、以下の助成を受けた研究成果も反映されている。記して、感謝申し上げる。

科研費　若手研究（B）「西洋思想におけるエコノミーの概念史的研究」（研究課題番号：15K16609）二〇一五─二〇一六年度。

上廣倫理財団　研究助成「「聖なるもの」の起源と現代の生における可能性」二〇一八年─二〇一九年。

最後に、遅筆な筆者をときに叱咤激励で、ときに適切なアドバイスで、脱稿まで導いてくださった編集者の上田哲之さん、また、大変な時期にもかかわらず、最後まで筆者のわがままにつきあってくださった編集者の今岡雅依子さんに心よりお礼申し上げる。

博士論文の提出から一〇年近くの時が経ち、また、実際に改訂作業をしていたのも、二、三年前のことである。改めて振り返れば、本書の論述は抽象的な概念で組み上げられた伽藍のように見えないでもない。しかし、それもまた、バタイユのテクストを「見る努力」の、私なりの表現にほかならない。それゆえ、本書が、バタイユを読んだことのない読者に、バタイユを読んでみようという気を起こさせないで終わったら、これはほとんど意味のないものだろう、という想いが切である。

二〇二一年四月

佐々木雄大

佐々木雄大（ささき・ゆうた）
一九七八年生まれ。東京大学大学院人文社会系研究科博士課程単位取得満期退学。博士（文学）。現在、日本女子大学人間社会学部講師。専攻は哲学・倫理学。共著に『現代哲学の名著』『日本哲学小史』『近代哲学の名著』（中公新書）、論文に「バタイユにおける聖と俗の対立の問題」（『倫理学年報』第67巻）、「〈エコノミー〉の概念史概説」（『Nyx』第一号主幹）ほか。

le livre

極限の思想

バタイユ　エコノミーと贈与《ぞうよ》

二〇二一年一〇月一二日　第一刷発行
二〇二二年　三月　二日　第二刷発行

著者　佐《さ》々《さ》木《き》雄《ゆう》大《た》

©Yuta Sasaki 2021

発行者　鈴木章一

発行所　株式会社講談社
東京都文京区音羽二丁目一二―二一　〒一一二―八〇〇一
電話（編集）〇三―三九四五―四九六三
（販売）〇三―五三九五―四四一五
（業務）〇三―五三九五―三六一五

KODANSHA

装幀者　森　裕昌

本文データ制作　講談社デジタル製作

本文印刷　豊国印刷株式会社

カバー・表紙印刷　半七写真印刷工業株式会社

製本所　大口製本印刷株式会社

定価はカバーに表示してあります。

落丁本・乱丁本は購入書店名を明記のうえ、小社業務あてにお送りください。送料小社負担にてお取り替えいたします。なお、この本についてのお問い合わせは、「選書メチエ」あてにお願いいたします。

本書のコピー、スキャン、デジタル化等の無断複製は著作権法上での例外を除き禁じられています。本書を代行業者等の第三者に依頼してスキャンやデジタル化することはたとえ個人や家庭内の利用でも著作権法違反です。Ⓡ〈日本複製権センター委託出版物〉

ISBN978-4-06-523948-3　Printed in Japan　N.D.C.100　362p　19cm

世界樹

もとは北欧神話に出てくる世界を支える樹。
宇宙樹という。
世界の中心に幹を伸ばし、枝葉は世界を覆う。
根は三本あり、それぞれ人間界、巨人界、冥界に伸びている。
根のそばの泉で神々が毎日集い、様々なことを協議し、審判を下す。
生と叡智、思惟の象徴。

le livre

フランス語で「本」を意味する《livre》に定冠詞《le》をつけた「ル・リーヴル」は、講談社選書メチエの中に新たに設けられた特装版シリーズです。従来の講談社選書メチエの枠を超える形式やテーマを試みたり、物質としての本の可能性を探ったりします。

今あらためて「本というもの」を問い直すために——。

講談社選書メチエの再出発に際して

講談社選書メチエの創刊は冷戦終結後まもない一九九四年のことである。長く続いた東西対立の終わりはついに世界に平和をもたらすかに思われたが、その期待はすぐに裏切られた。超大国による新たな戦争、吹き荒れる民族主義の嵐……世界は向かうべき道を見失った。そのような時代の中で、書物のもたらす知識が一人一人の指針となることを願って、本選書は刊行された。

それから二五年、世界はさらに大きく変わった。特に知識をめぐる環境は世界史的な変化をこうむったとすら言える。インターネットによる情報化革命は、知識の徹底的な民主化を推し進めた。誰もがどこでも自由に知識を入手でき、自由に知識を発信できる。それは、冷戦終結後に抱いた期待を裏切られた私たちのもとに差した一条の光明でもあった。

その光明は今も消え去ってはいない。しかし、私たちは同時に、知識の民主化が知識の失墜をも生み出すという逆説を生きている。堅く揺るぎない知識も消費されるだけの不確かな情報に埋もれることを余儀なくされ、不確かな情報が人々の憎悪をかき立てる時代が今、訪れている。

この不確かな時代、不確かさが憎悪を生み出す時代にあって必要なのは、一人一人が堅く揺るぎない知識を得、生きていくための道標を得ることである。

フランス語の「メチエ」という言葉は、人が生きていくために必要とする職、経験によって身につけられる技術を意味する。選書メチエは、読者が磨き上げられた経験のもとに紡ぎ出される思索に触れ、生きるための技術と知識を手に入れる機会を提供することを目指している。万人にそのような機会が提供されたとき初めて、知識は真に民主化され、憎悪を乗り越える平和への道が拓けると私たちは固く信ずる。

この宣言をもって、講談社選書メチエ再出発の辞とするものである。

二〇一九年二月　　野間省伸